走向职业化高职高专"十一五"规划教材

【电子商务系列】

计算机网络技术

余棉水　主编

王宇川　主审

董加敏　程亚惟　副主编

参编（按姓氏笔画排序）

郭莹洁　彭丹　谢宇　熊云艳　蔡雪莲

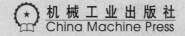

机械工业出版社
China Machine Press

本书根据高职高专教育的培养目标、特点和要求，全面系统地介绍了计算机网络的基本知识、基本技术和应用案例。本书语言简洁，结构合理，各章按照案例引入、问题提出、理论讲解、案例分析的总体思路编写，深入浅出、循序渐进。每章后都附有大量习题和实训练习，以帮助读者学习和理解。

本书可作为高职高专电子商务、电子、机电和计算机等专业的计算机网络基础课程教材；也可作为高职高专其他各非电子类专业的计算机网络基础教材；还可作为各类计算机网络培训教材，以及从事计算机网络设计与应用的技术人员或计算机网络爱好者的参考书。

版权所有，侵权必究
本书法律顾问　北京市展达律师事务所

图书在版编目（CIP）数据

计算机网络技术/余棉水主编.—北京：机械工业出版社，2009.6
（走向职业化高职高专"十一五"规划教材·电子商务系列）

ISBN 978-7-111-27212-0

Ⅰ.计… Ⅱ.余… Ⅲ.计算机网络—高等学校：技术学校—教材 Ⅳ.TP393

中国版本图书馆 CIP 数据核字（2009）第 079164 号

机械工业出版社（北京市西城区百万庄大街 22 号　邮政编码　100037）
责任编辑：刘　斌　　　　版式设计：刘永青
北京京师印务有限公司印刷
2009 年 6 月第 1 版第 1 次印刷
170mm×242mm · 16.75 印张
标准书号：ISBN 978-7-111-27212-0
定价：30.00 元

高职高专经管类、旅游类规划教材
总编委会名单

顾　　问	吴念香	卢　一	陈　智	康乃真
	叶小明	唐子峰	杨群祥	查振祥

主 任 委 员　陈粟宋

副主任委员　陈云川　　林惠华　　刘跃南　　李忠军　　张渝涓

委　　员　（排名不分先后）

唐　宇	黄文刚	汪　治	石　强	金锡万
陈　健	刘志娟	刘佩华	赵　红	于雁翎
熊　焰	朱　权	曾艳英	肖　平	罗千人
陈碧凤	谢小梅	高　伟		

秘 书 长　欧阳丽

秘　　书　高　伟

高职高专经管类、旅游类规划教材
电子商务分编委会名单

走向职业化高职高专经管类、旅游类规划教材联编院校名单

（排名不分先后）

1. 深圳职业技术学院
2. 顺德职业技术学院
3. 广东轻工职业技术学院
4. 广东工贸职业技术学院
5. 四川烹饪高等专科学校 ［四川旅游学院（筹）］
6. 番禺职业技术学院
7. 广东交通职业技术学院
8. 广东白云学院管理系
9. 暨南大学管理学院
10. 中山职业技术学院
11. 广东农工商职业技术学院
12. 广东邮电职业技术学院
13. 中山火炬职业技术学院
14. 广州铁路职业技术学院
15. 广州航海高等专科学校
16. 佛山职业技术学院
17. 珠海城市职业技术学院
18. 广东培正学院
19. 广东教育学院
20. 广东女子职业技术学院
21. 内蒙古财经学院职业学院
22. 山西金融职业学院
23. 黄河水利职业技术学院

出版说明

　　高等职业教育是我国高等教育的重要组成部分，它以培养生产、建设、管理、服务第一线的高等技术应用性专门人才为根本目标。随着我国经济的迅速发展，高等职业教育正得到空前的发展。目前高等职业教育规模已占全国高等教育的半壁江山。"十一五"期间，全国将向社会输送1 100万高职毕业生。然而，高等职业教育在全国的发展水平仍不均衡，各高职高专院校的教学质量也参差不齐。这种情况大大制约了高职教育的发展。因此，推动教学改革、提高教学质量已成为高职教育的当务之急。为此教育部先后下发文件，要求全国高职院校"加快高职教育改革与发展，提高高职教育教学质量"。

　　广东省是中国改革开放的前沿，也是我国高等职业教育蓬勃发展的代表之一。在广东省汇集了一大批优秀的高职院校和优秀教师。在教育部有关领导的指导及广东省教育厅高教处的大力协助下，我们以广东省为中心，联合全国一批致力于高职教育改革且已具成效的院校，共同成立了"高职高专经管类、旅游类教学改革规划教材编审委员会"。编委会以研讨高职高专教育教学改革方向、交流教学改革成果及经验为宗旨，并借助教材这一形式将成果和经验进行分享与传播，从而进一步向全国推广，为我国的高职教育发展尽一份力量。

　　教材是体现教学内容和教学要求的知识载体，是教师进行教学活动的基本工具，是提高教学质量的重要保证。发展高等职业教育，提高教学质量，必须重视教材的建设。目前，编委会以机械工业出版社为平台，计划用2~3年的时间出版经济管理类和旅游类高职高专系列教材100余种，范围覆盖经济管理类专业基础课、电子商务、物流管理、会计电算化、旅游管理、酒店管理等专业的主要课程。此次规划教材按照教育部"提高教学质量、推行工学结合、以就业为导向"等要求，根据高职高专教育的实际情况，邀请具有丰富高职教学经验的一线授课教师、具有相关行业工作背景的双师型教师以及企业一线工作者联合编写，旨在真正做到"产学结合"、"工学结合"。

　　此次系列教材的编写指导思想体现了编委会研究制定的方针：教材编写要结合教学方法的改革与实践；要与相关的职业资格认证相结合；在写作方法上要打破传

统的以学科体系设置课程体系、以知识点为核心的框架，更多地考虑学生所学知识与行业需求及相关岗位、岗位群的需求相一致，使教材内容"项目化"、"工作流程化"；突出"走向职业化"的特点，努力培养学生的职业素质、职业能力和专业技术。此外在高职教育的理论"必需、够用"方面也进行了有益的探索与尝试。在系列教材的开发过程中，众多资深的一线授课老师、双师型老师、企业工作者们，在教学、专业知识与企业实际工作的有效结合方面进行了探索。此批教材以"立足广东，面向全国"为目标，在突出广东特色的同时更兼顾到与全国通用性的结合。

系列教材尝试打破常规的学科体系教学模式，探索一种更符合高职教育实际情况的模式。在通过案例教学、项目式教学、互动式教学强化实践性、应用性和针对性的同时，贯彻以学生为本的思想以增强学生学习的趣味性和主动性。系列教材以建设成为立体化教材为最终目标，将会在实践中逐步完善整个教材体系。

此批教材为编委会组织编写的高职高专教育教学改革规划教材，被机械工业出版社列为"十一五"期间重点发展的规划教材，同时已参评广东省"十一五"省级规划教材。

在编委会运作及系列教材出版期间，得到了广东省教育厅高教处吴念香副处长以及顺德职业技术学院、深圳职业技术学院、四川烹饪高等专科学校、广东轻工职业技术学院和广东工贸职业技术学院等一大批优秀院校的鼎力支持，在此特别致以衷心的感谢！

高职高专经管类、旅游类教学改革规划教材编委会

机械工业出版社华章分社

2007 年 5 月

前　言

　　"19 世纪是铁路的时代，20 世纪是高速公路的时代，21 世纪是网络的时代"。在计算机技术、网络通信技术高速发展的今天，计算机网络正在以惊人的速度进入人类社会的各个角落。从一个家庭、一个办公室、一个部门组成的小型网络，到覆盖一个企业、一个城市、一个地区、一个国家甚至是全球的大型网络，计算机网络已无处不在。在我国，计算机网络的应用也在迅猛地发展。据中国互联网信息中心（CNNIC）的统计，截至 2008 年年底，中国网民规模达到 2.98 亿人，较 2007 年增长 41.9%，互联网普及率达到 22.6%，略高于全球平均水平（21.9%）。继 2008 年 6 月中国网民规模超过美国，成为全球第一之后，中国的互联网普及再次实现飞跃，赶上并超过了全球平均水平。

　　计算机网络是当今计算机科学与技术学科中发展最为迅速的技术之一，用日新月异来形容其发展并不为过。以局域网中的以太网为例，历经 30 年的发展，其传输速率从 10Mbps、100Mbps、1000Mbps 发展到今天的 10Gbps，以太网近期的发展速度超过了摩尔定律。

　　计算机网络已广泛应用于电子政务、电子商务、网络会议、远程教学、远程医疗、通信、军事、科学研究、信息服务等领域。网络技术已经与人们的日常工作、学习和生活息息相关，正在改变着人们的工作方式与生活方式，改变着企事业单位的运营和管理方式，甚至已经成为影响一个国家与地区政治、经济、科学与文化发展的重要因素。

　　在这样一个网络如此普及的时代，我们要想有所作为，就必须学习、理解、掌握计算机网络技术的基本知识，了解网络技术发展的最新动态。因此，计算机网络技术已不仅是从事计算机应用与信息技术研究应用的人员应该掌握的重要知识，也是广大青年学生必须学习了解的一门重要课程。

　　本书根据高职院校的课程改革要求和学生的自身特点，本着"从实用性出发，以培养学生的职业能力为主"的编写原则进行编写。在编写中对于网络技术的理论知识和工作原理部分介绍得相对较浅；而理论联系实际部分则相对较多，加重了网络应用方面的知识，以突出职业技能教育的特色，使学生在学习理论知识的基础上，全面掌握计算机网络技术，以提高自身的就业能力、创新能力和创业能力。

全书共9章。第1、2、3、4章主要介绍计算机网络的基本概念、数据通信的基本知识、网络体系结构与协议以及常用的网络设备等，这些知识是后面各章的基础；第5章介绍了典型的局域网技术、高速局域网、交换式局域网、虚拟局域网、广域网技术等；第6章介绍了常用网络操作系统 Windows 2003 的安装和系统管理技术；第7章介绍了互联网的基本知识及应用技术；第8章介绍了网络管理概念、网络管理协议、数据加密技术、认证技术及防火墙技术等；第9章介绍了计算机网络规划、设计及综合案例分析等。为了巩固学生所学知识、锻炼学生的应用操作能力，本书每章后都附有习题和实训内容，便于学生课后进行自测和实践。

本书作为机械工业出版社组织编写的"走向职业化高职高专'十一五'规划教材"丛书之一，在编写过程中保持了与同系列丛书在知识结构上的系统性、编写风格上的一致性，并着重增强了内容的可读性。

本书由余棉水任主编，董加敏、程亚惟任副主编。参编人员具体编写章节是：董加敏（第1、2章），彭丹（第3章），谢宇（第4章），郭莹洁（第5章），程亚惟（第6章），蔡雪莲（第7章），熊云艳（第8章），余棉水（第9章）。全书由余棉水统稿，王宇川审阅，谢宇、董加敏校对。

本书可作为高职高专电子商务、电子、机电和计算机等专业的计算机网络基础课程教材；也可作为高职高专其他各非电子类专业的计算机网络基础教材；还可作为各类计算机网络培训的教材以及从事计算机网络设计与应用的技术人员或计算机网络爱好者的参考书。

在本书编写过程中，我们得到了广东工贸职业技术学院、山西金融职业学院等单位的大力支持和帮助，在此表示衷心的感谢。

由于时间仓促和作者水平有限，书中难免存在缺点和不足之处，恳请各位读者和同行提出宝贵意见。

教 学 建 议

教学目的及教学要求

1. 教学目的

计算机网络是计算机技术与通信技术紧密结合的产物，是信息时代应用最为广泛的一种计算机技术。通过本课程的学习，可以使学生对计算机网络技术有一个比较全面和系统的了解；掌握计算机网络的基本原理、相关理论和实现方法；掌握网络操作系统的安装、配置和基本操作；掌握互联网技术与应用基础；了解网络管理、网络安全的基本原理、基本方法和相关技术；在此基础上进一步掌握计算机局域网组网技术，初步具备网络规划与设计能力。

2. 教学要求

（1）理论讲解本着"从实用性出发，以培养学生的职业能力为主"的原则，结合实际案例讲授，让学生理解计算机网络的基本原理。

（2）采用多种教学方法，激发学生的学习兴趣，并使他们在学习活动中养成主动思索、领悟与获取知识的习惯，引导他们积极地投入到社会实践活动之中，提高他们的动手能力。

（3）采用多种形式的期末考试，如笔试与实训相结合，对学生知识的掌握进行考核。

前期需要掌握的知识

本课程的先修课程主要有：计算机应用基础。

课时分布建议

教学内容	学习要点	课时安排		课时小计
		理论课时	实践课时	
第 1 章 计算机网络概论	1. 了解计算机网络的形成和发展过程 2. 掌握计算机网络的基本概念 3. 熟悉计算机网络的分类和拓扑结构	4	0	4

（续）

教学内容	学习要点	课时安排		课时小计
		理论课时	实践课时	
第2章 数据通信基础	1. 了解数据通信概论 2. 熟悉数据传输技术 3. 了解信息交换技术 4. 熟悉差错检测与控制	4	2	6
第3章 计算机网络体系结构	1. 了解计算机网络体系结构相关概念（网络体系结构、协议、接口） 2. 了解 OSI 参考模型 3. 了解 TCP/IP 参考模型	6	0	6
第4章 网络设备概述	1. 理解局域网连接硬件的功能 2. 了解常用传输介质的特性及选用原则 3. 掌握选择网卡、集线器、交换机或路由器时要考虑的各种因素 4. 理解中继器、集线器、网桥、交换机和网关的用途	4	2	6
第5章 局域网和广域网	1. 理解并掌握局域网的定义、特点、分类和拓扑结构 2. 了解局域网的发展、传输介质以及访问方法 3. 掌握局域网的体系结构，了解局域网的协议标准 4. 理解高速局域网的相关知识 5. 理解快速以太网的工作过程及100Mbps以太网的相关知识 6. 了解交换式局域网的相关知识 7. 了解虚拟局域网的相关知识 8. 理解几种常见的广域网以及 ATM 的相关知识	6	4	10
第6章 Windows Server 2003 组网基础	1. Windows Server 2003 系统介绍 2. Windows Server 2003 的安装 3. 配置 Windows Server 2003 4. Windows Server 2003 的网络知识 5. Windows Server 2003 网络服务器安装与配置	4	6	10
第7章 互联网与应用	1. 了解互联网的发展历史、作用与特点 2. 掌握互联网的常用接入方式 3. 了解 IP 地址的基本概念 4. 了解网络域名系统的基本概念 5. 了解互联网提供的常规服务 6. 熟练掌握 IE 浏览器、Foxmail、CuteFtp 的使用	4	4	8

（续）

教学内容	学习要点	课时安排		课时 小计
		理论课时	实践课时	
第 8 章 网络管理与 网络安全技术	1. 网络管理概述 2. 网络管理协议的组成及应用 3. 网络安全的因素和网络安全对策 4. 数据加密的基本概念、常用的加密方法和 　鉴别技术的应用 5. 网络防火墙的概念、技术和应用	6	2	8
第 9 章 网络规划与设计	1. 了解网络需求分析方法 2. 了解网络总体目标设计原则 3. 了解网络拓扑结构设计方法 4. 了解网络设备选型的一般原则 5. 了解局域网设计的一般方法	4	4	8
合　　计		42	24	66

注：可根据不同专业的要求适当调整各章节课时。

目　录

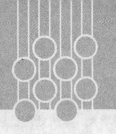

第 1 章

计算机网络概论

学习目标

1. 了解计算机网络的形成和发展过程
2. 掌握计算机网络的基本概念
3. 熟悉计算机网络的分类和拓扑结构

案例导入

信息化时代

人类社会已进入信息化时代，世界各国都在积极建设信息高速公路，人们通过连接各个部门、地区、国家，甚至全世界的计算机网络来获取、存储、传输和处理信息，广泛地利用信息进行生产过程控制和经济计划决策。覆盖全国乃至全球的计算机互联网络不断地高速发展并日益深入到国民经济的各个部门和社会生活的各个方面，计算机网络已经成为人们日常生活中必不可少的交际工具。

问题引入

1. 计算机网络的发展可以划分为几个阶段，各个阶段有何特点？
2. 计算机网络的功能有哪些？应用于哪些领域？
3. 网络拓扑结构有哪几种，各有何特点？

1.1 计算机网络的形成和发展

计算机网络是计算机技术和通信技术紧密结合的产物，它涉及通信技术与计算机技术两个领域。1946 年，世界上第一台计算机（ENIAC）在美国的宾夕法尼亚大学问世，当时计算机的主要应用就是进行科学计算。随着计算机应用规模以及用户需求的不断增大，单机处理已经很难胜任，于是出现了计算机网络。计算机网络的诞生使计算机体系结构发生了巨大的变化，在当今社会经济中起着非常重要的作用，同时对人们日常工作、学习和生活的各个方面产生深刻的影响，为人类社会的进步做出了巨大贡献。

计算机网络的发展经历了从简单到复杂、从单机到多机、从终端与计算机之间的通信到计算机与计算机之间的通信的演变过程。纵观计算机网络的形成和发展历史，可将其划分为以下三个阶段：具有通信功能的联机系统、具有通信功能的分时系统与开放式标准化计算机网络。

1.1.1 具有通信功能的联机系统

在计算机问世后最初的一段时期内，计算机的使用维持在单机运行状态，当时计算机技术和通信技术并没有什么关系。那时数字电子计算机的价格十分昂贵，只有少数的计算中心才拥有这种资源。如果有人想利用数字电子计算机完成某种任务，必须到计算中心去，这不仅浪费时间、精力，还要耗费大量的资金，而且还无法及时地对要立刻处理的信息进行加工。为了解决这样的问题，科学家们就在数字电子计算机内部增加了通信控制功能，将远程终端的输入/输出设备通过通信线路直接和数字电子计算机相连，使数字电子计算机可以接收远程终端的信息，并对接收到的信息进行处理，最后再经过通信线路把处理后的信息直接送回到远程终端，这种系统称为联机系统，如图 1-1 所示。这就是计算机技术和通信技术结合的开始。

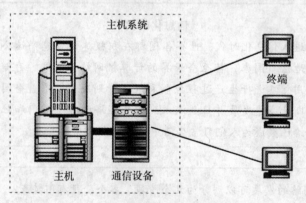

图 1-1 具有通信功能的联机系统

这种联机工作方式提高了计算机系统的工作效率和服务能力，但是随着所连接的远程终端数目的增加，也带来了许多问题。这些问题主要体现在以下两个方面：一方面，使主机的负载不断增加，系统的实际效率不断下降；另一方面，系统中由于每一台远程终端都需要通过一条通信线路与主机连接，不仅线路利用率低，而且线路成本费用增大。

1.1.2 具有通信功能的分时系统

为了解决联机系统存在的缺点，随着通信技术的不断发展，20 世纪 60 年代初，美国航空公司与 IBM 公司联手研究并首先建成了由一台计算机和遍布全美 2000 多个终端组成的美国航空订票系统（SABRE-1）。在该系统中，各终端采用多条线路与中央计算机相连接。SABRE-1 系统的最大特点是使用了通信控制器和前端处理机，采用了实时、分时与分批处理的方式，提高了线路的利用率，使通信系统发生了根本性的变革。即把原来由一台主计算机完成的数据处理并与远程终端通信的工作分成由两台计算机来完成：在主计算机之前设置一台前置处理机专门负责与远程终端的通信工作，使主计算机系统有较多的时间进行数据处理工作，如图 1-2 所示。

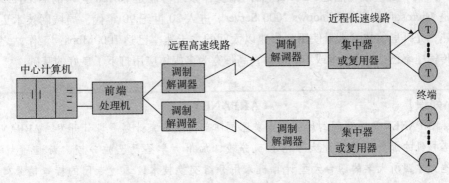

图 1-2 具有通信功能的分时系统

1.1.3 开放式标准化计算机网络

大量自行研制的计算机网络的投入运营，暴露了不少由于缺乏统一规划而产生的弊端。其主要原因是因为各自研制的网络没有统一的网络体系结构，难以实现彼此互联互通，这种自成体系的系统称为"封闭"系统。为此，人们迫切希望建立一系列的国际标准，渴望得到一个"开放"的系统，这也是推动计算机网络走向国际标准化的一个重要因素。

正是出于这种目的，国际标准化组织 ISO 在 1977 年设立分委员会 SC16，以"开放系统互联"为目标，专门研究网络体系结构、互联标准等。1984 年，ISO 正式颁布了一个称为"开放系统互联基本参考模型"的国际标准 ISO7498，简称 OSI 参考模型，或 OSI/RM。OSI/RM 共有七层，因此也称为 OSI 七层模型。OSI/RM 的提出，开创了具有统一的网络体系结构、遵循国际标准化协议的计算机网络新时代。

OSI 标准不仅确保了各厂商生产的计算机间能实现互联，同时也促进了企业之间的竞争。厂商只有执行这些标准才能有利于产品的销售，用户也可以从不同制造厂商获得兼容、开放的产品，从而大大加速了计算机网络的发展。

特别要指出的是，ARPANET 中使用的传输控制协议与互联网协议 TCP/IP 尽管不是 OSI 标准协议，但至今仍被广泛采纳，成为事实上的工业标准。自 1983 年

TCP/IP 成为 ARPANET 上唯一的正式协议后，ARPANET 上连接的网络和计算机数量迅速增长，逐渐形成了以 ARPANET 为主干、TCP/IP 协议为核心的互联网原型。

20 世纪 80 年代以来，以 IBM 个人电脑为代表的微型计算机的出现与普及，使计算机的应用范围及领域不断扩大。在一个单位内部的包含微型计算机和智能设备的互联网络，不同于以往的远程公用数据网，因而局域网技术也得到了相应的发展。1980 年 2 月，IEEE802 局域网标准推出。局域网不同于广域网，厂商一开始就按照标准化、互相兼容的方式展开竞争，用户在组建局域网时选择面更宽、设备更新更快。20 世纪 80 年代后期的激烈竞争，局域网厂商大都进入专业化的成熟时期。今天，在一个局域网中，工作站可能是 Legend 的，服务器可能是 HP 的，网卡可能是 D-Link 的，交换机可能是 3COM，而网络操作系统可能是 Novell 公司的 NetWare 或者是 Microsoft 公司的 Windows 2000 Server。进入 20 世纪 90 年代，局域网技术更趋成熟，光纤通信技术大量使用，快速以太网的主干速率已达 1000Mbps，工作站之间的传输速率已达 10Mbps 或 100Mbps，高带宽为多媒体应用打下了良好的基础。

【小知识】 **ARPANET**

ARPANET 是互联网的始祖，由美国国防部高级研究计划署设计开发。ARPANET 在洛杉矶的加利福尼亚州大学洛杉矶分校、加州大学圣巴巴拉分校、斯坦福大学、犹他大学四所大学的四台大型计算机采用分组交换技术，通过专门的接口信号处理机（IMP）和专门的通信线路相互联接。ARPANET 起初是为了便于这些学校之间互相共享资源而开发的，采用了包交换机制。

1.2　计算机网络的基本概念

1.2.1　计算机网络的定义

迄今为止，人们对计算机网络的定义没有统一的标准，不同的人群对计算机网络的含义和理解是不尽相同的。早期，人们将分散的计算机、终端及其附属设备，利用通信媒体连接起来，能够实现相互通信的系统称为网络系统。1970 年，在美国信息处理协会召开的春季计算机联合会议上，计算机网络被定义为"以能够共享资源（硬件、软件和数据等）的方式连接起来，并且各自具备独立功能的计算机系统之集合"。

以传输信息为主要目的，用通信线路将各计算机系统的计算机连接起来形成的计算机群称为计算机通信网络。

将地理位置不同，具有独立功能的多个计算机系统通过通信设备和线路连接起来，按照网络协议相互通信，以共享硬件、软件和数据资源为目标的系统称作计算机网络。

计算机网络的特点是实现多台计算机之间的相互通信、资源共享和分布处理。

计算机网络要完成数据处理与数据通信两大基本功能，因此典型的计算机网络在逻辑上可以分为两个子网：资源子网和通信子网。图 1-3 是典型的计算机网络系统示意图。从图中可以看出，一个计算机网络是由资源子网和通信子网构成的。资源子网负责信息处理，通信子网负责全网中的信息传递。

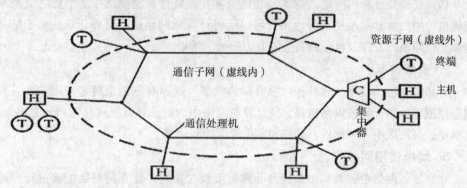

图 1-3　计算机网络系统示意图

通信子网是由用于信息交换的通信处理机、通信线路和其他通信设备组成的独立的数据信息系统，它承担全网的数据传递、转接等通信处理工作。图中的集中器 C 与多路转换器类似，其主要区别在于集中器是以动态方式分配信道，而多路转换器则以静态方式分配信道。

资源子网包括网络中的所有主机、I/O 设备、网络操作系统和网络数据库等。它负责全网面向应用的数据处理业务，向网络用户提供各种网络资源和网络服务，实现网络资源的共享。它包括：

（1）主机 H 是指大型机、中型机、小型机、工作站或微机。主机是资源子网的主要组成单元，它通过高速通信线路与通信子网的通信控制处理机相连接。在主机中除了装有本地操作系统外，还应配有网络操作系统。主机中还装有各种应用软件，配置网络数据库和各种工具软件。普通用户终端通过主机连入网络内。主机要为本地用户访问网络其他主机设备与资源提供服务，同时要为网中远程用户共享本地资源提供服务。

（2）终端 T 是用户与网络之间的接口，用户可以通过终端得到网络服务。终端和主机一样，是网络的信源和信宿。但通常终端输出的是字符流，不能直接入网，而必须通过主机或 PAD（分组组装/拆卸设备）。

（3）网络操作系统是建立在各主机操作系统之上的操作系统，用于实现在不同主机系统之间的用户通信以及全网资源的共享，并向用户提供统一的、方便的网络接口，以方便用户使用网络。典型的网络操作系统有 Windows NT、Netware、Unix 等。

（4）网络数据库系统是建立在网络操作系统之上的数据库系统。它可以集中驻留在一台主机上，也可以分布在多台主机上。它向网络用户提供存、取、修改网络数据库中数据等服务，以实现网络数据库的共享。

1.2.2　计算机网络的功能

计算机网络应具有如下功能。

1. 用户信息交换

信息交换是计算机网络最基本的功能，主要完成计算机网络中各节点之间的系统通信。用户信息交换是指各地用户可以通过计算机网络进行文件传输、电子邮件传输、新闻消息发布及电子商务等强有力的通信活动。

2. 资源共享

资源共享包括硬件、软件和数据资源的共享。资源共享是指网络上用户在各自权限范围内共享计算机网络资源，使计算机网络中的资源可以互通有无和分工协作，有利于提高网络中各种硬件、软件和数据资源的利用率。

3. 均衡使用网络资源

在计算机网络中，当其中某一台计算机负载过重时，计算机网络能够进行智能判断，并将新的任务转交给网络中较空闲的计算机去完成，这样就能均衡每一台计算机的负载，提高了网络中计算机的可用性。

4. 分布式处理

在计算机网络中，每个用户可根据具体情况合理选择网络内的资源，以就近原则快速地进行处理。对于综合的大型问题，可采用一定的算法将任务分配给不同的计算机，达到均衡网络资源，实现分布式处理的目的。

5. 信息服务

计算机网络还可提供诸如在线电视、在线聊天、在线游戏、视频点播、手机话费查询、天气预报、股票网上交易、火车时刻表、航班信息及电子商务等信息服务功能。

6. 提高计算机的安全可靠性

计算机网络可靠性的提高主要表现在网络中每台计算机都可以依赖所在的计算机网络，彼此互为后备机。一旦某台计算机出现故障，其他计算机可以马上承担起原先由该故障机所担负的任务，而不会因某台计算机的故障导致整个系统瘫痪，从而提高了计算机的可靠性。

随着计算机网络的功能不断强大，计算机网络应用已经深入到社会生活的各个方面，如办公自动化、信息金融管理、网上教学、电子商务、网络通信等。

1.2.3　计算机网络的应用

由于计算机网络具有高可靠性、高性价比和可扩充性等优点，被广泛应用于办公自动化、远程教育、电子银行、电子公告板系统、证券及期货交易、校园网、信息高速公路、企业网络、智能大厦和结构化综合布线系统等各个领域。计算机网络是目前计算机应用的热点，随着信息时代的到来和需求的增加，计算机越来越得到普遍应用，且价格越来越低，更促进了计算机网络应用的迅速发展。

1. 办公自动化

人们已经不满足于仅仅用个人计算机进行文字处理及文档管理，而是要求把一个单位或企业的办公计算机、打印机连成网络，简化办公室的日常工作。通过办公网络进行信息录入、处理、存档、信息的综合处理与统计、生成并传递部门之间或上下级之间的报表、通信联络、决策与判断等事务性工作。

2. 管理信息系统

对于现代化企业，计算机局域网的应用给现代管理信息系统提供了网络平台。特别对于大型企业，利用管理信息系统（MIS）更具意义，可以使企业实现现代化管理，提高经济效益和生产效率。常用的 MIS 系统主要有：

（1）计划统计子系统、人事管理子系统、设备仪器管理子系统、材料管理子系统。

（2）生产管理子系统。

（3）财务管理子系统。

（4）厂长或经理管理决策及查询子系统。

现代管理信息系统往往应用多媒体技术，以其生动形象的方式提供综合信息或决策指挥信息。

3. 图书、信息检索系统

图书、信息检索系统的应用由来已久，随着互联网的建立和发展，这方面的应用更有价值，电子图书馆、网上图书馆、网上信息检索系统使人类创造的精神财富通过互联网被全世界分享。

4. POS 与 ATM 系统

柜台销售系统（POS）是现代大型或超级市场现代化的标志，往往与财务、计划、仓储等业务连在一起。

自动取款机（ATM）是信用卡业务的扩展，是纸币向电子货币过渡的一个应用阶段。

5. 电子政务

电子政务是指应用现代化的电子信息技术和管理理论对传统政务处理方式进行持续不断的革新和改善，以实现高效率的政府管理和服务。

电子政务的内容十分广泛，从电子政务服务对象看，电子政务主要包括以下几个方面：政府内电子政务，它是指上下级政府、不同地方政府、不同政府部门之间的电子政务；政府对企业电子政务；政府对公民电子政务。

6. 期货及证券交易系统

期货及证券交易由于其获利大、风险大，且行情变化迅速，投资者及时掌握信息显得格外重要。金融业通过在线的计算机网络提供证券市场分析、预测、金融管理、投资计划等需要大量计算工作的信息服务，提供在线股票经纪人服务和在线数据库服务，用户通过任何与互联网相连的计算机进入证券交易系统或期货交易系统，就可进行即时交易。

7. 校园网

校园网是指在学校园区内用以实现网内资源共享的通信网络。一些发达国家已将一些高校的校园网确定为信息高速公路的重要分支，同时校园网也是衡量学校学术水平与管理水平的重要标志。

共享资源是校园网最基本的应用，学校里的教职员工以及学生通过网络更有效地共享各种软、硬件及信息资源，为更多的人提供一种崭新的合作环境。校园网还可以与公用计算机网络相连，拓展信息空间。校园网提供海量的用户文件空间、打印输出设备、电子图书等服务，并包含为各级行政、业务部门提供服务的学校信息管理系统以及为一般用户服务的电子邮件系统。

8. 电子商务

电子商务是指以电子通信作为手段的经济活动，通过这种方式，人们可以对带有经济价值的产品和服务进行宣传、购买以及结算。这种方式不受地理位置、资金量或销售渠道所有权的影响，公有企业、私有企业、公司、政府组织、各种社会团体、一般公民都能自由地进行广泛的经济活动，其中包括农业、林业、渔业、工业、私营、服务业以及公共事业。电子商务能使产品可在世界范围内交易并向消费者提供多种多样的选择。

目前电子商务正在我国蓬勃发展，主要的电子商务类型有：企业对消费者的电子商务、企业对企业的电子商务、企业对政府的电子商务以及消费者对消费者的电子商务。

9. 远程教育

远程教育是利用计算机网络实现的一种在线教育系统，是用来开展学历或非学历教育的全新教学模式。远程教育几乎可以提供大学中所有的课程，学员通过网络登录到系统中后，就可以选择课程学习，下载课件、作业和辅导资料，还可以点播视频课件，进行在线提问和讨论等。

10. 信息高速公路

信息高速公路是一个国家经济信息化的重要标志。我国政府也非常重视信息化事业，目前经国务院批准的全国性公用计算机互联网共有8个，分为经营性和非经营性两种类型，组成了我国信息高速公路的主干。

经营性的互联网有5个，它们是：中国公用计算机互联网（ChinaNet），由中国电信负责建设与经营管理；中国金桥信息网（ChinaGBNet），是由金桥工程业主单位吉通通信有限公司负责建设、经营的公用计算机信息网络；中国联通公用计算机互联网（UNINet），由中国联合通信有限公司负责建设与经营管理；中国网通公用互联网（CNCNet），由中国网通通信有限公司负责建设与经营管理；中国移动互联网（CMNet），由中国移动通信集团公司负责建设与经营管理。

非经营性的互联网有3个，它们是：中国教育科研网（CERNet），由国家投资建设，教育部负责管理；中国科学技术网（CSTNet），由国家投资和世界银行贷款建设，并由中国科学院网络运行中心负责运行管理；中国国际经济贸易互联网（CIET-Net），是面向全国外经贸系统事业单位的专用互联网，由外贸经济合作部下属的中国国际电子商务中心负责建设与经营管理。

【训练与练习】

1. 什么是计算机网络？具有通信功能的单机系统是否是计算机网络？具有通信功能的多机系统是否是计算机网络？

2. 计算机网络由哪几部分组成？各部分的主要功能是什么？

3. 计算机网络有哪些功能？

1.3 计算机网络的分类和拓扑结构

1.3.1 计算机网络的分类

计算机网络可按不同的标准进行分类。

1. 按地域覆盖范围来分类

按照计算机网络覆盖的范围，计算机网络可分为局域网（local area network，LAN）、城域网（metropolitan area network，MAN）和广域网（wide area network，WAN），下面一一讲解。

（1）局域网。局域网简称 LAN，覆盖地理范围有限。加入局域网中的计算机通常处在 1～2 公里的距离内，具有较高的数据传输率，一般为 1Mbps 以上，最高已达 1000Mbps。局域网中数据传输可靠，误码率低，误码率一般为 $10^{-7} \sim 10^{-12}$。局域网大多采用总线、星型等拓扑结构，结构简单，布线容易，使用方便。

（2）城域网。城域网简称 MAN，是在一个城市内部组建的计算机信息网络，地理范围可从几十公里到上百公里，可覆盖一个城市或地区，是一种中等规模的网络。提供全市的信息服务。MAN 是 LAN 的延伸，用于 LAN 之间的连接，在传输介质和布线结构方面牵涉范围较广。

（3）广域网。广域网简称 WAN，覆盖的地理范围无限，可以是一个地区或一个国家，甚至全世界，故又称远程网，如互联网（Internet）就是典型的广域网。由于广域网分布距离很远，其速率要比局域网低得多。另外在广域网中，网络之间连接用的通信线路大多租用专线，当然也有专门铺设的线路。广域网其物理网络本身往往包含了一组复杂的分组交换设备，通过通信线路连接起来，构成网状结构。

2. 按信息交换方式分类

按照信息交换的方式划分，计算机网络可分为线路交换网络、报文交换网络和分组交换网络。

（1）线路交换网络。线路交换最早出现在电话系统中，早期的计算机网络就是采用这种方式来传输数据的，数字信号经过变换成为模拟信号后才能进行联机传输。

（2）报文交换网络。报文交换方式是把要发送的数据及目的地址包含在一个完整的报文内，报文的长度不受限制。报文交换采用存储转发原理，每个中间节点要为途经的报文选择适当的路径，使其能最终到达目的端。这种方式类似于古代的邮政通信，传递的邮件由途中的驿站逐个存储转发。

（3）分组交换网络。分组交换也采用报文传输，但它不是以不定长的报文作传输的基本单位，而是将一个长的报文划分为许多定长的报文分组，以每个分组作为传输的基本单位。由于分组长度有限，可以使报文更加方便地在中间节点机的内存中进行存储处理，其转发速度大大提高。由于分组交换优于线路交换和报文交换，具有许多优点，因此，它已成为计算机网络中传输数据的主要方式。

3. 按传输介质分类

在计算机网络中，要使不同的计算机能够相互访问对方的资源，必须有一条通路使它们能够相互通信。传输介质是网络通信用的信号线路，它提供了数据信号传输的物理通道。传输介质按其特征可分为有线通信介质和无线通信介质两大类，有线通信介质包括双绞线、同轴电缆和光纤等，无线通信介质包括无线电、微波、卫星通信等。它们具有不同的传输速率和传输距离，分别支持不同的网络类型。

（1）有线通信介质。双绞线是最常用的一种传输介质，由两根具有绝缘保护层的铜导线组成。双绞线点到点的通信距离一般不能超过 100 米。目前，计算机网络上使用的双绞线按其传输速率分为三类线、五类线、六类线以及七类线，传输速率在 10~600Mbps 之间，双绞线电缆的连接器一般为 RJ-45。与其他传输介质相比，双绞线在传输距离、信道宽度和数据传输速度等方面都受到一定限制，但由于它价格较便宜，所以仍被广泛使用。

同轴电缆由内、外两个导体组成，内导体可以由单股或多股导线组成，外导体一般是由内导体为轴的金属丝组成的圆柱纺织面。内、外导体之间有绝缘材料，其阻抗为 50Ω。同轴电缆分为粗缆和细缆，粗缆用 DB-15 连接器，细缆用 BNC 和 T 连接器。

光纤由两层折射率不同的材料组成。内层是具有高折射率的玻璃单根纤维体组成，外层包一层折射率较低的材料，是目前发展最迅速、应用广泛的一种传输介质。光纤具有频带宽、传输速率高、传输距离远等优点，而且抗干扰性好、数据保密性高、误码率低，因此越来越受到人们的青睐。

（2）无线通信介质。不需要电缆或光纤，而是通过大气进行信息传输的计算机网络，目前无线网主要采用三种技术：微波通信、红外线通信和激光通信。无线传输广泛地用于电话领域，现在已开始出现局域网无线传输介质，能在一定的范围内实现快速、高性能的计算机联网。

4. 按传输技术分类

（1）点对点传输网络。数据以点到点的方式在计算机或通信设备中传输。星型网、环型网采用这种传输方式，两台计算机之间通过一条物理线路连接。

（2）广播式传输网络。数据在共用介质中传输。无线网和总线型网络属于这种类型。广播式网络的特点是仅有一条通信信道，网络上的所有计算机都共享这个通信信道。

5. 按服务方式分类

（1）客户机/服务器网络。服务器是指专门提供服务的高性能计算机或专用设备，客户机是指用户计算机。这是由客户机向服务器发出请求并获得服务的一种网络形式，多台客户机可以共享服务器提供的各种资源。这是最常用、最重要的一种网络类型，不仅适合于同类型计算机联网，也适合于不同类型的计算机联网。这种网络安全性容易得到保证，计算机的权限、优先级易于控制，监控容易实现，网络管理能够规范化。网络性能在很大程度上取决于服务器的性能和客户机的数量。

（2）对等网。在对等网中没有专门的计算机作为服务器，而是所有的计算机是平等的，各自保存自己的账号信息和配置信息，共享彼此的信息资源和硬件资源，组网的计算机一般类型相同。这种组网方式灵活方便，但是管理的时候是分散管理，不能统一管理，安全性也低，比较适合作为部门内部协同工作的小型网络。

6. 按网络的适用范围划分

（1）公用网。由电信部门组建，一般由政府、电信部门管理和控制，它是为全社会所有的人提供服务的网络。如公共电话交换网（PSTN）、数字数据网（DDN）、综合业务数字网（ISDN）等。

（2）专用网。专用网为一个或几个部门所拥有，它只为拥有者提供服务，不向拥有者以外的人提供服务，如金融、石油、铁路等行业都有自己的专用网。当然，专用网可能也是租用电信部门的传输线路。

1.3.2 计算机网络的拓扑结构

"拓扑"这个名词是从几何学中借用来的。网络拓扑是指网络形状，或者是它在物理上的连通性，即抛开网络电缆的物理连接来讨论网络系统的连接形式，是指网络电缆构成的几何形状，它能表示出网络服务器、工作站的网络配置和互相之间的连接形式。

计算机网络中常用的拓扑结构有总线型、星型、环型、树型、网状、蜂窝状等。

1. 总线拓扑结构

用一条称为总线的中央主电缆，所有工作站都通过相应的硬件接口直接连到这一总线上，称为总线型拓扑，如图1-4所示。这种结构中总线具有信息的双向传输功能，普遍用于局域网的连接，总线一般采用同轴电缆或双绞线。

总线拓扑结构的优点：

（1）总线结构所需要的电缆数量少，结构简单灵活，非常便于扩充。

（2）有较高的可靠性，网络响应速度快。

（3）设备量少、价格低、安装使用方便。

（4）共享资源能力强，非常适宜于广播式工作，即一个节点发送所有节点都可接收。

图 1-4　总线拓扑结构

总线拓扑的缺点：

（1）总线的传输距离有限，通信范围受到限制。

（2）故障诊断和隔离较困难。

（3）分布式协议不能保证信息的及时传送，不具有实时功能。站点必须是智能的，要有媒体访问控制功能，从而增加了站点的硬件和软件开销。

总线型网络结构是目前使用最广泛的结构，也是最传统的一种主流网络结构，适合于信息管理系统、办公自动化系统领域的应用。

2. 星型拓扑结构

星型拓扑结构是由中央节点和通过点到点的通信链路接到中央节点的各个站点组成的结构，因此中央节点相当复杂，负担也重。星型网采用的交换方式有电路交换和报文交换两种，尤其以电路交换更为普遍。这种结构一旦建立了通道连接，就可以无延迟地在连通的两个站点之间传送数据，如图1-5所示。

星型拓扑结构具有以下优点：

（1）结构简单，组网容易。

（2）故障诊断和隔离容易。在星型网络中，中央节点对连接线路可以逐一地隔离开来进行故障检测和定位，单个连接点的故障只影响一个设备，不会影响全网。

（3）集中控制，配置容易。

星型拓扑结构的缺点：

（1）安装和维护工作量可观。因为每个站点都和中央节点直接连接，需要耗费大量的电缆，安装、维护的工作量也骤增。

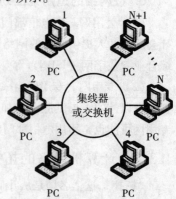

图 1-5　星型拓扑结构

（2）中央节点负担过重，容易形成瓶颈。一旦发生故障，则全网受影响，因而对中央节点的可靠性和冗余度方面的要求很高。

（3）各站点的分布处理能力较低。

星型拓扑结构广泛应用于网络的智能集中于中央节点的场合。从目前的趋势看，计算机的发展已从集中的主机系统发展到大量功能很强的微型机和工作站，在这种形势下，传统的星型拓扑的使用会有所减少。

3. 环型拓扑结构

环型结构由网络中若干节点通过点到点的链路首尾相连形成一个闭合的环，每个站点能够接收从一端链路传来的数据，并以同样的速率串行地把该数据沿环送到另一端链路上。这种链路可以是单向的，也可以是双向的，如图 1-6 所示。

环型拓扑结构具有以下优点：

（1）电缆长度短。环型拓扑结构所需的电缆长度与总线型相当，但比星型要短。

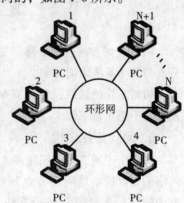

（2）适用于光纤。光纤传输速度高，环型拓扑网络是单向传输，十分适用于光纤通信介质。如果在环型拓扑网络中把光纤作为通信介质，将大大提高网络的速度和加强抗干扰的能力。

（3）无差错传输。由于采用点到点通信链路，被传输的信号在每一节点上再生，因此，传输信息误码率可减到最少。

（4）连接简单。增加或减少工作站时，仅需简单的连接操作。

图 1-6　环型拓扑结构

环型拓扑结构的缺点为：

（1）可靠性差。单个节点的故障会引起全网故障。这是因为环上的数据传输要通过接在环上的每一个节点，一旦环中某一节点发生故障就会引起全网的故障。

（2）故障检测困难。因为环上的任一点出现故障都会引起全网的故障，所以难以对故障进行定位。

（3）调整网络比较困难。例如扩大或缩小，都是比较困难的。

（4）环型拓扑结构的媒体访问控制协议都采用令牌环传递的方式，在负载很轻时，信道利用率相对来说就比较低。

4. 树型拓扑结构

树型拓扑是从总线拓扑演变而来的，形状像一棵倒置的树，顶端是树根，树根以下带分支，每个分支还可再带分支，如图 1-7 所示。树根接收各站点发送的数据，然后再广播发送到全网。树型拓扑的特点大多与总线拓扑的特点相同，但也有一些特殊之处。

树型拓扑的优点：

（1）易于扩展。这种结构可以延伸出很多分支和子分支，这些新节点和新分支都能容易地加入网内。

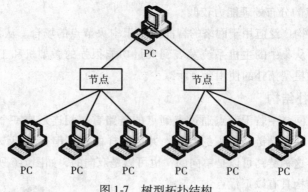

图1-7 树型拓扑结构

（2）故障容易分离处理。如果某一分支的节点或线路发生故障，很容易将故障分支与整个系统隔离开来。

树型拓扑的缺点：各个节点对根的依赖性太大，一旦网络的根发生故障，整个系统就不能正常工作。

5. 网状拓扑结构

将多个子网或多个局域网连接起来就构成了网状拓扑结构。在网状拓扑结构中，网络的每台设备之间均有点到点的链路连接，采用分散控制，具有很高的可靠性。网中的路径选择最短路径算法，故网上延迟时间少、传输速率高，但控制复杂，在一般局域网中不采用这种结构。

网状拓扑结构在广域网中得到了广泛的应用，它的优点是不受瓶颈问题和失效问题的影响。由于节点之间有许多条路径相连，可以为数据流的传输选择适当的路由，从而绕过失效的部件或过忙的节点。这种结构虽然比较复杂，成本也比较高，提供上述功能的网络协议也较复杂，但可靠性高，如图1-8所示。

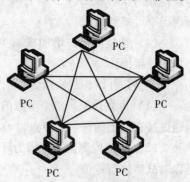

图1-8 网状拓扑结构

6. 蜂窝状拓扑结构

蜂窝状拓扑结构是无线局域网中常用的结构。它以无线传输介质（微波、卫星、红外等）点到点、点到多点传输为特征，是一种无线网，适用于城市网、校园网、企业网。

以上分析了几种常用拓扑结构及其各自的优缺点。应该指出，在实际组网中，拓扑结构不一定是单一的，通常是几种结构的混用。不管是局域网或广域网，其拓扑的选择，需要考虑诸多因素：①可靠性，尽可能提高可靠性，以保证所有数据流能准确接收，还要考虑系统的可维护性，使故障检测和故障隔离较为方便；②费用，建网时需考虑适合特定应用的信道费用和安装费用；③灵活性，需要考虑系统在今后扩展或改动时，能容易地重新配置网络拓扑结构，能方便地处理原有站点的删除和新站点的加入；④响应时间和吞吐量，要为用户提供尽可能短的响应时间和最大的吞吐量。网络拓扑的选择还会影响传输媒体的选择和媒体访问控制方法的确定，这些因素又会影响各个站点在网上的运行速度以及网络软、硬件接口的复杂性。

【小知识】　　　　　　　　　　　　**ISDN**

ISDN（integrated service digital network）中文名称是综合业务数字网，俗称为"一线通"。目前电话网交换和中继已经基本上实现了数字化，即电话局和电话局之间从传输到交换全部实现了数字化，但是从电话局到用户的传输则是模拟的，向用户提供的仍只是电话这一单纯业务。综合业务数字网的实现，使电话局和用户之间仍采用一对铜线，也能够做到数字化，并向用户提供多种业务，除了打电话外，还可以提供诸如可视电话、数据通信会议电视等等多种业务，从而使电话、传真、数据、图像等多种业务综合在一个统一的数字网络中进行传输和处理。

【训练与练习】

　　1. 计算机网络的基本拓扑结构有哪几种？各有什么特点？

　　2. 计算机网络分为哪些类？

学习指导

1. 学习建议

　　本章主要介绍了计算机网络的概论，主要讲述计算机网络的基本知识。在学习过程中，请大家注重一些基本概念的理解与记忆，以便对计算机网络有一个全面的了解，明确本课程将要学习的主要内容。

2. 学习重点与难点

　　计算机网络的定义、分类和网络的拓扑结构。

3. 核心概念

　　计算机网络定义、计算机网络的分类、计算机网络的常见拓扑结构以及计算机网络的主要功能。

课后思考与练习

一、填空题

　　1. 计算机网络是（　　　　　）和（　　　　　）相结合的产物。

　　2. 计算机网络主要有（　　　　　）个功能。

　　3. 计算机网络中的共享资源指的是硬件、软件和（　　　　　）资源。

　　4. 一座办公大楼内各个办公室中的微机进行联网，这个网络属于（　　　　　　　　）。

5. 常用的通信介质主要（　　　　　）和（　　　　　）两大类。

6. 通过网络互联设备将各种广域网和（　　　　　）互联起来，就形成了全球范围的互联网。

7. 局域网主要具有覆盖范围小、（　　　　　）、数据错误率低三个特点。

8. 目前，局域网的传输介质（媒体）主要是双绞线、（　　　　　）和光纤。

二、选择题

1. 最早出现的计算机网是（　　　　　）。

   A. ARPANET　　　　　B. Bitnet　　　　　C. Internet　　　　　D. Ethernet

2. 计算机网络的最大优点是（　　　　　）。

   A. 进行可视化通信　　　　　　　　B. 资源共享

   C. 发送电子邮件　　　　　　　　　D. 使用更多的软件

3. 计算机网络的目标是实现（　　　　　）。

   A. 文件查询　　　　　　　　　　　B. 信息传输与数据处理

   C. 数据处理　　　　　　　　　　　D. 信息传输与资源共享

4. 互联网的通信协议是（　　　　　）。

   A. X. 25　　　　　B. CSMA/CD　　　　　C. CSMA　　　　　D. TCP/IP

5. 信息高速公路传送的是（　　　　　）。

   A. 多媒体信息　　　　　　　　　　B. 十进制数据

   C. ASCII 码数据　　　　　　　　　D. 系统软件与应用软件

6. 为网络提供共享资源并对这些资源进行管理的计算机称之为（　　　　　）。

   A. 工作站　　　　　B. 服务器　　　　　C. 网桥　　　　　D. 网卡

7. 一个计算机网络组成包括（　　　　　）。

   A. 传输介质和通信设备　　　　　　B. 通信子网和资源子网

   C. 用户计算机和终端　　　　　　　D. 主机和通信处理器

8. 以（　　　　　）将网络划分为广域网（WAN）、城域网（WAN）和局域网（LAN）。

   A. 接入的计算机多少　　　　　　　B. 接入的计算机类型

   C. 拓扑类型　　　　　　　　　　　D. 接入的计算机距离

9. 下面讲述的（　　　　　）不是计算机网络的功能。

   A. 数据通信　　　　　　　　　　　B. 电话通信

   C. 资源共享　　　　　　　　　　　D. 提高计算机的可靠性和和可利用性

10. 广域网的英文缩写是（　　　　　）。

   A. LAN　　　　　B. WAN　　　　　C. MAN　　　　　D. SAN

三、判断题

1. 多用户计算机系统是计算机网络。　　　　　　　　　　　　　　　（　　　）

2. 同一间办公室中的计算机互联不能称之为计算机网络。　　　　　　（　　　）

3. 在计算机局域网中，只能共享软件资源，而不能共享硬件资源。　　（　　）

4. 资源共享是指网络中的计算机可以任意使用其他各计算机系统提供的资源。　　（　　）

5. 资源子网主要负责全网的数据通信。　　（　　）

四、名词解释

1. 计算机网络

2. 主机

五、问答题

1. 计算机网络从系统组成讲分哪三大类，各又包含几类？

2. 计算机网络的功能与应用有哪几类？

3. 计算机网络分哪四个发展阶段？

第 2 章

数据通信基础

学习目标

1. 了解数据通信概论
2. 熟悉数据传输技术
3. 了解信息交换技术
4. 熟悉差错检测与控制

案例导入

信息是怎样传输的

计算机网络是计算机技术与通信技术紧密结合的产物。网络中信息交换和共享意味着一个计算机系统中的信息要通过计算机网络传输到另一个计算机系统中去进行处理或使用。那么，如何在不同计算机系统中进行信息的传输？这就是数据通信技术要解决的问题。

问题引入

1. 什么是数据通信？
2. 数据通信是如何实现传输控制的？

2.1 数据通信概论

数据通信是指计算机与计算机、计算机与终端以及终端与终端之间的数据信息传递。典型的数据通信系统可用以下的等式描述，即：

数据通信 = 数据处理 + 数据传输

数据通信具有下列特点：

（1）数据通信传输和处理离散的数字信号。

（2）数据通信的通信速度很高，且通信量突发性强。

（3）数据传输的可靠性要求高。

（4）必须事先制定通信双方必须遵守的、功能齐备的通信协议。

（5）数据通信的信息传输效率很高。

（6）数据通信每次呼叫的平均持续时间短。

2.1.1 数据通信系统的基本概念

1. 信息

通信的目的就是交换信息，信息的载体可以是多媒体，包含声音、动画、图形图像、文本等。计算机终端产生的信息一般是字母、数字和符号的组合。为了传送这些信息，首先要将字母、数字或括号用二进制代码表示。目前常用的二进制代码有国际5号码（IA5）、扩充的二—十进制交换码（EBCDIC）和信息交换标准代码（ASCII）等。

2. 数据与信号

（1）数据。数据是一种有意义的实体，包含了事物的内容和表示形式。在计算机网络系统中，数据通常被广义地理解为在网络中存储、处理和传输的二进制数字编码。它是信息的载体，可以是各种进制的数或字符、图像等。

数据的单位如下：

1）位 b（bit）是一个 0 或 1。

2）字节 B（Byte）是 8 个码元。1KB = 1024B；1MB = 1024KB；1GB = 1024MB。

（2）信号。简单地讲，信号就是携带信息的传输介质。在通信系统中常常使用的电信号、电磁信号、光信号、载波信号、脉冲信号、调制信号等术语就是指携带某种信息的具有不同形式或特性的传输介质。

信号在传输过程中有两种不同的表示形式。模拟信号的信号电平是连续变化的，它的取值可以是无限多个，如电话线上传送的按照语音强弱幅度连续变化的电波信号。数字信号是一种离散的、脉冲有无的组合形式，是负载数字信息的信号。现在最常见的数字信号是幅度取值只有两种（用 0 和 1 代表）的波形，称为"二进制信号"。图 2-1 是模拟信号和数字信号的波形图。

3. 信道及信道的类型

信道。传输信息的通路称为"信道"。信道是用来表示向某一个方向传送信息的媒体，包括通信设备和传输介质。信道根据不同的分类方法有以下几种不同的分类。

（1）物理信道和逻辑信道。在计算机网络中，信道分为物理信道和逻辑信道。物理信道是指用来传送信号或数据的物理通路，网络中两个节点之间的物理通路称为通信链路，物理信道由传输介质及相关设备组成。逻辑信道也是一种通路，但在信号收、发点之间并不存在一条物理上的传输介质，而是在物理信道基础上，由节点内部的边来实现。通常把逻辑信道称为"连接"。

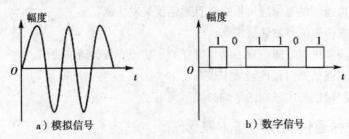

图 2-1　模拟信号和数字信号

（2）有线信道和无线信道。按传输介质信道，可分为有线信道或无线信道。有线信道包括电缆、双绞线、同轴电缆、光缆等以各种有形线路传递信息的方式；无线信道包括无线电、微波和卫星通信信道等以电磁波形式在空间传播信息的方式。

（3）模拟信道和数字信道。按传输信号类型，信道可分为模拟信道和数字信道。模拟信道是以连续模拟信号形式传输数据的信道。数字信道是以数字脉冲形式（离散信号）传输数据的信道。

（4）专用信道和公共交换信道。按使用权限，信道可分为专用信道和公用信道。这是一种连接用户之间设备的固定线路，既可以是自行架设的专用线路，也可以向电信部门租用。

2.1.2　通信线路的通信方式

根据数据信息在传输线上的传送方向，通信方式可以分为单工、半双工和全双工通信，如图 2-2 所示。

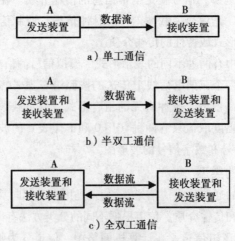

图 2-2　通信线路的通信方式

1. 单工方式

在这种方式中，数据只能单方向进行传输，即一方仅能发送数据，而另一方仅能接收数据。如图 2-2a 所示，即数据只能由工作站 A 传到工作站 B，不能反向进行。例如，无线电广播或电视广播就属于这种类型。

2. 半双工方式

在半双工方式中，数据信息可以双向同时传送；若使用同一根传输线既作接收又作发送，虽然数据可以双向传送，但通信双方不能同时收发数据，这样的传送方式就是半双工方式。如图 2-2b 所示，数据能从 A 向 B 传输，反方向也能传输，但是两个方向不能同时进行。例如对讲机的通话方式就属于这种类型。

3. 全双工方式

允许通信双方同时进行发送和接收。全双工方式相当于把两个方向相反的单工方式组合在一起，因此它需要两条数据传输线。在计算机串行通信中主要使用半双工和全双工方式，如图 2-2c 所示，两个工作站能同时发送和接收数据，而且数据可同时在两个方向上传输。它相当于两个单工通信方式的组合。例如电话的通信方式就属于这种类型。

值得说明的是，全双工与半双工方式比较，虽然信号传输速度增大许多，但线路也要增加一条，因此系统成本也将增加。在实际应用中，特别是在异步通信中，大多数情况都采用半双工方式，虽然效率较低，但线路简单、实用，而且系统一般也够用。

2.1.3 数据通信系统的组成

通信是指信息的传输与交换，信息可以是文字、语音、图形、图像和视频等。而通信系统是指实现这一通信过程的全部技术设备和信道（传输媒介）的总和。通信系统种类繁多，其具体设备和功能可能各不相同，抽象概括起来，均可用图 2-3 表示。它由信源、发送设备、信道、接收设备和信宿等五个部分组成。

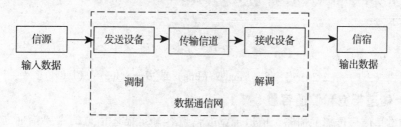

图 2-3 数据通信系统的组成

信源是发出信息的源头，其作用是产生信息。信源可分为模拟信源和数字信源。模拟信源输出连续幅度的模拟信号；数字信源（如电传机、计算机等各种数字终端设备）输出离散的数字信号。

发送设备是将信源信息发送到信道的设备，其作用是实现信号转换和信号编码。

信道是指传输信号的通道，可以是有线的，也可以是无线的，有线和无线均有多种传输媒质。信道既给信号提供传输通路，也对信号产生各种干扰和噪声。传输媒质的固有特性和干扰直接关系到通信的质量。

接收设备主要任务是提取来自信道的原始信息，其作用是实现信号转换和信号解码。它实质上是发送设备的逆过程，通常发送设备和接收设备均具有双重功能，既有发送功能又有接收功能。

信宿是传输信息的归宿，其作用是将复原的原始信号转换成相应的消息。其中信源和信宿为数据处理系统，发送设备、信道和接收设备为数据传输系统。因此，现代数据通信系统实际上是一个计算机网络，由数据处理系统和数据传输系统两部分组成。

2.1.4 数据通信中的主要技术指标

1. 数据传输速率和波特率

（1）数据传输速率又称比特率 S，是数字信号的传输速率一种表示形式，它表示单位时间内所传送的二进制代码的有效位数，记作 bps 或 b/s。S 用每秒比特数（bps）、每秒千比特数（kbps）或每秒兆比特数（Mbps）等单位来表示。设 T 为传输的数字脉冲信号的宽度或重复周期，N 为一个脉冲信号所有可能的状态数，则数据传输率为：

$$S = \frac{1}{T}\log_2 N \ （bps） \tag{2-1}$$

式中，$\log_2 N$ 是每个脉冲信号所表示的二进制数据的位数（比特数）。如电信号的状态数 $N=2$ 时，$S=1/T$，表示数据传输速率等于信号脉冲的重复频率。

（2）波特率 B。波特率称为调制速率，也称波形速率、码元速率。它是指数字信号经过调制后的速率，即经调制后的模拟信号每秒变化的次数。或者说，在数据传输中，线路上每秒钟传送的波形个数就是波特率，其单位为波特（Baud）。因为它是脉冲信号经过调制后的传输速率，所以若以 T 表示每个脉冲的时间，则调制速率可以表示为：

$$B = \frac{1}{T} \tag{2-2}$$

由式（2-1）、（2-2）得：$S = B\log_2 N$（bps）或 $B = S/\log_2 N$（Baud）。

2. 信道带宽和信道容量

信道是信号传输的通路，信道带宽或信道容量是描述信道的主要指标之一，由信道的物理特性所决定。

信道带宽是指信道所能传送的信号的频率范围（即频带宽度），也就是可传送信号的最高频率与最低频率之差，其单位为赫兹（Hz）。通常分为三类：窄带信道（带宽为 0~300Hz），音频信道（带宽为 300~3400Hz）和宽带信道（带宽为 3400Hz 以上）。

信道容量表示一个信道的最大数据传输速率，单位是位/秒（bps）。当某信道上传输的数据速率大于信道容量时，该信道就不能用来传输数据了。信道容量与数据传输速率的区别是，前者表示信道的最大数据传输速率，是信道传输数据能力的极限，而后者是实际的数据传输速率。

一般情况下，信道带宽越宽，一定时间内信道上传的信息量就越多，则信道容量就越大，传输效率也就越高。根据香农（Shannon）定理，在有随机噪声干扰的信道中，信道带宽与容量之间的关系如下：

$$C = W\log_2\left(1 + \frac{S}{N}\right) \tag{2-3}$$

式中，C 为信道容量；W 是信道带宽；N 是噪声功率；S 是信号功率。在实际应用中，通常不用 S/N 本身表示信道的信噪比，而是用 $10\lg(S/N)$ 来表示，单位为分贝（dB）。如果信噪比 $S/N = 100$，则为 20dB。

例如，一个数字信号通过信噪比为 1000（30db）的 3kHz 信道传送，则最大数据传输速率为：

$$3 \times \log_2(1 + 1000) \approx 30 \text{（kbps）}$$

式（2-3）表明，信道容量受到带宽和信噪比的制约。同一带宽下，信噪比越高，信道容量就越高。自从香农定理发表后，各种信号的处理和调制方法不断推出，目的就是为了尽可能地接近香农定理给出的最高数据传输速率。实际上，信道所能够达到的信息传输速度要比香农定理的最高数据传输速率低得多，如在 3000Hz 带宽的电话线上数据传输速率能达到 9000bps 就很不错了。

3. 误码率

误码率是指二进制码元在数据传输中被传错的概率，也称为"出错率"，常用 P_e 表示。P_e 的定义公式如下：

$$P_e = \frac{N_e}{N} \tag{2-4}$$

式中，N 是传输的数据总数；N_e 是其中出错的位数。

误码率是衡量数据通信系统在正常工作情况下的传输可靠性的指标。在计算机网络中，一般要求误码率低于 10^{-6}，若误码率达不到这个指标，可通过差错控制方法检错和纠错。

【小知识】   **无线信道**

无线信道包括无线电、微波和卫星通信等以电磁波形式在空间传播信息的方式。微波信道、红外和激光信道都具有很强的方向性。微波信道传输质量比较稳定，不受雨雾等天气条件的影响，但在方向性及保密性方面不及红外和激光信道。卫星信道是以人造卫星为微波中继站，属于散射式通信，它是微波信道的特殊形式。卫星信道的优点是容量大、距离远，但一次性投资大、传播延迟时间长。

【训练与练习】

1. 简述数据通信系统的组成。

2. 什么是比特率和波特率？二者有何关系？

2.2 数据传输技术

2.2.1 数据传输方式

数据在信道上按时间传送的方式称为传输方式。

1. 串行传输和并行传输

数据传输方式按照传输信号的时序可分为串行传输和并行传输，如图 2-4 所示。

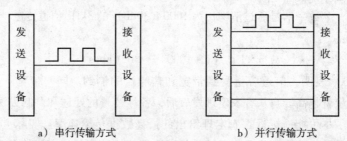

a) 串行传输方式   b) 并行传输方式

图 2-4 传输方式

串行传输指的是数据流以串行方式，在一条信道上传输。一个字符的 8 位二进制代码，由高位到低位顺序排列，再接下一个字符的 8 位二进制码，这样串接起来形成串行数据流传输。串行传输只需要一条传输信道，易于实现，是目前主要采用的传输方式。但是串行传输存在一个收、发双方如何保持码组或字符同步的问题，这个问题不解决，接收方就不能从接收到的数据流中正确地区分出一个个字符来，因而传输将失去意义。

并行传输指的是数据以分组的方式，在多条并行信道上同时进行传输。常用的就是将构成一个字符代码的几位二进制码，分别在几个并行信道上进行传输。但是，并行传输必须有并行信道，这往往带来了设备上或实施条件上的限制，因此，实际应用受限。

2. 异步传输和同步传输

码组或字符的同步问题目前有两种不同的解决办法，即异步传输方式和同步传输方式。

（1）异步传输。在信息传输时，为实现起止同步，在被传送字符前后加起止位，在其后加校验位，形成一个异步数据帧，实现定时的传输方式被称为异步方式。平时没有信号时，线路处于"空号"，即高电平状态。一旦接收端检测到传输线高电平跳转到低电平（即起始位），便认为发送端开始传输数据，接收端便使用这些跳变启动内部时钟，使其对准接收的每一位采样，以保证正确的接收，当接收端收到终止位时，标志传输结束。前面的起始位与后面的终止位、校验字节构成完整的帧信息，如图2-5所示。

图2-5　异步传输

异步传输方式由于不需要在发送和接收之间另外传输定时信号，所以实行起来比较简单，但由于每一个传送字符都要加上起始位、终止位以保证收发同步，因此其传输速率低。例如，传输一个二进制字符（8 bit），加上起止位、校验位各一位，则一共需10位，也就是传输的有效率为80%。

异步通信的优点是传输简单、易于实现、设备简单、费用低，但其辅助开销大且浪费时间。由于其每次仅传送一个字符信息，使得该通信的编码效率低，线路利用率低，数据传输速率低。异步通信方式适于低速（10～1500字符/s）通信场合。

（2）同步传输。同步传输以数据帧为单位传输数据，可采用帧同步信号，由发送端或接收端提供专用于同步的时钟信号，如图2-6所示。

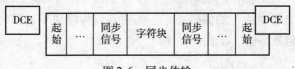

图2-6　同步传输

同步传输要求严格的时序与时钟，以保证连续的数据块能正确传输，为此要求传输的双方使用同一个时钟信号进行发送与接收，其方法有两种：

1）采用单独的数据线传输时钟信号，适用于远距离高速传输。

2）采用信号编码的方法传输时钟信号，常用于基带局域网（如10BASE以太网）。

同步传输的特点是需要较高的时钟装置、传输较复杂、费用高，其优点是收和发能保持严格同步，发送端和接收端将整个字符组作为一个单位传送，提高了数据编码效率和传输效率。同步通信方式一般用于要求较高传输速率的场合。

2.2.2　数据传输的基本形式

在计算机网络中，数据传输的基本形式有两种：基带传输和频带传输。

1. 基带传输

所谓基带，就是指电信号所固有的基本频带。数字信号的基本频带是从 0 至若干兆赫，由传输速率决定。当利用数据传输系统直接传送基带信号，不经频谱搬移时，则称之为基带传输。其特点是：

- 直流脉冲发送
- 一次仅传输一个信号或信道，独占通信线路容量
- 随距离变大而迅速衰减，可用中继器再生和放大信号
- 必须先编码，用不同的电平代表信号"1"和"0"

数字信号可以直接采用基带传输。基带传输就是在线路中直接传送数字信号的电脉冲，它是一种最简单的传输方式，近距离通信的局域网都采用基带传输。对于数字信号的基带传输，二进制数字在传输过程中可以采用不同的编码方式，常见的数字数据编码方案有不归零编码和曼彻斯特及差分曼彻斯特编码。

（1）不归零编码（NRZ）。该编码用两个电平来表示二进制数字；用高电平表示 1，用低电平表示 0。不归零制有很多缺点，它难以判断一位的结束和另一位的开始，需要用某种方法来使发送端和接收端进行定时或同步。如果传输中都是"1"或"0"，那么在单位时间内将产生直流分量，它能使设备连接点产生电腐蚀或其他损坏。不归零编码特点是简单且容易实现，但接收方和发送方无法保持同步，如图 2-7a 所示。

（2）曼彻斯特编码（Manchester）。该编码是一种自同步编码方式，曼彻斯特编码的每一位中间（1/2 周期时）都有跳变，该跳变可作为本地时钟，也代表数字信号的取值。当每位中间由低电平向高电平跳变时，代表 1；由高电平跳到低电平代表 0。其特点是具有"自含时钟"的编码技术，无须专门传递同步信号的电路，成本低，抗干扰能力强，但效率低，如图 2-7b 所示。

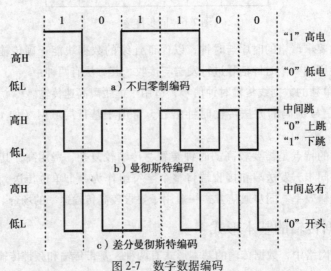

图 2-7　数字数据编码

（3）差分曼彻斯特编码。这是改进的曼彻斯特码，其二进制取值由每一位开始的边界是否存在跳变而定。它的编码规则是：若码元为1，则其前半个码元的电平与上一个码元的后半个码元的电平一样；若码元为0，则其前半个码元的电平与上一个码元的后半个码元的电平相反。不论码元是1或0，在每个码元的正中间时刻，一定要有一次电平的转换。其特点是具有"自含时钟"的编码技术，抗干扰能力强，但实现技术复杂，如图2-7c所示。

2. 频带传输

所谓频带传输，就是先把数字信号进行调制交换，成为能在公用电话网中传输的模拟信号，然后将模拟信号在传输介质中传送到接收端后，再由调制解调器将该模拟信号解调变换成原来的数字信号。

在发送端将数字信号转换成模拟信号的过程称为"调制"，相应的调制设备叫"调制器"，把接收端模拟信号还原为数字信号的过程称为"解调"，相应的设备称为"解调器"，同时具备调制和解调的设备称为"调制解调器"。

调制时，选用正（余）弦信号作为载波，分别对正弦波（余弦波）的幅度、频率和相位这三个参数进行控制。在调制中，载波信号可以用数学表达式表示为：

$$U(t) = A(t)\sin(\omega t + \varphi) \tag{2-5}$$

其中，振幅 A，频率 ω 及相位 φ 是载波信号的3个可变参量，它们是正弦波的控制参数，它们的变化将引起波形的变化。由此可通过调制参数的改变对模拟信号进行编码，构成幅度调制、频率调制和相位调制三种基本调制形式，如图2-8所示。

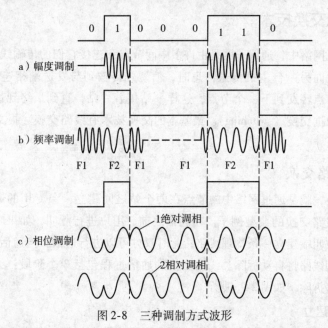

图2-8　三种调制方式波形

（1）幅度调制（AM）。在幅度调制中，频率和相位都是常数，只有载波的振幅随基带数字信号而变化。例如，"0"对应于无载波输出，而"1"对应于有载波输出

（见图 2-8a）。这种调制方式容易受增益变化的影响，是一种低效的调制技术。

（2）频率调制（FM）。在频率调制中，振幅、相位为常量，而频率为变量，即载波信号的频率随数字信号的变化而变化。例如，"0"对应于频率 F1，而"1"对应于频率 F2（见图 2-8b）。频率调制实现起来简单，而且抗杂音、抗失真和抗电干扰的能力较强，可用于同步传输和异步传输。因此在数据传输中得到了较广泛的应用。

（3）相位调制（PM）。在相位调制中，载波的相位随着数字信号的改变而改变，振幅、频率为常量，相位为变量，每一种相位代表一种码元。利用这种技术，可以对传输速率起到加倍的作用。例如，"0"对应于相位 0°，而"1"对应于 180°（见图 2-8c）。

频带传输不仅克服了目前许多长途电话线路不能直接传输基带信号的缺点，而且能够在一个信道中传输声音、图像和数据信息，实现多路复用，传输更远的距离，从而提高了通信线路的利用率。

【训练与练习】

1. 什么是基带传输和频带传输？各有哪几种编码方法？

2. 举例说明什么是串行传输？什么是并行传输？

3. 什么是同步通信？什么是异步通信？适用于什么场合？

2.3 信息交换技术

在计算机网络中，通信子网是由许多中间节点和连接它们的传输线路所组成的。当从一台主机向另一台主机传送信息时，信息先传输到与发送端相连的中间节点，再由该中间节点转发到下一个节点，这样一站接着一站，直到最终到达接收端，这个过程称作数据交换（switching）。最基本的交换技术有线路交换、报文交换和分组交换三种。

2.3.1 线路交换

线路交换，就是通过网络中的节点在两个站之间建立一条专用的通信线路。电话通信就是线路交换的典型例子。在通话之前，用户进行呼叫，如果呼叫成功，则从主叫端到被叫端建立一条物理线路，此时双方可以进行通话，当通话结束挂机后，所建立的物理线路将自动拆除。线路交换的通信过程包括 3 个阶段：线路建立、数据传送和线路拆除，如图 2-9a 所示。

1. 线路建立

在传输数据之前，必须先建立从发送端到接收端之间的一条完全通路。一旦这条通路建立，它就由这一对用户完全占有并使用，不允许其他用户使用。

2. 数据传送

当通路建立成功后，就可通过该通路把数据信号从发送端传送到接收端。所传输的数据可以是数字的，也可以是模拟的。一般来说，这种连接是全双工的，可以双向传输数据。

3. 线路拆除

在某个数据传送周期结束以后，就要释放连接。该释放动作可由两站点中的任一站点发起并完成。释放信号必须传送到电路所经过的各个节点，以便重新分配资源。

线路交换的优点是：独占物理线路，可靠性高，实时响应好，不受交换机约束，编码格式和通信控制规程可由通信双方根据需要自行决定。

线路交换的缺点是：建立线路有一定的时延，独占线路，造成通信线路的资源浪费。

线路交换适用于高负荷的持续通信和实时性要求强的场合，尤其适用会话式通信、语言、图像等交互式通信，不适合传输突发性、间断型数据与信号的计算机间通信。

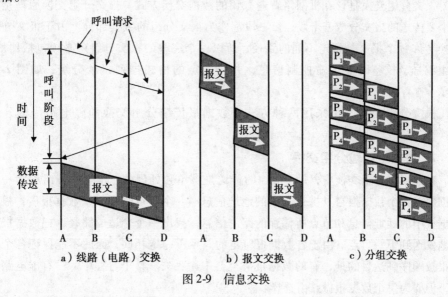

图2-9　信息交换

2.3.2　报文交换

报文交换以报文作为传输信息的单位。报文包括目的地址、源地址及其他辅助信息的报头和需要发送的信息正文两部分。报文交换是一种在某站收到报文后，首先将其存储起来，待有空闲出现时，再将其转发出去的一种技术，因此称为"存储转发"式交换。该种交换主要用于非实时的通信。报文交换在传输过程中每经过一个节点交换机可能要经过两次排队，从而给报文的传输造成一定的时延。如图2-9b所示。

报文交换的优点是：报文以"存储——转发"方式通过交换机，输入、输出电路的速率、电码格式等可以不同，由于许多报文可以分时共享一条节点到节点的通道线路效率较高，不需要同时使用发送器和接收器来传输数据，网络可以在接收器可用之前，暂时存储这个报文，并且报文交换系统可以把一个报文发送到多个目的地。

根据报文的长短或其他特征能够建立报文的优先权，使一些短的、重要的报文可以优先传递。报文交换网可以进行速度和代码的转换。

报文交换的缺点是：信息通过交换机的时延大，并且时延的变化也大，交换机要有能力对报文进行存储，其中有的报文可能很长，要求交换机要有较强的处理能力和存储容量，报文交换不适用于即时交互式数据通信。

2.3.3 报文分组交换

报文分组交换力图兼有报文交换和线路交换的优点，而使两者的缺点最少。报文分组交换与报文交换的工作方式基本相同，形式上的主要差别在于：报文分组交换网中要限制所传输的数据单位的长度。

报文分组交换是计算机网络普遍采用的数据交换方式。报文分组交换原理是把一个要传送的报文分成若干段，每一段都作为报文分组的数据部分。由于报文分组交换允许每个报文分组走不同的路径，所以一个完整的报文分组还必须包括地址、分组编号、校验码等传输控制信息，并按规定的格式排列每个分组，如图2-9c所示。

报文分组交换又可采用两种方式：数据报传输分组交换和虚电路传输分组交换。

1. 数据报传输分组交换

在数据报分组交换中，每个分组的传送是被单独处理的。每一个分组称为一个数据报，每个数据报自身携带足够的地址信息。一个节点收到一个数据报后，根据数据报中的地址信息和节点所储存的路由信息，找出一个合适的路径，把数据报原样地发送到下一节点。由于各数据报所走的路径不一定相同，因此不能保证各个数据报按顺序到达目的地，有的数据报甚至会中途丢失。整个过程中，没有虚电路建立，但要为每个数据报做路由选择。

2. 虚电路传输分组交换

在虚电路分组交换中，为了进行数据传输，网络的源节点和目的节点之间要先建一条逻辑通路。每个分组除了包含数据之外还包含一个虚电路标识符。在预先建好的路径上的每个节点都知道要把这些分组引导到哪里去，不再需要进行路由选择判定。最后，由某一个站用清除请求分组来结束这次连接。之所以说它是"虚"的，是因为这条电路不是专用的。

虚电路分组交换的主要特点是：所有分组都必须沿着事先建立的虚电路传输，

存在一个虚呼叫建立阶段和拆除阶段。与电路交换相比，并不意味着实体间存在像电路交换方式那样的专用线路，而是选定了特定路径进行传输，分组所途经的所有节点都对这些分组进行存储/转发，这是与电路交换的实质上的区别。

分组交换网的主要优点是：

（1）高效。在分组传输的过程中动态分配传输带宽，对通信链路是逐段占有的。

（2）灵活。每个节点均有智能，可以为每一个分组独立地选择转发的路由。

（3）迅速。以分组作为传送单位，通信之前可以不先建立连接就能发送分组；网络使用高速链路。

（4）可靠。分组交换网具有完善的网络协议和分布式多路由的通信子网。

分组交换网的主要缺点是：由网络附加的传输信息较多，对长报文通信的传输效率比较低，技术实现有一定的复杂度。

分组交换技术是在数据网中使用最广泛的一种交换技术，适用于交换中等或大量数据的情况。

2.3.4　高速交换技术

目前，常用的数据交换方式主要是电路交换和分组交换，但这些交换技术不能满足当前多媒体业务的应用。提高交换速度的方案有帧中继（FR）和异步传输方式（ATM）等。其中，较有发展前途的交换技术是 ATM，它结合了电路交换与分组交换技术，能最大限度地发挥电路交换与分组交换技术的优点，具有从实时的语音信号到高清晰度电视图像等各种高速综合业务的传输能力。

【训练与练习】

线路交换、报文交换和分组交换三者的区别是什么？

2.4　差错检测与控制

所谓差错，就是在通信过程中，接收端收到的数据与发送端实际发出的数据出现不一致的现象。由于物理线路上存在着各种干扰和噪声，数据信息在传输过程中会产生差错，出现数据丢失、改变或错误出现位串等问题。差错检测与控制就是指在数据通信过程中能及时检测到差错发生，发现或纠正差错，将差错限制在尽可能小的允许范围内。

2.4.1　常用检错码

在差错检测与控制中可以利用检错码进行差错检测，检错码是指能自动发现出现差错的编码。在发送每一组信息时发送一些附加位，接收端通过这些附加位可以对所接收的数据进行判断，判断其是否正确，如果存在错误，它不能纠正错误，而是通过反馈信道传送一个应答帧,把这个错误的结果告诉给发送端,让发送端重新发送该信息,直至接收端收到正确的数据为止。常用的检错码有奇偶校验码和循环冗余码。

1. 奇偶校验

奇偶校验码是一种最简单也是最基本的检错码。它是在原始数据后附加一个校验位,构成一个带有校验位的码组。偶校验时,使码组中"1"的个数为偶数,奇校验时,使码组中"1"的个数为奇数,并把整个码组一起发送出去。接收端收到信号后,根据使用的是奇检验还是偶检验对每个码组进行奇或偶校验,以确定是否有差错发生。使用奇偶检验码发送和接收数据的过程如图 2-10 所示。

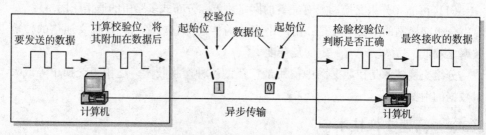

图 2-10 奇偶校验码工作过程

奇偶校验只能检测出奇数个错而不能检测出偶数个错,即奇偶校验不能检测任何偶数位的传输差错。奇偶校验简单,易于实现,在位数不长、传输速率较低的情况下常常采用。在以字符为单位的异步传输方式中常采用奇偶校验。

2. 循环冗余校验

循环冗余校验码(CRC)是一类重要的线性分组码,又称为多项式码。利用CRC 进行检错的过程可简单描述为:在发送端将要发送的信息数据与一个通信双方共同约定的数据进行除法运算,并根据余数得出一个校验码,然后将这个校验码附加在信息数据帧之后一起发送出去。接收端在接收到数据后,将包括校验码在内的数据帧再与约定的数据进行除法运算,若余数为"0",则表示接收的数据正确,若余数不为"0",则表明数据在传输的过程中出现错误。使用 CRC 的过程如图 2-11 所示。CRC 的编码和解码简单,检错和纠错能力强,在通信领域广泛地用于实现差错控制。

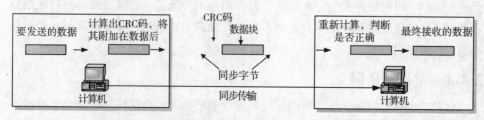

图 2-11 循环冗余校验(CRC)码工作过程

2.4.2 差错控制

在差错检测过程中，可以通过利用校验码对接收到的数据进行检查，以判断传送的数据是否正确。当发现错误时可以采用差错控制机制进行控制。常用的差错控制通过反馈重发的方法实现纠错。反馈重发，即 ARQ，它有停止等待和连续工作两种方式。ARQ 工作过程如图 2-12 所示。

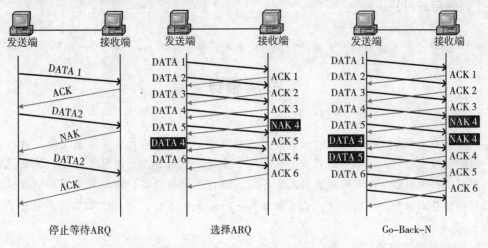

图 2-12 三种 ARQ 协议的传输过程

1. 停止等待的 ARQ 协议方式

在停止等待的方式中，发送方在发送完一个数据帧后，要等待接收方应答帧的信号传回来，发送方在接收到正确的应答帧（ACK）信号后，才可以发送下一帧数据。如果收到的是表示出错的应答帧信号（NAK），则需要重发出错的数据帧。停止等待 ARQ 协议非常简单，是一种半双工的协议，因此系统的通信效率低。为了克服这一缺点，就产生了连续 ARQ 协议。

2. 连续 ARQ 协议

连续重发请求 ARQ 协议是指发送方可以连续发送一系列数据帧，不用等前一帧被确认便可继续发送下一帧，效率大大提高。根据重发的方式不同，连续 ARQ 可分为拉回方式和选择重发 ARQ。

（1）拉回方式（Go-Back-N）。在这种方式中，发送方可以连续向接收方发送数据帧，接收方对接收的数据进行校验，然后向发送方发送应答帧。如果发送方发出几帧后，从应答帧中得知某帧传输错误，那么发送方将停止当前数据帧的发送，重发错误帧后的所有帧。拉回状态结束后，再接着发送后面的数据帧。

（2）选择重发 ARQ。与拉回方式不同，在这种方式中，发送方接收到应答帧并得知某帧传输错误后，发送方在发送完当前帧后，只重发出错的帧，重发完成后，再接着发送以后的数据帧。

采用选择重发 ARQ 方式时，由于接收到的数据帧有可能是乱序的，因此，接收端必须提供足够的缓存先将每个数据帧保存下来，然后对数据帧重新排列，但由于该方式仅重发出错的数据帧，因此，信道利用率高。对于 Go-Back-N 方式，由于收到的数据帧是按顺序排列的，因而接收端不需要太多的缓存，但由于发送端要将出错数据之后的已发送数据帧重新发送，致使信道利用率相对较低。

【训练与练习】

1. 常用检错码有哪些？
2. 什么是差错控制？它通过什么方法实现纠错？

学习指导

1. 学习建议

本章主要介绍数据通信的基础知识，使读者了解计算机网络中信息是怎样通过网络进行传输的。在学习过程中，希望大家本着实用的原则，对理论知识，只要了解其工作过程即可，不必深究其工作原理。通过本章的学习，对计算机网络中数据通信的基本概念、基本方法、基本原理有一个初步的了解，为后续章节的学习打下基础。

2. 学习重点与难点

数据传输技术、信息交换技术和差错检测与控制。

3. 核心概念

数据通信、传输技术、通信系统、信息交换技术以及差错检测与控制。

课后思考与练习

一、填空题

1. 采用存储转发技术的数据交换技术有（　　　　）、（　　　　）、（　　　　）。
2. 以太网传输的电信号是（　　　　）信号，采用（　　　　）编码。
3. 字符 S 的 ASCII 码从低位到高位依次为 "1100101"，若采用奇校验则输出字符为（　　　　）。
4. 在数据通信中，为了保证数据被正确接收，必须采用一些统一收发动作的措施，这就是所谓的（　　　　）技术。
5. 常用的数据交换有（　　　　）和（　　　　）两种，后者又有（　　　　）和（　　　　）两种实现方法。
6. 将数字数据调制为模拟信号的调制方法有（　　　　）、（　　　　）、（　　　　）。

二、选择题

1. 线路交换不具有的优点是（　　　　）。

A. 传输时延小　　　　　　　　　　　B. 处理开销小

C. 对数据信息格式和编码类型没有限制　　D. 线路利用率高

2. (　　　) 传递需进行调制编码。

A. 数字数据在数字信道上　　　　　　B. 数字数据在模拟信道上

C. 模拟数据在数字信道上　　　　　　D. 模拟数据在模拟信道上

3. 在计算机网络系统的远程通信中，通常采用的传输技术是 (　　　　)。

A. 基带传输　　　　　　　　　　　　B. 宽带传输

C. 频带传输　　　　　　　　　　　　D. 信带传输

4. 设传输 1K 字节的数据，其中有 1 位出错，则信道的误码率为 (　　　　)。

A. 1　　　　　　B. 1/1024　　　　　　C. 0.125　　　　D. 1/8192

5. 在同一信道上的同一时刻，能够进行双向数据传送的通信方式为 (　　　　)。

A. 单工　　　B. 半双工　　　　　　C. 全双工　　　D. 以上三种均不是

6. 下列交换方式中实时性最好的是 (　　　　)。

A. 数据报方式　　　　　　　　　　　B. 虚电路方式

C. 电路交换方式　　　　　　　　　　D. 各种方法都一样

三、简答题

1. 何为频带传输？数字信号采用频带传输，有哪几种传输方式？

2. 什么是单工、半双工、全双工？

3. 什么是信息交换技术？有几种信息交换技术？

案例分析

数据交换技术是一个抽象的内容，学生不易理解，现在用学生相对较熟悉的生活例子作为铺垫，通过情境设计，培养学生分析问题的思维方法，使学生对所学知识能有更深刻的认识。

问题：假设有一火箭需通过铁路从制造厂运送到发射场，有三种方案：专列专线、专列非专线、非专列非专线，现要求大家一起讨论这三种方案的优劣。前提条件：假设使用每一线路所需费用均相等。三种运输方式如图 2-13 所示。

甲线：专门使用一列火车来运输火箭，且使用专线，其他车次不得占用。

乙线：专门使用一列火车来运输火箭，但不使用专线，该火车按照正常的火车时刻表，服从铁路部门的调度。

丙线：不使用专门的火车来运输，而是将火箭进行拆分，拆分之后火箭与普通货物一样进行运输。

让学生来比较这三种运输方式的优劣。网络中的数据是通过什么样的方式来传输的呢？三种网络中数据的传输方式的工作原理和以上的三种运输方案有许多相似的地方，请学生来做类比。

三种数据交换技术与三种火箭运输方案的对应关系为：电路交换技术对应甲线，报文交换技术对应乙线，分组交换技术对应丙线。通过以上案例分析使学生更易了解电路交换技术、报文交换技术、分组交换技术的工作原理和比较三种交换技术的优缺点。

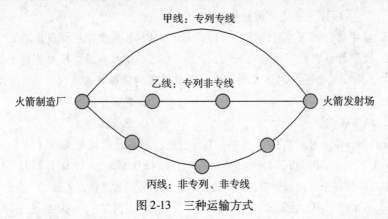

图 2-13　三种运输方式

 实训应用

实训项目　参观某学校、企业或公司的网络中心。

实训目的　1. 认识计算机网络。

2. 认识传输介质（光纤、双绞线、同轴电缆或无线介质）。

3. 认识综合布线设备（信息插座、端口设备、跳接设备、适配器、信号传输设备、电气保护设备和支持工具等）。

4. 认识其他辅助材料或设备（如桥架、金属槽、管或塑料槽、管等）。

实训指导　1. 了解该单位的计算机建设的时间、网络结构。

2. 了解该单位的网络是如何接入互联网的。

3. 了解该网络采用的是何种传输介质。

4. 观察该网络中所使用的设备，如服务器、交换机、路由器、防火墙等，记录设备名称和型号及这些设备是如何接入网络的，了解这些设备的主要功能。

5. 记录该网络内计算机的数量、配置及使用的操作系统。

6. 画出该网络的拓扑结构，并分析该网络采用何种网络结构。

实训组织　全班分为 2～3 组，由主讲教师指导，请网络中心工作人员讲解。

实训考核　写一篇分析报告，详细描述该网络中心的有关情况（包括实训指导中的相关内容）。首先进行自评，然后小组互评，最后老师评价。

第 3 章

计算机网络体系结构

学习目标

知识的掌握

1. 了解计算机网络体系结构相关概念（网络体系结构、协议、接口）
2. 了解 OSI 参考模型
3. 了解 TCP/IP 参考模型

技能的提高

安装、使用网络协议的能力得到提高

案例导入

企业、机构网络互联

越来越多的企业、机构认识到网络技术能有效地提高生产效率、节约生产成本，这些企业和机构在生产过程中，广泛应用网络技术。在过去的 20 年中，广域网呈爆炸式增长。然而，在实际生产过程中，企业和企业之间、机构和机构之间也需要进行信息的流通，这就要求各企业、各机构的内部网络进行连接，以方便信息的流通，因此，企业和机构开始接入互联网。由于许多企业和机构的网络使用了不同的硬件和软件，大部分网络不能兼容，很难在不同的网络之间进行通信。因而，提出了一个问题：不同网络之间如何进行通信？

问题引入

1. 不同网络间如何进行通信？
2. 网络的统一标准需定义哪些内容？

3.1 网络体系结构的概念

3.1.1 计算机网络协议

　　共享计算机网络的资源，以及在网中交换信息，就需要实现不同系统中实体之间的通信。实体是能发送和接收信息的任何东西，包括用户应用程序、数据库管理系统、电子邮件设备以及终端等。图3-1表示网络中实体之间的通信。为了使网络内不同的实体之间能正常进行通信，通信双方必须有一套彼此能够相互了解和遵守的规则和约定，用以规定通信内容、通信方式和通信时间，这些规则的集合称为网络协议。网络协议的三个要素是：

- 语义（semantics）。规定通信内容，包括用于协调和差错处理的控制信息
- 语法（syntax）。规定通信方式，包括数据格式、编码及信号电平等
- 时序规则（timing）。规定通信时间，指出通信双方信息交互的顺序

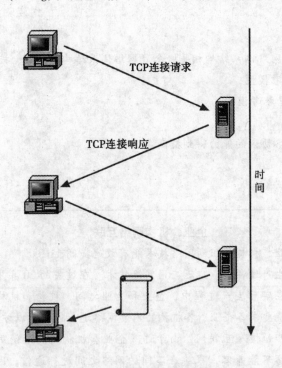

图3-1　网络中实体的通信

3.1.2 协议分层

　　网络系统是一个功能庞大而复杂的系统，为了减少网络系统设计的复杂性，提高网络系统的稳定性和可管理性，计算机网络按照层次结构进行组织。

　　为了便于理解接口和协议的概念，以人们常用的邮政通信系统为例进行说明，如图3-2所示。人们在使用邮政系统通信时，必须按照一定的步骤，每一个步骤都必须遵循一系列的约定。通信的第一步是写信，写信人必须遵循一些约定，如信件的格式、写信采用的文字等，这样收信人在收到信之后，才能看懂信中的内容。第二步，信写好之后，到邮局邮寄，这时，邮局为寄信人服务，寄信人必须遵循邮局的约定，如按规定填写信封并支付邮资。第三步，邮局收到信之后，将信件进行分类，然后交付运输部门进行运输，这时，运输部门为邮局服务，邮局也必须遵循运输部门的一些约定，如提供运输的目的地等。信件到达目的地之后，进行相反的过程，最终将信件送到收信人手中。

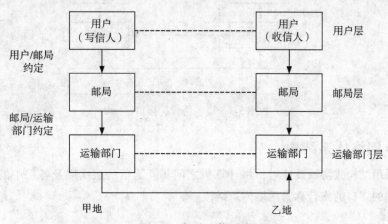

图3-2　邮政通信系统

　　在上述的邮政系统通信过程中，主要涉及到三个层次、用户（写信人、收信人）、邮局、运输部门。在这三个层次中，存在一系列的约定，这些约定可分为同层次的约定和不同层次之间的约定。同层次之间的约定如用户之间的约定以及两地邮局的约定和两地运输部门之间的约定；不同层次之间的约定如用户与邮局之间的约定以及邮局与运输部门之间的约定。

　　在计算机网络中，两台计算机之间的通信过程与邮政系统的通信十分类似。

　　在进行计算机网络系统设计时，将复杂的功能划分为功能相对独立的若干层。每一层可与相邻的层进行通信，下层（较低级别的层）向上层（较高级别的层）提供服务，并把如何实现这一服务的细节向上层屏蔽。每一对相邻层之间都有一个接口，接口定义下层向上层提供的原语操作和服务。每一层都有一系列解决特定问题具有既定用途的协议，第n层上的协议称为第n层协议。

　　不同机器里包含对应层的实体成为对等实体（peer），正是对等实体利用协议进行通信。图3-3说明了一个5层的协议。

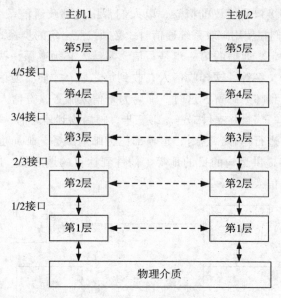

图3-3　层、协议、接口

3.1.3　网络体系结构

当采用结构式协议设计时，将计算机之间相互通信的层次以及各层中的协议和层次之间的接口的集合称为网络体系结构。

【训练与练习】

什么是网络体系结构?

3.2　OSI 参考模型

在3.1节中，介绍了计算机网络体系结构相关概念，下面将介绍一个重要的网络体系结构，即国际标准化组织（ISO）提出的 OSI 参考模型。

3.2.1　OSI 参考模型概述

在计算机网络产生之初，每个计算机厂商都有自己的一套网络体系结构的概念，它们之间互不兼容。为了解决这种问题，国际标准化组织（ISO）在 1979 年建立了一个分委员会来专门研究一种用于开放系统互联的体系结构，提出了开放系统互联参考模型（open system interconnection reference model，OSI/RM），简称 OSI 模型。由于 ISO 组织的权威性，OSI 参考模型成为广大厂商努力遵循的标准。OSI 参考模型为连接分布式应用处理的"开放"系统提供了基础。"开放"这个词表示：只要遵守OSI 参考模型和有关标准，一个系统可以和位于世界上任何地方的、也遵守 OSI 参考模型及有关标准的其他任何系统进行连接。国际标准组织所定义的 OSI 参考模型提供了连接异种计算机的标准框架。

OSI 参考模型采用了分层的结构化描述方法。ISO 分委员会要定义一组层次和每层完成的服务，其分层的原则如下：

（1）层次的划分应该从逻辑上将功能分组。

（2）每层应当实现一个定义明确的功能。

（3）每层功能的选择应该有助于制定网络协议的国际标准。

（4）各层边界的选择应尽量减少接口的通信量。

（5）层数应该足够多，以避免不同的功能混杂在同一层中，但也不能太多，否则体系结构会过于庞大。

OSI 参考模型分为 7 层，分别是物理层、数据链路层、网络层、传输层、会话层、表示层和应用层。图 3-4 为 OSI 参考模型。

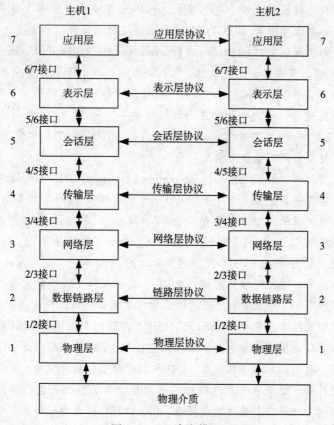

图 3-4　OSI 参考模型

OSI 参考模型的特性为：①它是一种将异构系统互联的分层结构；②它提供了控制互联系统交互规则的标准框架；③它本身不是网络体系结构的全部内容，并未确切地描述用于各层的协议和服务，仅仅是确定每一层应该做什么；④它将网络功能划分为不同的层次，每层实现明确的功能，修改本层的功能并不影响其他层，每层上都具有协议，相邻层间的接口定义了原语操作和向上层提供的服务；⑤对等实体的通信必须通过相邻低层以及下面各层通信来完成。

【小知识】 **ISO**

ISO 是国际标准化组织的英语简称，其全称是 International Organization for Standards。

国际标准化组织（ISO）是由各国标准化团体（ISO 成员团体）组成的世界性联合会。制定国际标准工作通常由 ISO 的技术委员会完成。各成员团体若对某技术委员会确定的项目感兴趣，均有权参加该委员会的工作。与 ISO 保持联系的各国际组织（官方的或非官方的）也可参加有关工作。ISO 与国际电工委员会（IEC）在电工技术标准化方面保持密切合作的关系。

国际标准化活动最早开始于电子领域，于 1906 年成立了世界上最早的国际标准化机构——国际电工委员会（IEC）。其他技术领域的工作原先由成立于 1926 年的国家标准化协会的国际联盟（International Federation of the National Standardizing Associations, ISA）承担，重点在于机械工程方面。ISA 的工作由于第二次世界大战在 1942 年终止。1946 年，来自 25 个国家的代表在伦敦召开会议，决定成立一个新的国际组织，其目的是促进国际间的合作和工业标准的统一。于是，ISO 这一新组织于 1947 年 2 月 23 日正式成立，总部设在瑞士的日内瓦。ISO 于 1951 年发布了第一个标准——工业长度测量用标准参考温度。

许多人注意到国际标准化组织（International Organization for Standardization）的全名与缩写之间存在差异，为什么不是"IOS"呢？其实，"ISO"并不是首字母缩写，而是一个词，它来源于希腊语，意为"相等"，现在有一系列用它作前缀的词，诸如"isometric"（意为"尺寸相等"）、"isonomy"（意为"法律平等"）。从"相等"到"标准"，内涵上的联系使"ISO"成为组织的名称。

如今 ISO 是一个国际标准化组织，由 91 个成员国和 173 个学术委员会组成。其成员由来自世界上 117 个国家和地区的国家标准化团体组成，代表中国参加 ISO 的国家机构是中国国家技术监督局（CSBTS）。ISO 与国际电工委员会（IEC）有密切的联系。中国参加 IEC 的国家机构也是国家技术监督局。ISO 和 IEC 作为一个整体担负着制订全球协商一致的国际标准的任务，ISO 和 IEC 都是非政府机构，它们制订的标准实质上是自愿性的，这就意味着这些标准必须是优秀的标准，它们会给工业和服务业带来收益，所以业界自觉使用这些标准。ISO 和 IEC 都不是联合国机构，但他们与联合国的许多专门机构保持技术联络关系。ISO 和 IEC 有约 1000 个专业技术委员会和分委员会，各会员国以国家为单位参加这些技术委员会和分委员会的活动。ISO 和 IEC 还有约 3000 个工作组，ISO、IEC 每年制订和修订约 1000 个国际标准。

标准的内容涉及广泛，从基础的紧固件、轴承各种原材料到半成品和成品，其技术领域涉及信息技术、交通运输、农业、保健和环境等。每个工作机构都有自己的工作计划，该计划列出需要制订的标准项目（试验方法、术语、规格、性能要求等）。

ISO 的主要功能是为人们制订国际标准达成一致意见提供一种机制。其主要机构及运作规则都在一本名为《ISO/IEC 技术工作导则》的文件中予以规定，其技术机构在 ISO 有 800 个技术委员会和分委员会，它们各有一个主席和一个秘书处，秘书处成员是由各成员国分别担任，目前承担秘书工作的成员团体有 30 个，各秘书处与位于日内瓦的 ISO 中央秘书处保持直接联系。通过这些工作机构，ISO 已经发布了 9200 个国际标准，如 ISO 公制螺纹、ISO 的 A4 纸张尺寸、ISO 的集装箱系列（目前世界上 95% 的海运集装箱都符合 ISO 标准）、ISO 的胶片速度代码、ISO 的开放系统互联（OS2）系列（广泛用于信息技术领域）以及有名的 ISO9000 质量管理系列标准。

此外，ISO 还与 450 个国际和区域的组织在标准方面有联络关系，特别与国际电信联盟（ITU）有密切联系。在 ISO/IEC 系统之外的国际标准机构共有 28 个。每个机构都在某一领域制订一些国际标准，通常它们在联合国控制之下。一个典型的例子就是世界卫生组织（WHO）。ISO/IEC 制订的 85% 的国际标准，剩下的 15% 由这 28 个其他国际标准机构制订。

3.2.2 物理层

物理层（physical layer）是 OSI 参考模型中最低层，向下直接与物理介质相连接。它的主要功能是实现两个计算机间的物理连接，在它们之间传输二进制数据。物理层所关心的问题是使用什么样的物理信号来表示数据"1"和"0"，一个位持续多少微秒，数据传输是否可在两个方向同时进行，最初的连接如何建立和完成通信后连接如何终止以及网络接口有多少针以及各针的用处等问题。物理层的设计主要涉及物理层接口的机械、电气、功能和过程特性，以及物理层接口连接的传输介质等问题。物理层为在物理介质上传输的位流建立了规则，定义电缆如何连接到网卡上，需要用到哪一种技术在电缆上传送数据，同时还定义了位同步及检查。如电线断开、网卡在计算机的主板中插得不够深等，计算机都将在物理层出现网络问题。

3.2.3 数据链路层

数据链路层（data link layer）是 OSI 模型中极其重要的一层，为网络层提供服务，它的主要功能是如何在不可靠的物理线路上进行数据的可靠传输。数据链路层向网络层提供的功能有：为网络层提供设计良好的服务接口，如何将物理层的位组成帧，如何进行差错处理以及如何进行流量控制等。

1. 成帧

为了向网络层提供服务，数据链路层必须使用物理层提供给它的服务。物理层的工作是进行原始位流传输，不能保证位流无差错。数据链路层为保证数据的可靠传输，将数据组装成帧，按顺序传送各帧。帧是用来移动数据的结构包，它不仅包括原始（未加工）数据，还包括发送方和接收方的网络地址以及纠错和控制信息，地址信息确定帧将发送到何处，纠错和控制信息确保帧无差错到达。数据链路层把来自物理层的、位流形式的数据组装成帧，发送到上层；同时，把来自上层的帧，拆分为位组，转发到物理层。把位流分成帧，常用的方法有：

（1）字符计数法。

（2）带字符填充的首尾界符法。

（3）带位填充的首尾标志法。

（4）物理层编码违例法。

关于位流分成帧，很多数据链路层协议通过把字符计数法与其他方法相结合来提高可靠性。

2. 差错处理

数据链路层为了保证数据的可靠传输，必须提供差错控制功能。常采用的方法包括以下几种：

（1）数据接收方向数据发送方提供反馈信息，协议要求接收方发回特殊的控制帧，作为数据接收肯定或否定的确认。如果发送方收到肯定确认，则知道发送正确，不需要重传，如果接收到否定确认，表示发送出了差错，发送方将相应的帧进行重传。

（2）计时器，当发送方发出一帧时，启动计时器，在一定时间间隔内，如果帧被正确接收并返回确认帧，计时器清零，如果所传出的帧或者确认信息被丢失，计时器发出超时信号，提醒发送方可能出现了问题，将此帧进行重传。为了避免将同一帧多次传送给网络层，通常对发出的帧进行编号，接收方通过序号辨别是重复帧还是新帧。

常用的差错处理措施是采用纠错码和检错码。纠错码是在要发送的数据上附加足够的冗余信息，使接收方通过冗余信息能够推导出正确的数据是什么。检错码是在要发送的数据上附加冗余信息，使接收方知道有差错发生，但不知道是什么样的差错。

3. 流量控制

数据链路层要解决的另一个问题是如何防止高速发送方的数据把低速接收方"淹没"。当发送方是在负载较轻的机器上运行，而接收方在负载较重的机器上运行，容易出现"淹没"现象。解决办法是提供流量控制来限制发送方所发出的数据流量，使其发送速率不要超过接收方能处理的速率，其中一种流量控制机制称为"滑动窗口协议"。

3.2.4　网络层

网络层（network layer）的主要功能是完成网络中主机间的数据分组传输。在网络层上传输的数据格式称为数据分组（packet），网络层的关键问题之一是使用数据链路层的服务将每个数据分组从源端传输到目的端。

网络层为高层提供了两种方式的数据传输服务：数据报服务和虚电路服务。数据报传输方式也称为无连接方式，发送方在发送分组时不需要先与对方建立连接，每个分组都携带目的网络地址。各个分组不必也不一定能够按照发送时的先后次序到达目的地，因此，这种方式也被称为不可靠的无连接的分组传送方式。虚电路传输方式也称为面向连接方式，在数据发送之前，收发双方要先建立一条连接，叫做"虚电路"，通过这条虚电路，发送方按顺序向接收方传送分组，每个分组不需要携带接收方网络地址，只需携带虚电路号即可，传输结束后释放连接。

数据报方式因为不需要建立连接，每个分组都带有完整的源端和目的端地址，开销较大，适合于传送少量的数据。虚电路方式由于建立了连接，接收方可以顺序接收各分组，省去了为无序报文进行装配的时间，每个分组只需带有虚电路的标号，网上传输的开销较小。表3-1对数据报和虚电路方式进行了比较。

表3-1　数据报与虚电路方式比较

项目类型	数据报方式	虚电路方式
电路设置	不需要	需要
地　　址	每个分组都有源端和目的端的完整地址	每个分组都含有一个虚电路号
路由选择	对每个分组独立选择	当虚电路建好时，路由就已确定，所有分组都经过此路由
拥塞控制	难	容易控制

在广域网中，从源端到目的端可能要经过许多中间节点，因此，网络层必须知道通信子网的拓扑结构，并选择通过子网的合适路径。

如果在子网中同时出现过多的分组，子网可能形成拥塞，必须加以避免，这类控制也属于网络层的功能。

当分组必须在不同网络传输时，又会出现新的问题，例如，第二个网络的寻址方式可能不同于第一个网络；两个网络的分组长度也可能不同，第二个网络可能因为第一个网络的分组太长而无法接收；两个网络使用的协议也可能不同等等。异种网络互联的问题，也是网络层所必须解决的。

网络层主要涉及的内容包括以下几方面。

1. 寻址

数据链路层主要解决的是同一网络内设备之间的通信，而网络层主要解决的是不同子网间的通信。数据链路层的物理地址只是解决了在一个网络内部的寻址，如果一个数据分组从一个网络跨越到另一个网络时，就需要使用网络层的逻辑地址。因此必须对各不同子网中的每一网络设备分配唯一的地址，这样才能找到这些设备。

当传输层传递给网络层一个数据分组时，网络层就在这个数据分组的头部加入控制信息，其中就包含了源端和目的端逻辑地址。

2. 路由功能

网络层的主要功能是将分组从源端经选定的路由送到目的端（不严格地说，路由就是从一个网络中的某一节点到另一个网络中的某一节点的路径）。在大多数子网中，分组需经过多次转发，才能从源端传输到目的端，因此，选择一条合适的传输路径至关重要，尤其是从源端到目的端的通路存在多条路径时，就存在选择最佳路由的问题。路由选择就是根据一定的原则和算法在传输通路中选出一条通向目的节点的最佳路由。

路由选择算法是网络层协议的一部分，负责确定分组传输的路径。路由选择算法可以分为两大类：非自适应算法和自适应算法。非自适应算法是指从源端到目的端的路径是由管理员手工指定好的，不会根据网络的当前通信量和拓扑结构来作路由选择，这种方式也称为静态路由；自适应算法是根据所处的网络拓扑结构、当时的通信量来进行路由选择，这种方式也称为动态路由。

常用的静态路由算法有：最短路由选择算法、扩散法、基于流量的路由选择算法；常用的动态路由算法有：距离矢量路由选择算法和链路状态路由选择算法。

3. 拥塞控制

在通信子网内，由于出现大量的数据分组而引起网络性能下降的现象称为拥塞。为了避免拥塞现象出现，需要采用能防止拥塞的一系列方法对子网进行拥塞控制。拥塞控制主要解决的问题是获取网络中发生拥塞的信息，从而利用这些信息进行控制，以避免由于拥塞而出现数据包的丢失以及严重拥塞而产生网络死锁的现象。

4. 网络互联

当报文要在不同网络之间进行传输时，会出现很多问题，这些都是网络层需要解决的。

3.2.5　传输层

传输层（transport layer）位于 OSI 参考模型的正中，具有承上启下的作用。传输层的基本功能是确保数据在网络层和会话层之间的传输质量，即传送的数据正确没有遗失，没有重复。在必要时，传输层可以按照网络的数据处理能力将较长的数据进行强制分割，例如，以太网无法接收大于 1500 字节的数据分组，发送方的传输层将数据分割成较小的数据片，并为每一数据片提供一个序列号，数据到达接收方的传输层时，按照数据片的序列号以正确的顺序进行重组。

传输层提供的传输服务由 3 个阶段组成：传输连接建立阶段、数据传送阶段以及传输连接释放阶段。

通常，会话层每请求建立一个传输连接，传输层就为其创建一个独立的网络连接。如果传输连接需要传输较多的信息，传输层还可以创建多个网络连接，进行分流；如果创建或维持一个网络连接的代价太大，传输层可以将几个传输连接复用到一个网络连接上，来提高传输的通信量，降低通信开支。

大多数主机都支持多用户操作，因而机器上有多道运行程序，这意味着这些主机有多条连接进出，因此需要以某种方式区别报文属于哪条连接，可以将识别这些连接的信息放入传输层的报文头。

传输层还需要进行差错控制、恢复处理和流量控制等。

3.2.6 会话层

会话层（session layer）允许不同机器上的用户建立会话关系。"会话"指在两个实体之间建立数据交换的连接，常用于表示终端与主机之间的通信。所谓终端是指几乎不具有（如果有）自己的处理能力或硬盘容量，而只依靠主机提供应用程序和数据处理服务的一种设备。

会话层有以下功能：

（1）数据交换。它分为会话的建立、使用和拆除 3 个阶段。

（2）会话管理。会话层允许信息同时双向传输，在会话建立时协商信息传输的方式（单工方式或双工方式）。

（3）令牌管理。有些协议保证双方不能同时进行同样的操作，为了管理这些活动，会话层提供了令牌。令牌可以在会话双方之间交换，只有持有令牌的一方可以执行某种关键操作。

（4）同步控制。在数据流中适当的位置插入同步点，当传输出现中断时，只需要从同步点的位置开始重新传输，避免了从头重传。

3.2.7 表示层

表示层（presentation layer）为参加通信的有不同数据表示方式的计算机提供语法（数据格式）和语义（信息的意义）的转换。通信的双方计算机可能采用不同的数据表示方法，为使通信双方能相互理解对方传来的数据，需要进行数据的转换。通常采用的转换方法是：采用一种抽象的数据表示方法，发送方将各种不同的数据表示转换成这种抽象的数据表示，并通过网络将这种数据表示传输到接收方，接收方接收到信息后，将抽象的数据表示转换成自己的数据表示。

数据的加密、压缩也属于数据表示的内容。如在网络上查询银行账户，发送方在发送数据前，将对账户数据进行加密，接收方的表示层接收到数据后，将对数据进行解密。除此之外，表示层协议还可以对图片和文件格式信息进行编码和解码。

3.2.8 应用层

应用层（application layer）是 OSI 的最高层，它借助应用实体、应用协议和表示服务交换信息，并给应用进程访问 OSI 提供手段和工具。应用层负责对软件提供接口使程序能使用网络服务。应用层提供的服务包括文件传输、文件管理以及电子邮件的信息处理等。例如，如果在网络上运行 Microsoft Word，并选择打开一个文件，你的请求将由应用层传输到网络。

3.2.9 OSI 参考模型的数据传输

图 3-5 给出了应用 OSI 模型传输数据的例子。发送进程有一些数据要发送给接收进程，应用程序在数据前面加上应用报头，即 AH，再把结果交给表示层。然后表示层对数据表示方式进行转换，也可以在前面加个报头，然后把结果传递给会话层。这一过程一直重复到物理层，然后通过物理介质实际传输到接收方。

在接收方，当信息向上传递时，各种报头被一层一层地剥去。最后，数据到达接收进程。

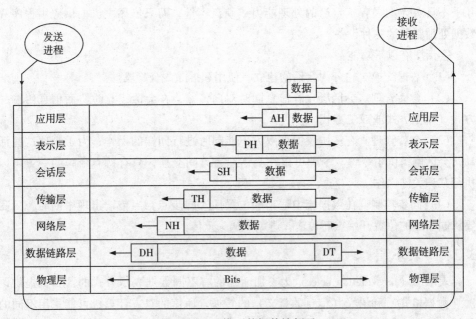

图 3-5　OSI 模型数据传输例子

【训练与练习】

简述 OSI 参考模型中数据传输的过程。

3.3 TCP/IP 参考模型

OSI 参考模型研究的初衷是希望为网络体系结构提供一种国际标准。但是在现实网络技术中，OSI 参考模型从未真正实现过，实际广泛采用的是 TCP/IP 参考模型。

3.3.1 TCP/IP 参考模型的发展过程

ARPANET 是最早出现的计算机网络之一，现代计算机网络的很多概念与方法都是从 ARPANET 基础上发展而来的。ARPANET 是由美国国防部 DoD（U. S. Department of Defense）赞助的研究网络，希望通过它能够将主机、通信控制处理机和通信线路进行连接，实现文件传送、实时数据传输等各种应用需求。同时，美国国防部希望主机、通信设备和通信线路在战争中部分遭到攻击而损坏时，不影响其他部分的正常工作。因此，要求的是一种灵活的网络体系结构实现网络的互联。逐渐地，ARPA-NET 通过租用的电话线连接了数百所大学和政府部门。当卫星和无线网络出现以后，原有的协议在进行网络互联时出现了问题，这就导致了新的参考体系结构的出现。这个参考体系结构的两个主要协议是 TCP 协议和 IP 协议，因而，被称为 TCP/IP 参考模型（TCP/IP reference model）。

TCP/IP 协议之所以能迅速发展，是它适应了世界范围内数据通信的需要。TCP/IP 协议具有以下特点：

- 开放的协议标准
- 独立于特定的网络硬件
- 统一的网络地址分配方案
- 标准化的高层协议

TCP/IP 参考模型是 4 层结构，如图 3-6 所示。

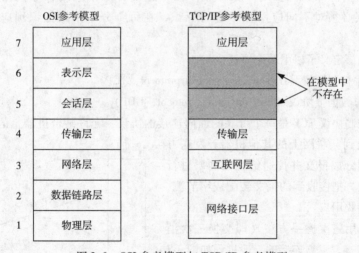

图 3-6　OSI 参考模型与 TCP/IP 参考模型

3.3.2　网络接口层

网络接口层是 TCP/IP 参考模型中的最低层，主要包含了网络物理连接的部分。网络接口层一方面负责接收互联网层的数据报，并将数据报通过物理线路发送出去；另一方面负责从物理线路接收数据，并将数据向上传递给互联网层。TCP/IP 参考模型没有真正描述这一部分，只是指出主机必须使用某种协议与网络连接。这个协议未被定义，并且随主机和网络的不同而不同。

3.3.3　互联网层

互联网层是 TCP/IP 参考模型中的关键部分。它的功能是负责相邻接点之间的数据传输，主要包括三个方面的功能：第一，接收来自传输层的请求，将分组装入到 IP 数据报中，并填入数据报头，进行路由选择，把 IP 数据报发送给相应的网络接口层；第二，处理接收到的数据报，检查数据报的正确性，通过路由选择决定是接收还是发送至目的站；第三，网络的路由选择、流量控制和避免拥塞是互联网层必须解决的问题。TCP/IP 参考模型中的互联网层与 OSI 参考模型中的网络层在功能上非常相似。

在互联网层定义了正式的分组格式和协议，即 IP 协议（Internet Protocol）。

3.3.4　传输层

传输层（transport layer）位于互联网层之上。它的功能与 OSI 参考模型中的传输层相同，主要是使发送端和接收端的对等实体可以进行会话，并确保数据传输的可靠性。为保证数据传输的可靠性，传输层协议规定接收端必须进行确认，如果分组丢失，必须重新发送。

大多数主机都支持多用户操作，因而，通常有多个应用程序同时访问互联网，传输层必须对不同应用程序进行标识，在每个分组中增加识别应用程序的标识。

在传输层定义了以下两个协议：

- 传输控制协议（transmission control protocol，TCP）
- 用户数据报协议（user datagram protocol，UDP）

传输控制协议 TCP 是一个可靠的面向连接的协议，允许某台机器上的字节流无差错地发送到互联网上的其他机器。发送方将字节流划分成报文并传递给互联网层进行发送，接收方把接收到的报文装配成字节流，并传递给接收用户。

TCP 采用三次握手方法（即交换三次消息）建立连接，建立连接的一般过程如图 3-7 所示。第一次握手，主机 1 向主机 2 请求建立连接；第二次握手，主机 2 发送回应，表示同意建立连接；第三次握手，主机 1 接收到回应后，建立连接。

TCP 协议还完成了流量控制和拥塞控制功能，采用滑动窗口实现流量控制。

用户数据报协议 UDP 是一种不可靠的无连接协议，将可靠性问题交给应用程序解决。

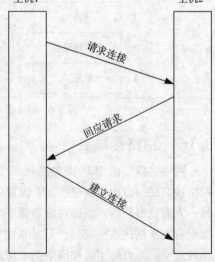

图 3-7　TCP 建立连接过程

UDP 不必建立连接就可以发送数据，数据传输速度比 TCP 协议要快，因此，广泛地应用于传输速度比数据准确性要求更高的应用程序。

3.3.5 应用层

应用层是 TCP/IP 参考模型中的最高层，负责提供各种应用程序协议给用户使用，应用层包括了所有的高层协议。应用层协议主要有以下几种：

- 虚拟终端协议（TELNET），允许用户远程登录
- 文件传输协议（file transfer protocol，FTP），实现文件传输功能
- 电子邮件协议（simple Mail transfer protocol，SMTP），实现电子邮件传送功能
- 域名系统服务（domain name service，DNS），实现主机名到网络地址的映射
- 超文本传输协议（hyper text transfer protocol，HTTP），用于 WWW 服务

TCP/IP 参考模型中的协议与网络，如图 3-8 所示。

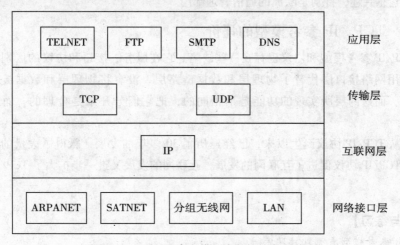

图 3-8　TCP/IP 参考模型中的协议与网络

【训练与练习】

TCP/IP 参考模型名称的由来？

3.4　OSI 参考模型和 TCP/IP 参考模型的比较

OSI 参考模型和 TCP/IP 参考模型有很多的相似之处，首先它们都采用了层次结构，其次层的功能也大体相似。但是，这两个模型也有很多差别。

3.4.1　OSI 参考模型的评价

在 OSI 参考模型中，提出了三个主要概念：

- 服务
- 接口
- 协议

每一层都为其上层提供服务，服务定义了该层所提供给上层使用的功能，而不涉及上层如何访问以及功能如何实现；接口描述上层如何使用下层提供的服务；协议则是各个层次都需要了解彼此对应层次的规范及法则。

国际标准化组织提出 OSI 参考模型的初衷是希望为网络体系结构提供一种国际标准，然而，现实是 OSI 参考模型从未真正实现过。

OSI 从未流行开来的原因之一是模型和协议都存在着缺陷。首先，OSI 参考模型的层次划分，存在一定的缺陷。会话层很少用到，表示层几乎是空的；其次数据链路层和网络层的功能太多，导致出现了几个子层，并且每个子层的功能都不相同；再次某些功能在各层重复出现，如寻址、流量控制和差错控制。OSI 模型以及服务定义和协议都极其复杂。尽管 OSI 参考模型和协议存在着问题，但至今仍然有不少的组织对它感兴趣，特别是欧洲的通信管理部门。

3.4.2 TCP/IP 参考模型的评价

TCP/IP 参考模型和协议也存在一些缺陷。它在服务、接口和协议的区别上不清楚。它用网络接口层代替了物理层和数据链路层，没有将物理层和数据链路层进行区分，而这两层所实现的功能是不相同的，把它们分开来是合理的，而且是必要的。

自从 TCP/IP 协议诞生以来，已经经历了 30 多年的发展，赢得了大量的用户和投资。TCP/IP 协议促进了互联网的发展，互联网的发展又进一步扩大了 TCP/IP 协议的影响。

【训练与练习】

OSI 参考模型有哪些缺陷？

学习指导

1. 学习建议

本章主要学习了计算机网络体系结构的相关知识。学习过程中，请大家注重概念的理解记忆，理解协议分层的作用，掌握 OSI 参考模型与 TCP/IP 参考模型的区别。

2. 学习重点与难点

计算机网络体系结构相关概念、OSI 参考模型和 TCP/IP 参考模型。

3. 核心概念

网络协议、接口、计算机网络体系结构、OSI 参考模型以及 TCP/IP 参考模型。

课后思考与练习

一、填空题

1. 网络协议就是为实现网络中的数据交换而建立的（　　　　），网络协议的三个基本要素是（　　　）、（　　　）和（　　　）。

2. 在计算机网络中，（　　　）和（　　　　）的集合称为网络体系结构。

3. OSI参考模型是由（　　　　）制定的国际标准。在OSI参考模型中，相邻层间的接口定义了（　　　　）和向上层提供的服务。

4. 在OSI参考模型中，会话层处于（　　　　）层提供的服务之上，向（　　　）层提供服务。

5. 虚电路服务是OSI（　　　　）层向传输层提供的一种可靠的数据传送服务，确保所有分组按发送（　　　）到达目的端系统。

6. TCP/IP体系共有四个层次，它们是（　　　）、（　　　）、（　　　）和（　　　）。

7. 面向连接服务具有（　　　）、（　　　）和（　　　）这三个阶段。

8. 在TCP/IP参考模型的传输层上，（　　　　）协议实现的是一种面向无连接的协议，它不能提供可靠的数据传输，并且没有差错检验。

二、简答题

1. 什么是网络协议？什么是接口？什么是计算机网络体系结构？
2. 计算机网络为什么采用分层结构？
3. OSI参考模型由哪几层组成？各层的作用是什么？
4. TCP/IP参考模型由哪几层组成？各层的作用是什么？
5. TCP/IP参考模型中有哪些主要协议？
6. 比较OSI参考模型与TCP/IP参考模型的异同。

 实训应用

实训项目　运用所学知识完成TCP/IP协议的安装和配置。

实训目的　通过实训要求学生：

  1. 了解TCP/IP协议的工作原理。

  2. 掌握TCP/IP协议的安装和配置方法。

实训指导　本次实训由任课教师负责指导，完成如下实验内容：

  1. 安装网络适配器。利用实验室设置，完成网络适配器的硬件安装和驱动程序的安装

  2. 安装TCP/IP协议。

  3. 配置TCP/IP协议。按照任课老师的要求设置IP地址、子网掩码、网关

和 DNS 服务器。

实训组织　根据实验设备的数量将全班分为若干组，每位同学都要独立完成实训项目内容。

实训考核　实训主要针对学生安装和配置 TCP/IP 协议进行考核。考核点为 TCP/IP 协议的安装和配置。其中，TCP/IP 协议的安装占总成绩的 50%，TCP/IP 协议的配置占 50%。

第 4 章

网络设备概述

学习目标

知识的掌握

1. 理解局域网连接硬件的功能
2. 了解常用传输介质的特性及选用原则
3. 掌握选择网卡、集线器、交换机或路由器时要考虑的各种因素
4. 理解中继器、集线器、网桥、交换机和网关的用途

技能的提高

1. 掌握 RJ45 网线的制作方法
2. 对常用网络设备的认识与选用能力的提高

案例导入

信息高速公路

"信息高速公路"的正式名称是"国家信息基础设施（national information infra-structure，NII）"。这个名称来自美国，是现代国家信息基础设施的主体。所谓"信息高速公路"并不是指交通公路，而是指高速计算机通信网络及其相关系统。它是通过光缆或电缆把政府机构、科研单位、企业、图书馆、学校、商店以及家家户户的计算机连接起来，共享利用计算机终端、传真机、电视等终端设备，像使用电话那样方便、迅速地传递和处理信息，从而最大限度地实现信息共享。那么，作为信息高速公路的基本组成部分的传输介质和网络互联设备都有哪些呢？它们有哪些特性及怎样进行选择？

1. 常用的网络传输介质有哪些？怎样选用？

2. 多台电脑连接成网络时要通过哪些网络互联设备？

4.1 传输介质

传输介质是数据发送的物理基础，它处于 OSI 模型的最底层。最初的计算机网络是通过又粗又重的同轴电缆发送数据的。目前，大部分网络介质则如同电话线一样，具有易弯曲的外部，内部则是绞接的铜线。随着科技及经济的快速发展，计算机网络要求更高的速度、更多的用途，更可靠的性能，传输介质也随之不断地更新。现代网络不仅使用铜线，还可能使用光缆、红外线、无线电波或其他介质。

4.1.1 双绞线

双绞线（twisted pair，TP）电缆类似于电话线。双绞线由绝缘的彩色铜线对组成，每根铜线的直径为 0.4 毫米 ~ 0.8 毫米，两根铜线互相缠绕在一起，可以降低信号干扰度，每一根导线在传输中辐射出来的电波会被另一根线上发出的电波抵消。如果把一对或多对双绞线放在一个绝缘套管中便成了双绞线电缆，如图 4-1 所示。

双绞线电缆是目前局域网中应用最普遍的一种传输介质。它具有价格便宜、灵活、易于安装的特点，可轻易地应用于多种不同的拓扑结构中，但更经常地是应用于星形拓扑结构中。目前，双绞线电缆可以分为两类：屏蔽双绞线（STP）以及非屏蔽双绞线（UTP）。

STP 电缆中的缠绕电线对被一种金属（如箔）制成的屏蔽层所包围，而且每个线对中的电线也是相互绝缘的。一些 STP 使用网状金属屏蔽层，它的价格相对要高一些。

UTP 电缆包括一对或多对由塑料封套包裹的绝缘电线对。由于 UTP 没有用来屏蔽双绞线的额外的屏蔽层。因此，UTP 比 STP 便宜，抗噪性也相对较低。

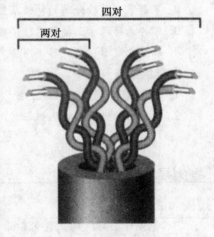

图 4-1　双绞线电缆

1991 年，在 TIA/EIA568 标准中，标准组织 TIA（电信工业协会）和 EIA（电子工业协会）将双绞线电线分割成若干类，分别是 1、2、3、4 或 5 类，所有这些电缆都必须符合 TIA/EIA568 标准，局域网经常使用 3 类或 5 类电缆。

4.1.2 同轴电缆

同轴电缆（coaxial cable）是由同轴的内外两层导体组成。内导体是一根金属线，外导体是一层圆柱形的金属导体，一般由细金属线编织为网状结构，内外导体之间有绝缘层（见图4-2）。同轴电缆比双绞线的屏蔽性更好，因此在更高速度上可以传输得更远。

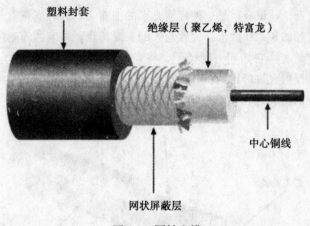

图 4-2　同轴电缆

同轴电缆可分为两种基本类型，基带同轴电缆和宽带同轴电缆。目前，常用的基带同轴电缆其屏蔽线是用铜做成的网状的，特征阻抗为 50Ω，如 RG-8、RG-58 等，主要用于数字信号传输；常用的宽带同轴电缆其屏蔽层通常是用铝冲压而成的，特征阻抗为 75Ω，如 RG-59 等，既可以传输模拟信号，又可以传输数字信号。

根据同轴电缆的直径大小，可以分为粗同轴电缆与细同轴电缆。粗缆适用于比较大型的局域网络，传输距离长，可靠性高。细缆适用于传输速率不高（10Mbps）、距离近的局域网，用它组网成本低，可以用于连接集线器（HUB）、交换机等网络交换设备。

粗缆结构的主要技术参数如下：

- 最大网络干线电缆长度：2500 米
- 每条干线段支持的最大节点数：100
- 收发器之间最小距离：2.5 毫米
- 收发器电缆的最大长度：50 米

粗缆结构的主要特点有：

- 具有较高的可靠性，网络抗干扰能力强
- 具有较大的地理覆盖范围，最大距离可达 2500 米
- 网络安装、维护和扩展比较困难
- 造价高

为了保证同轴电缆有良好的电气特性，电缆的屏蔽层必须接地，同时电缆两端要接有 50Ω 或 75Ω 的匹配终端器来减小信号反射，中间连接时需要收发器、T 型头及筒型连接器等器件。

同轴电缆的最大优点是抗干扰性强，而且支持多点连接，缺点是物理可靠性不

好，在公用机房、教学楼等人员嘈杂的地方，极易出现故障，而且某一点发生故障，整段局域网都无法通信，所以基本已被非屏蔽双绞线所取代。

4.1.3 光纤

光导纤维（optical fiber）是一种传输光束的细而柔韧的玻璃介质，其中心是传播光的玻璃芯，直径约 8 ~ 50 微米，大致与人的头发相当。玻璃芯外面包围着一层折射率比较低的玻璃封套，它如同一面镜子，将光反射回中心，反射的方式根据传输模式而不同。这种反射允许纤维的拐角处弯曲而不会降低通过光传输的信号的完整性。再外面是一层薄的塑料外套，用来保护封套，如图 4-3 所示。

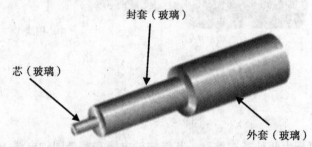

图 4-3 一根光纤的侧视图

根据使用的光源和传输模式，光纤可以分为单模光纤和多模光纤两种。单模光纤直径较小，一般为 8 ~ 10 微米，使用单个频率的光。通过单模光纤，数据传输的速度更快，并且距离也更远。但是这种光纤价格高，因此不用于一般的数据网络。多模光纤直径略大，一般为 50 微米，可以在单根或多根光纤上同时使用几种频率的光。这种类型的光纤通常用于数据网络。图 4-4 是单模和多模光纤传输原理图。表 4-1 是单模光纤和多模光纤的特性比较。

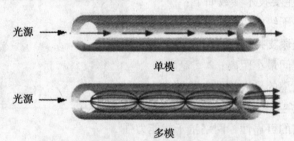

图 4-4 单模光纤和多模光纤传输原理

表 4-1 单模光纤和多模光纤的比较

单模光纤	多模光纤
用于高速度、长距离	用于低速度、短距离
成本高	成本低
窄芯线，需要激光器	宽芯线，聚光好
耗散小，高效	耗散大，低效

光纤是数据传输中最有效的一种传输介质，它有以下优点：

1）频带宽，电磁绝缘性能好。光纤电缆中传输的是光束，而光束是不受外界电磁干扰影响的，而且本身也不向外辐射信号，因此它适用于长距离的信息传输以及要求高度安全的场合。

2）衰减较小，在较大范围内可以保持为一个常数。

3）传输距离远，目前，当传输速率为 2.5Gbps 时，无中继器传输距离可达 100 公里以上，其误码率较低。而同轴电缆和双绞线每隔几千米就需要接中继器。

4）抗干扰能力强，应用范围广。

5）线径细、重量轻。

6）抗化学腐蚀能力强。

7）光纤制造资源丰富。

在使用光缆介质建网应用中，必须考虑光纤的单向特性，如果要进行双向通信，就应使用双股光纤。

4.1.4 微波传输

上面介绍的使用金属导体或光纤的通信方式都有一个共同点：那就是通信设备必须物理地连接起来。大多数情况下这是可行的，但在某些特殊场合，物理连接是不实际的，甚至是不可能的。如要连接的网络分布在两栋不同的建筑物内，中间隔着一条很宽的河流，此时，铺设光缆将很困难或者成本很高，这时就可以采用需要物理连接以外的通信手段，那就是无线通信。

微波传输是一种常用的无线通信方式。微波是一种频率很高的电磁波，其频率范围为 300MHz ～ 300GHz，一般使用的是 2 ～ 40GHz。

微波传输的两个特性限制了它的使用范围。首先，微波是直线传播的，它无法像某些低频波那样沿着地球的曲面传播；其次，大气条件和固体物将妨碍微波的传播，比如，微波无法穿过建筑物传播。

微波传输的最大距离取决于发射塔和接收塔的高度、地球的曲率以及两者间的地形。比如，把天线安装在位于平原的高塔上，信号将传播得很远，通常是 40 ～ 60 公里，如果增加塔的高度，或者把塔建在山顶上，距离将更远。要利用微波实现长途传送，可以在中间设置几个中继站，如图 4-5 所示。

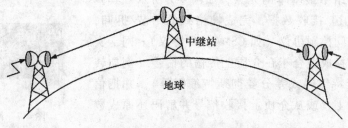

图 4-5　微波地面中继通信

4.1.5 卫星传输

卫星传输实际是微波传输的一种，只不过它的一个站点是绕地球轨道运行的卫星，如图4-6所示。通信卫星通常被定位在几万公里的高空，因此，使用卫星作为中继站的通信距离可以达到很远（几千至上万公里）。一个地球同步卫星可以覆盖地球的1/3表面，因此，只要在赤道上空的同步轨道上相隔120°放置三颗地球同步卫星，就可以基本实现覆盖全球的卫星通信。卫星传输是当今一种非常普遍的通信手段，其应用包括电话、电视、新闻服务、天气预报以及军事用途等。

卫星传输具有通信容量大、传输距离远、可靠性高等优点，但同时也存在受自然环境影响大、一次性投资大、传输延时大、信号容易被干扰等缺点。

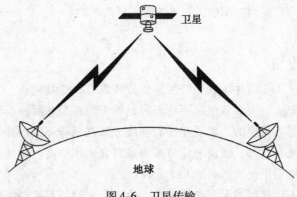

图4-6 卫星传输

【训练与练习】

1. 常用有线传输介质有哪些？各有什么特点？
2. 常用无线传输介质有哪些？各有什么特点？

4.2 网卡

网卡也称为网络接口卡（network interface card，NIC）或称网络适配器。网卡是计算机网络中最基本的元素，如图4-7所示，其基本功能是发送/接收数据，完成帧格式的封装/拆卸，实现介质访问控制协议（如CSMA/CD协议）。网卡实现把数据转换成适合于在介质上传输的信号（例如转换成曼彻斯特编码或差分曼彻斯特编码等），并把信号送到介质上，或从介质上接收信号并解码还原成数据等。

图4-7 网卡

【小知识】   **什么是 CSMA/CD 协议**

CSMA/CD 是英文 carrier sense multiple access/collision detected 的缩写，可把它翻成"载波侦听多路访问/冲突检测"，或"带有冲突检测的载波侦听多路访问"。所谓载波侦听（carrier sense），意思是网络上各个工作站在发送数据前都要先监听总线上有没有数据传输。若有数据传输（称总线为忙），则不发送数据；若无数据传输（称总线为空），则立即发送准备好的数据。所谓多路访问（multiple access）意思是网络上所有工作站收发数据共同使用同一条总线，且发送数据是广播式的。所谓冲突（collision），意思是若网上有两个或两个以上工作站同时发送数据，在总线上就会产生信号的混合，哪个工作站都辨别不出真正的数据是什么，这种情况称为数据冲突又称碰撞，此时，应立即停止发送数据，并发送一个加强冲突的 JAM 信号，以便使网络上所有工作站都知道网上发生了冲突，然后，等待一个预定的随机时间，在总线为空闲时，再重新发送未发完的数据。为了减少冲突发生后的影响。工作站在发送数据过程中要不停地检测自己发送的数据，有没有在传输过程中与其他工作站的数据发生冲突，这就是冲突检测（collision detected）。

网卡种类繁多。通常按接口方式、总线类型和传输速度进行分类。

1. 按接口方式划分

（1）RJ-45 接口，连接双绞线。这是目前应用最广泛的一种接口，由于其使用方便、易扩展，在局域网中大量使用。

（2）BNC 接口，连接细同轴电缆。目前已较少使用。

（3）AUI 接口，连接粗同轴电缆。目前已较少使用。

2. 按总线类型划分

（1）ISA 网卡。ISA 总线是 20 世纪 80 年代早期开发出来的最早的个人计算机总线。它支持 8 位数据传输，后来扩展至 16 位。ISA 网卡传输速率可达到 10Mbps。

（2）EISA 网卡。EISA 总线是 80 年代后期开发的一种兼容以前 ISA 设备的 32 位总线。这种总线的网卡可能在一些服务器上使用。

（3）PCI 网卡。PCI 总线是一种 32 位或 64 位的总线结构，自 80 年代引入以来，已经成为几乎所有新式个人计算机的网络接口卡所采用的总线结构。它比 ISA 板卡更短，但它能更快传输数据。PCI 网卡最大数据传输速率为 132Mbps。

（4）其他总线网卡。网卡除了上述总线接口外，也可以连接其他接口。例如，对于便携式电脑而言，PCMCIA 也可以用来连接网络接口卡。

3. 按所支持的带宽划分

（1）10Mbps 网卡。

（2）100Mbps 网卡。

（3）10Mbps/100Mbps 自适应网卡。

（4）10Mbps/100Mbps/1000Mbps 自适应网卡。

现在 10Mbps 的网卡已基本不使用了，100Mbps 快速以太网网卡成为主流，在一些高速网络中也用到 1000Mbps 网卡。为适应目前用户的实际需要，厂商推出了10Mbps/100Mbps 自适应网卡或 10Mbps/100Mbps/1000Mbps 自适应网卡，它们能自动适应网络速度，为用户进行网络升级降低了成本。

4. 按网卡应用领域划分

如果根据网卡所应用的计算机类型划分，网卡可以分为应用于工作站的网卡和应用于服务器的网卡。前面所介绍的基本上都是工作站网卡，其实通常也应用于普通的服务器上。但是在大型网络中，服务器通常采用专门的网卡，它相对于工作站所用的普通网卡来说在带宽（通常在 100Mbps 以上，主流的服务器网卡都为 64 位千兆网卡）、接口数量、稳定性、纠错等方面都有比较明显的提高。还有的服务器网卡支持冗余备份、热拔插等服务器专用功能。

除了以上几类网卡以外，另外还有一些非主流分类方式，如现在非常流行的无线网卡，如图 4-8 所示。

图 4-8 无线网卡

【小知识】 <span></span> **网卡的鉴别和选择**

网卡通常插在计算机的扩展槽中（现在也有很多电脑直接将网卡做在计算机的主板上）。在选择网卡时，除了要考虑其接口方式、总线类型和传输速率外，还要确保这块网卡的驱动程序是否可以运行在该计算机所用的操作系统上，以及是否具有即插即用功能，这些可以极大地简化网卡的安装过程。

接口

BNC 接口和 AUI 接口主要用来连接同轴电缆，现在已基本淘汰。目前常用的网卡接口主要是 RJ-45 接口，RJ-45 接口网卡通过双绞线连接集线器（HUB），再通过集线器连接其他计算机和服务器。

总线类型

目前 ISA、EISA 类型的网卡已经被淘汰了，PCI 总线网卡成为主流，在笔记本电脑上，PCMCIA 网卡或 USB 接口的网卡也较普遍使用。

速度

现在 10Mbps 的网卡已基本不使用了，100Mbps 快速以太网网卡成为主流，有些甚至达到了 1000Mbps。

【训练与练习】

1. 网卡的功能是什么？
2. 网卡怎么分类？
3. 怎样选择一块合适的网卡？

4.3 中继器

中继器（Repeater，RP）是工作于 OSI 模型中的物理层，用来连接网络线路的一种装置，如图 4-9 所示。中继器常用于两个网络节点之间物理信号的双向转发工作，连接两个（或多个）网段，对信号起中继放大作用，补偿信号衰减，支持远距离的通信。由于传输线路噪声的影响，承载信息的数字信号或模拟信号只能传输有限的距离，中继器主要完成物理层的功能，对接收信号进行再生和发送，负责在两个节点的物理层上按位传递信息，完成信号的复制、调整和放大功能，以此来延长网络中信号传输的距离。中继器对所有送达的数据不加选择地予以传送。

中继器是最简单的网络互联设备，连接同一个网络的两个或多个网段。如以太网常常利用中继器扩展总线的电缆长度，标准细缆以太网的每段长度最大 185 米，最多可有 5 段，因此增加中继器后，最大网络电缆长度则可提高到 925 米。

图 4-9　网络中继器

由于中继器工作于 OSI 模型的物理层，因此只能连接具有相同物理层协议的网络。当网络负载较重，网段间使用不同的访问方式，或需要数据过滤时，不能使用中继器。

从理论上讲中继器的使用是无限的，网络也因此可以无限延长。但是事实上这是不可能的，因为网络标准中都对信号的延迟范围作了具体的规定，中继器只能在此规定范围内进行有效的工作，一般不能依次级连五个以上的中继器，否则会引起网络故障。

【训练与练习】

中继器的功能是什么？

4.4 集线器

4.4.1 集线器的概念

集线器（HUB）是中继器的一种形式，区别在于集线器能够提供多端口服务，因此也称为多口中继器。其功能主要是对接收到的信号进行再生、整形、放大，以扩大网络中信号的传输距离，同时把所有节点集中在以它为中心的节点上，如图4-10所示。

图4-10 集线器

集线器属于纯硬件网络底层设备，基本上不具有类似于交换机的"智能记忆"能力和"学习"能力。它发送数据时都是没有针对性的，采用广播方式发送。也就是说当它要向某节点发送数据时，不是直接把数据发送到目的节点，而是把数据包发送到与集线器相连的所有节点。

这种广播发送数据方式有两方面不足：①用户数据包向所有节点发送，很可能带来数据通信的不安全因素，一些别有用心的人很容易就能非法截获他人的数据包；②由于所有数据包都是向所有节点同时发送，就可能造成网络堵塞现象，降低了网络效率。

4.4.2 集线器的分类

1. 按结构和功能分

按结构和功能分类，集线器可分为未管理的集线器、堆叠式集线器和底盘集线器三类。

（1）未管理的集线器。这是最简单的一种集线器，它通过以太网总线提供中央网络连接，以星型的形式连接起来。这种集线器只用于很小型的至多12个节点的网络中（在少数情况下，可以更多一些）。未管理的集线器没有管理软件或协议来提供网络管理功能，这种集线器可以是无源的，也可以是有源的，有源集线器使用得更多。

（2）堆叠式集线器。堆叠式集线器是稍微复杂一些的集线器。堆叠式集线器最显著的特征是8个转发器可以直接彼此相连。这样只需简单地添加集线器并将其连接到已经安装的集线器上就可以扩展网络，这种方法不仅成本低，而且简单易行。

（3）底盘集线器。底盘集线器是一种模块化的设备，在其底板电路板上可以插入多种类型的模块。有些集线器带有冗余的底板和电源。同时，有些模块允许用户不必关闭整个集线器便可替换那些失效的模块。集线器的底板给插入模块准备了多条总线，这些插入模块可以适应不同的段，如以太网、快速以太网、光纤分布式数据接口（fiber distributed data interface，FDDI）和异步传输模式（asynchronous transfer mode，ATM）中。有些集线器还包含有网桥、路由器或交换模块。有源的底盘集线器还可能会有重定时的模块，用来与放大的数据信号关联。

2. 按局域网的类型分

从局域网角度来区分，集线器可分为以下五种不同类型。

（1）单中继网段集线器。这是最简单的集线器，是一类用于最简单的中继式 LAN 网段的集线器，与堆叠式以太网集线器或令牌环网多站访问部件（MAU）等类似。

（2）多网段集线器。这种集线器是从单中继网段集线器直接派生而来，采用集线器背板。这种集线器带有多个中继网段，其主要优点是可以将用户分布于多个中继网段上，以减少每个网段的信息流量负载，网段之间的信息流量一般要求独立的网桥或路由器。

（3）端口交换式集线器。这种集线器是在多网段集线器基础上，将用户端口和多个背板网段之间的连接过程自动化，并通过增加端口交换矩阵（PSM）来实现的集线器。PSM 可提供一种自动工具，用于将任何外来用户端口连接到集线器背板上的任何中继网段上。端口交换式集线器的主要优点是可以实现移动、增加和修改的自动化。

（4）网络互联集线器。端口交换式集线器注重端口交换，而网络互联集线器在背板的多个网段之间可提供一些类型的集成连接，该功能通过一台综合网桥、路由器或 LAN 交换机来完成。目前，这类集线器通常都采用机箱形式。

（5）交换式集线器。目前，集线器和交换机之间的界限已变得模糊。交换式集线器有一个核心交换式背板，采用一个纯粹的交换系统代替传统的共享介质中继网段。这类集线器和交换机之间的特性几乎没有区别。

随着技术的发展，在局域网尤其是一些大中型局域网中，集线器已逐渐退出应用，而被交换机代替。目前，集线器主要应用于一些中小型网络或大中型网络的边缘部分。

【训练与练习】

1. 集线器的功能是什么？
2. 集线器怎么分类？

4.5　网桥

4.5.1　网桥的概念

网桥（Bridge）看上去有点像中继器，但是它能提供智能化连接服务，即根据帧的终点地址处于哪一网段来进行转发和滤除。如图 4-11 中，当使用网桥连接两段 LAN 时，网桥对来自网段 1 的数据帧，首先要检查其终点地址，如果该帧是发往网段 1 上某一站的，网桥则不将帧转发到网段 2，而将其滤除；如果该帧是发往网段 2 上某一站的，网桥则将它转发到网段 2。可见，网桥在一定条件下具有增加网络带宽的作用。网桥对站点所处网段的了解是靠"自学习"实现的。

网桥是数据链路层上实现不同网络互联的设备，其基本特征有以下几个方面：

（1）能够互联两个采用不同数据链路层协议、不同传输介质与传输速率的网络。

（2）网桥以接收、存储、地址过滤与转发的方式实现互联的网络之间的通信。

（3）需要互联的网络在数据链路层以上采用相同的协议。

（4）可以分隔两个网络之间的广播通信量，有利于改善互联网络的性能与安全性。

网桥的主要缺点有以下两点：

（1）由于网桥在执行转发前先接收帧并进行缓冲，与中继器相比会引入更多时延。

（2）由于网桥不提供流量控制功能，在流量较大时有可能使其过载，从而造成帧的丢失。

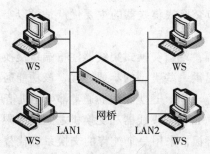

图 4-11　网桥连接两个网段

4.5.2　网桥的分类

所有网桥都是在数据链路层提供连接服务，可以简单分为以下两大类。

1. 透明网桥

所谓"透明网桥"是指网桥对任何数据站都完全透明，用户感觉不到它的存在，也无法对网桥寻址，所有的路由判决全部由网桥自己确定。使用这种网桥，不需要改动硬件和软件，无需设置地址开关，无需装入路由表或参数，只需插入电缆即可，现有网络的运行完全不受网桥的任何影响。当网桥连入网络时，它能自动初始化并对自身进行配置。

2. 源路由选择网桥

源路由选择的核心思想是假定每个帧的发送者都知道接收者是否在同一局域网（LAN）上。当发送一帧到另外的网段时，源机器将目的地址的高位设置成 1 作为标记，另外，它还会在帧头加进此帧应走的实际路径。

源路由选择网桥只关心那些目的地址高位为 1 的帧，当见到这样的帧时，它扫描帧头中的路由，寻找发来此帧的那个 LAN 的编号。如果发来此帧的那个 LAN 编号后跟的是本网桥的编号，则将此帧转发到路由表中自己后面的那个 LAN。如果该

LAN 编号后跟的不是本网桥，则不转发此帧。

20 世纪 80 年代早期，开发网桥是为了转发同类网络间传递的数据包。此后，网桥已经进化到了可以处理不同类型网络间传递的数据包。独立式网桥流行于 20 世纪 80 年代和 90 年代早期，但随着先进的交换技术和路由技术的发展，网桥技术已经远远地落伍了。一般来说，现在很难再见到把网桥作为一种独立设备了。

【训练与练习】

1. 网桥的功能是什么？
2. 网桥怎么分类？

4.6 交换机

4.6.1 交换机概述

交换机（switch）是一种在通信系统中完成信息交换功能的设备，它可以把一个网络从逻辑上划分成几个较小的网段。交换机属于 OSI 模型的第二层（数据链路层），它能够解析出介质访问控制（media access control，MAC）地址信息。因此，交换机与网桥相似。事实上，它相当于多个网桥。图 4-12 示出了几种类型的交换机。

交换概念的提出是对共享工作模式的改进。前面介绍的集线器（HUB）是一种共享设备，HUB 本身不能识别目的地址，当同一局域网内的 A 主机给 B 主机传输数据时，数据包在以 HUB 为架构的网络上是以广播方式传输的，由每一台终端通过验证数据包头的地址信息来确定是否接收。也就是说，在这种工作方式下，同一时刻网络上只能传输一组数据帧的通信，如果发生碰撞还得重试，这种方式就是共享网络带宽。

图 4-12　各种局域网所用的交换机

交换机拥有一条很高带宽的背部总线和内部交换矩阵。交换机的所有的端口都挂接在这条背部总线上，控制电路收到数据包以后，处理端口会查找内存中的地址对照表以确定目的 MAC 地址（网卡的硬件地址）的网卡挂接在哪个端口上，通过内部交换矩阵迅速将数据包传送到目的端口，目的 MAC 地址若不存在于广播到所有的端口，接收端口回应后交换机会"学习"新的地址，并把它添加入内部 MAC 地址表中。

4.6.2 交换机的分类

从广义上来看，交换机分为两种：广域网交换机和局域网交换机。广域网交换机主要应用于电信领域，提供通信用的基础平台。而局域网交换机则应用于局域网络，用于连接终端设备，如 PC 机及网络打印机等。

从传输介质和传输速度上交换机可分为以太网交换机、快速以太网交换机、千兆以太网交换机、FDDI 交换机、ATM 交换机和令牌环交换机等。

从规模应用上交换机可分为企业级交换机、部门级交换机和工作组交换机等。各厂商划分的尺度并不是完全一致的，一般来讲，企业级交换机都是机架式，部门级交换机可以是机架式（插槽数较少），也可以是固定配置式，而工作组级交换机为固定配置式（功能较为简单）。另一方面，从应用的规模来看，作为骨干交换机时，支持 500 个信息点以上大型企业应用的交换机为企业级交换机，支持 300 个信息点以下中型企业的交换机为部门级交换机，而支持 100 个信息点以内的交换机为工作组级交换机。

4.6.3 交换机的工作方式

根据交换机在网络中对需要传输的信息的处理方式，可大致分为以下三种。

1. 直通式

直通方式的以太网交换机可以理解为在各端口间是纵横交叉的线路矩阵电话交换机。它在输入端口检测到一个数据包时，检查该包的包头，获取包的目的地址，启动内部的动态查找表转换成相应的输出端口，在输入与输出交叉处接通，把数据包直通到相应的端口，实现交换功能。由于不需要存储，延迟非常小、交换非常快，这是它的优点。它的缺点是数据包内容并没有被以太网交换机保存下来，所以无法检查所传送的数据包是否有误，不能提供错误检测能力。由于没有缓存，不能将具有不同速率的输入/输出端口直接接通，而且容易发生丢包错误。

2. 存储转发

存储转发方式是交换机在计算机网络领域应用最为广泛的方式。存储转发式交换机把输入端口的数据包先存储起来，然后进行 CRC（循环冗余码校验）检查，在对错误包处理后才取出数据包的目的地址，通过查找表转换成输出端口送出包。正因如此，存储转发方式在数据处理时延时大，这是它的不足，但是它可以对进入交换机的数据包进行错误检测，有效地改善网络性能。尤其重要的是它可以支持不同速度的端口间的转换，保持高速端口与低速端口间的协同工作。

3. 碎片隔离

这种方式是介于前两者之间的一种解决方案。交换机检查数据包的长度是否够 64 个字节，如果小于 64 字节，说明是假包，则丢弃该包；如果大于 64 字节，则发送该包。这种方式也不提供数据校验。它的数据处理速度比存储转发方式快，但比直通式慢。

4.6.4 更高层的交换机

近年来，随着连接设备硬件技术的提高，已经很难再把集线器、交换机、路由器和网桥相互之间的界限划分得很清楚了。前面已介绍过，交换机运行在 OSI 模型的第二层，路由器运行在第三层，集线器运行在第一层。但随着交换技术的发展，这种界限将会变得越来越模糊。现在，已有制造商生产出运行在第三层（网络层）和第四层（传输层）的交换机，这使得交换机越来越像路由器了。能够解析第三层数据的交换机被称作第三层交换机。相应地，能够解析第四层数据的交换机被称作第四层交换机。这些更高层的交换机也许可以称为路由交换机或应用交换机。

【训练与练习】

　　1. 交换机的功能是什么？怎么分类？
　　2. 交换机有哪些工作方式？

4.7　路由器

4.7.1　路由器概述

路由器（router）是一种典型的网络层设备，如图 4-13 所示，它用于连接多个逻辑上分开的网络，所谓逻辑网络是代表一个单独的网络或者一个子网。当数据从一个子网传输到另一个子网时，可通过路由器来完成。路由器的主要作用是连通不同的网络及选择信息传送的线路。从过滤网络流量的角度来看，路由器的作用与交换机和网桥非常相似。但是与工作在网络物理层并从物理上划分网段的交换机不同，路由器使用专门的软件协议从逻辑上对整个网络进行划分。例如，一台支持 IP 协议的路由器可以把网络划分成多个子网段，只有指向特殊 IP 地址的网络流量才可以通过该路由器。对于每一个接收到的数据包，路由器都会重新计算其校验值，并写入新的物理地址。因此，使用路由器转发和过滤数据的速度往往要比只查看数据包物

图 4-13　典型的路由器

理地址的交换机慢。但是，对于那些结构复杂的网络，使用路由器可以提高网络的整体效率。路由器的另外一个明显优势就是可以自动过滤网络广播。从总体上说，在网络中添加路由器的整个安装过程要比即插即用的交换机复杂很多。一般说来，异种网络互联与多个子网互联都应采用路由器来完成。

路由器的主要工作就是为经过路由器的每个数据帧寻找一条最佳传输路径，并将该数据有效地传送到目的站点。为了寻找最佳路径，必须启动路由选择算法并维护包含路由信息的路由表，路由选择算法将收集到的不同信息填入路由表中，根据路由表可将目的网络与下一站的关系告诉路由器。路由器间互通信息进行路由更新，更新维护路由表使之正确反映网络的拓扑变化，并由路由器根据量度来决定最佳路径。

典型的路由选择方式有两种：静态路由和动态路由。

(1) 静态路由是在路由器中设置固定的路由表。由于静态路由不能对网络的改变做出反应，一般用于网络规模不大、拓扑结构固定的网络中。静态路由的优点是简单、高效、可靠。在所有的路由中，静态路由优先级最高。当动态路由与静态路由发生冲突时，以静态路由为准。

(2) 动态路由是网络中的路由器之间相互通信，传递路由信息，利用收到的路由信息更新路由器表，它能实时地适应网络结构的变化。如果路由更新信息表明发生了网络变化，路由选择软件就会重新计算路由，并发出新的路由更新信息。这些信息通过各个网络，引起各路由器重新启动其路由算法，并更新各自的路由表以动态地反映网络拓扑变化。动态路由适用于网络规模大、网络拓扑复杂的网络。

4.7.2　路由器的功能

路由器在计算机网络中主要有以下几方面的功能。

(1) 协议转换：能对网络层及其以下各层的协议进行转换。

(2) 路由选择：当分组从互联的网络到达路由器时，路由器能根据分组的目的地址按某种路由策略，选择最佳路由，并将分组转发出去，同时能随网络拓扑的变化，自动调整路由表。

(3) 能支持多种协议的路由选择：路由器与协议有关，不同的路由器有不同的路由器协议，支持不同的网络层协议。多协议路由器能支持多种协议，如 IP、IPX 及 X.25 协议，能为不同类型的协议建立和维护不同的路由表。这样不仅能连接同一类型的网络，还能用它连接不同类型的网络。这种功能虽然使路由器的适应性变强，但同时也使得路由器的整体性能降低，现在 IP 协议在网络中越来越占主导地位，因此在下一代路由器（如交换式路由器）只需要支持 IP 协议。

(4) 流量控制：路由器不仅具有缓冲区，而且还能控制收发双方数据流量，使两者更加匹配。

（5）分段和组装功能：当多个网络通过路由器互联时，各网络传输的数据分组的大小可能不相同，这就需要路由器对分组重新进行分段或组装，即路由器能将接收的大分组分 段并封装成小分组后转发，或将接收的小分组组装成大分组后转发。如果路由器没有分段组装功能，那么整个互联网就只能按照所允许的某个最短分组进行传输，大大降低了其他网络的效能。

（6）网络管理功能：路由器是连接多种网络的汇集点，网络间的分组都要通过它，在这里对网络中的分组、设备进行监视和管理是比较方便的。因此，高档路由器都配置了网络管理功能，以便提高网络的运行效率、可靠性和可维护行。

4.7.3 新一代路由器

传统路由器的分组转发的设计与实现均基于软件，在转发过程中对分组的处理要经过许多环节，转发过程复杂，分组转发的速率较慢。另外，由于路由器是网络互联的关键设备，是网络与其他网络进行通信的一个"关口"，对其安全性有很高的要求，因此路由器中各种附加的安全措施增加了 CPU 的负担，这样就使得路由器成为整个互联网上的"瓶颈"。由于多媒体等应用在网络中的发展，以及 ATM、快速以太网等新技术的不断采用，网络的带宽与速率飞速提高，传统的路由器已不能满足人们对路由器的性能要求。

目前，业界科研人员正致力于开发高速、高性能、高吞吐量、低成本的新一代路由器，以满足人们对网络不断发展的需要。新一代路由器内部结构所展现出的主要发展趋势为：第一，越来越多地使用基于硬件的交换和分组转发引擎，CMOS 集成技术的提高使很多功能可以在专用集成电路（ASIC）芯片上实现，原来由软件实现的功能现在可由硬件更快、成本更低地完成，大大提高了系统性能；第二，向并行处理的方向发展，逐渐抛弃容易造成拥塞的共享式总线，采用交换背板结构；第三，进一步发展在光纤连接上进行的线速选路技术，实现吉、太比特速率，为互联网过渡到全光基础设施奠定基础。

【训练与练习】

1. 路由器的功能是什么？
2. 典型的路由器选择方式分哪几种？

4.8 网关

网关不能完全归为一种网络硬件，它是结合软件和硬件能够连接不同网络的产品。如果要连接不同类型而且协议差别较大的网络时，则应选用网关设备。网关的功能体现在 OSI 模型的最高层，它对协议进行转换，对数据重新分组，以便在两个不同类型的网络之间进行通信。

网关可以设在服务器、微机或大型机上。由于网关具有强大的功能并且大多数时候都和应用有关，它们比路由器的价格要贵一些。另外，由于网关的传输更复杂，它们传输数据的速度要比网桥或路由器低一些。正是由于网关较慢，它们有造成网络堵塞的可能。然而，在某些场合，只有网关才能胜任工作。

【训练与练习】

什么是网关？

学习指导

1. 学习建议

本章重点介绍了常用传输介质的特性及选用原则；各种网络互联设备的功能、特性及选用。本章介绍的内容较多，因此在学习的过程中要注意理论联系实际，要亲自动手制作网线，还要多看、多了解、多比较各种网络设备的特点，最好到当地的电脑市场进一步了解他们的品牌、价格等，这样在以后选用时就能做到心中有数。

2. 学习重点与难点

常用传输介质的特性及选用；网络互联设备的功能、特性及选用。

3. 核心概念

传输介质、网卡、中继器、集线器，网桥、交换机、路由器以及网关。

课后思考与练习

一、填空题

1. 常用的传输介质有（　　　　）、（　　　　）、（　　　　）和（　　　　）。

2. 为了提高双绞线的（　　　　　）的能力，可以在双绞线的外面再加上一个用金属丝编织成的屏蔽层。这就是屏蔽双绞线。

3. 网桥工作在 OSI 参考模型的（　　　　　）层，可连接若干个局域网网段。

4. 通常路由选择算法分为两大类，分别为（　　　　）和（　　　　）。

5. 路由器是一种智能型网络设备，其基本功能是：（　　　　）、（　　　　）、（　　　　）、（　　　　）和（　　　　）。

6. （　　　　）一般用于不同类型、差别较大的网络系统之间的互联。

7. （　　　　）是星型网络的中心。

二、选择题

1. 在下列传输介质中，哪种传输介质的抗电磁干扰性最好？（　　　　　）

　　A. 双绞线　　　　B. 同轴电缆　　　　C. 光缆　　　　D. 无线介质

2. 在电缆中屏蔽有什么好处？（　　　　）

　　（1）减少信号衰减　　　（2）减少电磁干扰辐射和对外界干扰的灵敏度

　　（3）减少物理损坏　　　（4）减少电磁的阻抗

　　A. 仅（1）　　　　B. 仅（2）　　　　C.（1）、（2）　　　　D.（2）、（4）

3. 下列传输介质中，哪种传输介质的典型传输速率最高？（　　　　）

　　A. 双绞线　　　　　　B. 同轴电缆　　　　　C. 光缆　　　　　　D. 无线介质

4. HUB 又称（ 1 ），是（ 2 ）的一种。它又可分为（ 3 ）、（ 4 ）和（ 5 ）。

　　（1），（2）：

　　A. 集线器　　　　　　B. 路由器　　　　　　C. 网桥　　　　　　D. 中继器

　　（3），（4），（5）：

　　A. 无源集线器　　　　B. 有源集线器　　　　C. 智能集线器　　D. 都不是

5. 按照路径选择算法，连接 LAN 的网桥通常分为（ 1 ）和（ 2 ）。

　　A. 协议转换网桥　　　　　　　　　　B. 透明网桥

　　C. 源路径选择透明网桥　　　　　　　D. 源站选路网桥

6. 路由器是通过（ 1 ）层进行网络互联的，路由器功能与（ 2 ）有关，为了增
　　加通用性，通常将路由器做成（ 3 ）转换。

　　（1）A．物理层　　　B．数据链路层　　　C．传输层　　　　D．网络层

　　（2）A．接口　　　　B．服务　　　　　　C．协议　　　　　D. 都不是

　　（3）A．多功能　　　B．多协议　　　　　C．多接口　　　　D．多服务

三、简答题

1. 目前常用的传输介质有哪些？各有什么特性？如何选择？

2. 网卡的总线类型有哪几种？

3. 网桥从哪个层次上实现了不同网络的互联？它具有哪些特点？有哪些类型？

4. 交换机的主要作用是什么？它常用的工作方式有哪些？

5. 简述路由器的的工作原理与路由器的分类？

6. 网关的作用是什么？

 # 实训应用

实训项目　网络通信线的制作。

实训目的　1. 通过实践进一步了解常用网络传输介质，如双绞线、同轴电缆等的有
　　　　　　　　关知识。

　　　　　　2. 学习网线的制作及测试。重点掌握
　　　　　　　　RJ-45连接线的制作与测试。

实训指导　在常用网络传输介质中，RJ45 接口的双绞
　　　　　　线是应用最为普及的，下面重点讲解 RJ45
　　　　　　网线的制作步骤。

　　　　　　RJ45 接头的 8 个接脚的识别方法是：头朝
　　　　　　自己，铜接点朝下，从左往右数，分别是
　　　　　　1、2、3、4、5、6、7、8（见图4-14）。这
　　　　　　个序号非常重要，不能搞错。

① ② ③ ④ ⑤ ⑥ ⑦ ⑧

图4-14　RJ45 接头的序号

EIA/TIA 的布线标准中规定了两种双绞线的线序，如表 4-2 所示。

表 4-2　568A/B 标准双绞线的线序及颜色

标准	1	2	3	4	5	6	7	8
568A	绿白	绿	橙白	蓝	蓝白	橙	棕白	棕
568B	橙白	橙	绿白	蓝	蓝白	绿	棕白	棕

568A 和 568B 两者有何区别呢？后者是前者的升级和完善。在综合布线的施工中，有着 568A 和 568B 两种不同的打线方式，两种方式对性能没有影响，但是必须强调的是在一个工程中只能使用一种打线方式。现在 100M 网一般使用 568B 方式，1、2 两脚使用橙色的那对线，其中白橙线接 1 脚，橙线接 2 脚；3、6 两脚使用绿色的那对线，其中白绿线接 3 脚，绿线接 6 脚，剩下的两对线在 10M、100M 快速以太网中一般不用，通常将两个接头的 4、5 和 7、8 两接头分别使用一对双绞线直连，4、5 用蓝色的那对线，4 为蓝色，5 为白蓝色；7、8 用棕色的那对线，7 为白棕色，8 为棕色（见图 4-15）。如果网线两头都按一种方式做的话就叫做直连缆方式或直通线方式。如果网线的两头不按一种方式做，一头是 568B，另一头是 568A，那么这种做法叫交叉缆，其实就是只需将其中一个头在 568B 的基础上 1、2 和 3、6 对调一下就行，如图 4-16 所示。

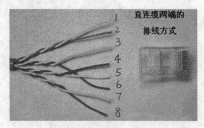
图 4-15 标准 568B

图 4-16　标准 568A

很多人以为做直连缆时将线排成如图 4-17 所示的样子，这是错误的。这既不是 568A 也不是 568B，这种做法使 3、6 信号线未绞在一起，失去了双绞线的屏蔽作用。虽然在传输距离近时能正常使用不容易被发现，当传输距离远时会出现丢包，或者导致局域网速度慢，很多人会怀疑网卡质量和网线质量，往往不会想到是线做的有问题。

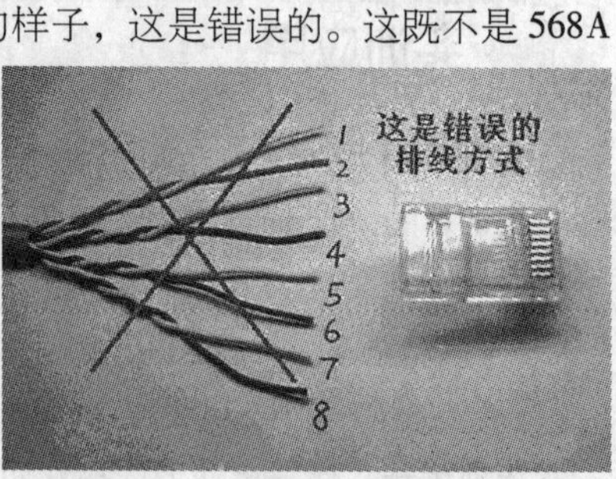

不同环境下双绞线的使用如表 4-3，其中：

正线：就是 568B 标准。

反线：一头是 568B，另一头是 568A。

图 4-17　错误的排线方式

PC：电脑；HUB：集线器；SWITCH：交换机；ROUTER：路由器，CTLR：控制器。

有的交换机和 HUB 已经带有智能分辨功能，所以正线反线都可以正常使用，否则信号无法传输。

表 4-3　不同环境下双绞线的使用

接线方式	使用场合
正线	PC-HUB，PC-SWITCH，HUB-HUB 级连口，HUB-HUB 普通口－级连口，HUB（级联口）-SWITCH，SWITCH-ROUTER，CTLR-HUB
反线	PC-PC，HUB-HUB 普通口，HUB-HUB 级连口－级连口，HUB-SWITCH，SWITCH-SWITCH，ROUTER-ROUTER，CTLR-PC

下面详细介绍网线制作步骤，以 100Mbps 的 EIA/TIA 568B 作为标准规格。

步骤 1：利用斜口钳剪下所需要的双绞线长度，至少 0.6 米，最多不超过 100 米。然后再利用双绞线剥线器（实际用什么剪都可以）将双绞线的外皮除去 2～3 厘米。有一些双绞线电缆上含有一条柔软的尼龙绳，如果你在剥除双绞线的外皮时，觉得裸露出的部分太短，而不利于制作 RJ-45 接头时，可以紧握双绞线外皮，再捏住尼龙线往外皮的下方剥开，就可以得到较长的裸露线，剥好的线如图 4-18 所示。

步骤 2：接下来就是进行排线的操作。以 TIA 568B 编线标准将网线编组。小心保持从左到右绞好的状态（橙色组、绿色组、蓝色组、棕色组）。把保护层和网线拿在一个手里，将蓝色和绿色的组拆开一小段，以 TIA 568B 编线方式重新将它们排好理顺。拆开并按编色原则排列其余组的线，如图 4-19 所示。

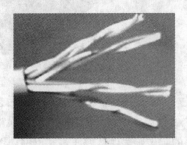

图 4-18　剥好的线

图 4-19　排好的线

需要特别注意的是，绿色条线应该跨越蓝色对线。这里是最容易犯错的地方，就是将白绿线与绿线相邻放在一起，这样会造成串扰，使传输效率降低。正确序号是左起：白橙/橙/白绿/蓝/白蓝/绿/白棕/棕，常见的错误接法是将绿色线放到第 4 只脚的位置，应该将绿色线放在第 6 只脚的位置才是正确的，因为在 100BaseT 网络中，第 3 只脚与第 6 只脚是同一对的，所以需要使用同一对线（见标准 EIA/TIA 568B）。

步骤 3：将裸露出的双绞线弄平、弄直，然后用斜口钳或压线钳剪下只剩约 14 毫米的长度，之所以留下这个长度是为了符合 EIA/TIA 的标准，如图 4-20 所示。最后再将双绞线的每一根线依序放入 RJ-45 接头的引脚内，第一只引脚内应该放白橙色的线，其余类推，如图 4-21 所示。

步骤 4：确定双绞线的每根线已经正确放置之后，就可以用 RJ-45 压线钳压接 RJ-45 接头，如图 4-22 所示。市面上还有一种 RJ-45 接头的保护套，可以防止接头在拉扯时造成接触不良。使用这种保护套时，需要在压接 RJ-45 接头之前就将这种胶套插在双绞线电缆上。

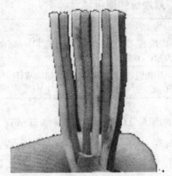

图 4-20　剪好的线

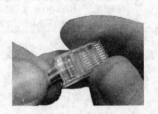

图 4-21　插线

步骤5：重复步骤2到步骤4，再制作另一端的RJ-45接头。因为工作站与集线器之间是直接对接，所以另一端 RJ-45 接头的引脚接法完全一样。完成后的连接线两端的 RJ-45 接头无论引脚和颜色都完全一样。

交叉网线的制作方法和上面基本相同，只是在线序上不像 568B，采用了 1-3，2-6 交换的方式，也就是一头使用 568B 制作，另外一头使用 568A 制作。

同时，我们也应该知道，级连网线长度不应超过 100 米，HUB 的级连不应超过 4 级。因为交

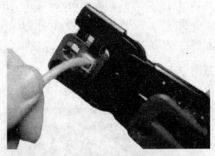

图 4-22　压线

叉线较少用到，所以应做特别标记，以免日后误作直通线用，造成线路故障。最后必须对线路进行通断测试，用 RJ-45 测线仪测试时，4 个绿灯都应依次闪烁。软件调试最常用的办法，就是用 Ping 命令。如果工作站得到服务器的响应则表明线路正常和网络协议安装正常，而这是网络应用软件能正常工作的基础。

　　实训组织　1. 根据实验设备的数量把全班分为多个小组，每个小组选出一名组长。

　　　　　　　2. 每个同学独立完成一段网线的制作，并测试是否连接正确。

　　　　　　　3. 由组长收集制作过程中出现的问题。

　　实训考核　完成实训报告，包括：

　　　　　　　1. 实训地点，参加人员，实训时间。

　　　　　　　2. 实训内容：将实训步骤的内容做详细记录。

　　　　　　　3. 实训的心得体会。

第 5 章

局域网和广域网

知识的掌握

1. 理解并掌握局域网的定义、特点、分类和拓扑结构

2. 了解局域网的发展、传输介质以及访问方法

3. 掌握局域网的体系结构，了解局域网的协议标准

4. 理解高速局域网的相关知识

5. 理解快速以太网的工作过程及100Mbps以太网的相关知识

6. 了解交换式局域网的相关知识

7. 了解虚拟局域网的相关知识

8. 理解几种常见的广域网以及ATM的相关知识

技能的提高

初步具备组建小型局域网的能力

案例导入

组建家庭局域网，体验网络优质性能

随着我国经济的迅速发展，电脑已逐步进入普通家庭，而且拥有两台或两台以上电脑的家庭也越来越多，随之带来一些新的问题：①怎样使家中的多台电脑相连，实现资源共享，如共享同一台打印机；共享互联网，使家中的每台电脑都能够连入互联网，领略互联网带给我们的轻松、愉快、内容广阔、知识博大的新感觉。②怎样使家中的电脑与邻居家的电脑相连，使联网游戏之类的娱乐性应用变得更加有趣？例如，在家中安装了红色警戒后可以与同栋楼的朋友一起对决，或利用家庭局域网

来共享大家喜爱的电影，等等。

问题引入

1. 局域网和互联网分别是什么样的网络？

2. 如何组建家庭局域网？如何连入互联网？

5.1 局域网概述

计算机局域网是当今迅速发展的新兴信息科学技术之一，是计算机应用中一个空前活跃的重要领域，同时也是计算机、通信、电子学、光电子和多媒体等技术相互渗透发展形成的一门新兴学科分支。

5.1.1 局域网的定义与特点

简单而言，局域网可定义为范围在几十米到几千米内计算机相互联接所构成的计算机网络。完整地给出局域网的定义则有两种方式：一种是功能性定义，另一种是技术性定义。

功能性定义：局域网是一组台式计算机和其他设备，它们在物理地址上彼此相隔不远，以允许用户相互通信以及共享诸如打印机和存储设备之类的计算资源的方式互联在一起的系统。这种定义适用于办公环境、工厂和研究机构中使用的局域网。

技术性定义：局域网是指由通过特定类型的传输媒体（如电缆、光缆和无线媒体）和网络适配器（亦称为网卡）互联在一起的计算机组成，并受网络操作系统监控的网络系统。

功能性定义和技术性定义之间的差别是：前者强调外界行为和服务，后者强调构成局域网所需的物质基础和构成方法。针对不同的应用实际可采用不同的定义方法对局域网加以概括。

计算机局域网具有哪些主要特点呢？我们归纳出以下几点：

（1）覆盖的地理范围小，计算机间的距离在 10 公里以内，如一个工厂、学校、企事业单位、建筑物，甚至一个房间内。

（2）数据传输速率高，一般在 10Mbps 以上，高速局域网的速率可达 1000Mbps。

（3）误码率低，可靠性高，其误码率在 $10^{-8} \sim 10^{-11}$ 之间。

（4）局域网中节点的增、删、改比较容易，易于操作，便于维护维修。

（5）可采用多种传输介质，如双绞线、同轴电缆、光纤、微波等。

（6）结构简单，易于实现。

组成局域网需要 5 种基本组件：计算机、传输媒介、网络适配器、网络连接设备以及网络应用软件。其中，局域网的计算机可分为服务器和工作站两类；传输介质包括双绞线、同轴电缆、光纤等；网络连接设备包括介质连接器件、集线器、中继器和交换机等；不同类型和不同应用的局域网，其操作系统和应用软件不同。

【小知识】　　　　　　　　　　局域网的应用范围

如何将局域网应用到位并不是一件简单的事情。一方面新技术新应用不断问世，从传输介质、交换设备到软件都要考虑；另一方面，每个用户都有自己的实际应用环境条件，需要从是否便于布线、网络覆盖面积到准备投入多少资金等多方面进行周密的考虑。下面列举几个局域网的应用范围。

(1) 办公自动化。现在人们已不满足于用独立的计算机进行文字处理及文档管理了，而是要求把一个机关或部门、企业的办公计算机连成网络，以便在部门之间或上下级之间进行报表传递、信息综合处理等事务的快速处理，提高工作效率。

(2) 管理信息系统。当前局域网应用最广泛的地方是下属部门分支多、业务活动复杂的那些企业的生产、财务、工作进度、生产管理决策等环节。

(3) 金融信息系统。局域网在金融信息系统中的应用已有相当一段时间，随着计算机通信技术的进步，这种应用越来越深入。例如证券交易系统、期货交易系统，如果离开计算机局域网，将变得不可想象。

5.1.2　局域网的分类

局域网可以按多种方法分类，常用的分类方法有以下几种。

(1) 按网络的拓扑结构划分，可将局域网分为总线型网、星型网、环型网、树型网等。目前常用的是星型网和总线型网。

(2) 按线路中传输的信号形式划分，可将局域网分为基带网络和宽带网络。基带网络传输数字信号，信号占用整个频带，传输距离较短；宽带网络传输模拟信号，传输距离较远，达几千米以上。目前使用最多的是基带网络。

(3) 按网络的传输介质划分，可分为双绞线网络、同轴电缆网络、光纤网络和无线局域网。目前使用较多的是双绞线网络和同轴电缆网络。

(4) 按网络的介质访问方式划分，可分为以太网、令牌环网和令牌总线网。目前使用最多的是以太网。

5.1.3　局域网的拓扑结构

常用的局域网拓扑结构有总线型结构、星型结构、环型结构、多级树型结构和混合拓扑结构。

(1) 总线型拓扑结构是一种基于公共主干信道的广播式拓扑形式，常见的总线型局域网有由粗同轴电缆和细同轴电缆做总线的 10Base-5 和 10Base-2 以太网等。

(2) 星型结构是一种集中控制的拓扑形式，常见的星型局域网有基于集线器的 100Base-T 以太网和基于各种交换机的高速局域网等。

(3) 环型结构是一种基于公共环路的拓扑形式，其控制方式可集中于某一节点，但一般都将控制分布于环上各个节点，其信息流一般是单向的，路由选择简单。

（4）树型结构较流行的是完全二元树，该结构扩充性能好，寻址方便，较适用于多检测点的实时控制和管理系统。常见的树型局域网是由多个交换机或集线器级联构成的企业内部网（Intranet）。

5.1.4　局域网的传输介质

局域网的传输介质有双绞线、同轴电缆、光纤、微波和卫星等。

（1）双绞线介质分为非屏蔽双绞线（UTP）和屏蔽双绞线（STP）。UTP 在共享介质局域网和交换式局域网中均得到了广泛应用。

（2）同轴电缆分为基带同轴电缆和宽带同轴电缆，分别用于基带系统和宽带系统。基带同轴电缆在几千米内可提供 10Mbps 的传输速率；宽带同轴电缆可提供 50Mbps 的传输速率。

（3）光纤分为单模光纤和多模光纤，主要用于较大范围的局域网和基于高速交换机的高速局域网。

此外，在某些应用场合，由于移动性要求，不便采用以上有线介质，则可采用微波、红外线、卫星等传输介质连接局域网。

【小案例】　　　　　利用星型拓扑组建宿舍局域网

如今，在大学校园及许多寄宿学校里，搭机组建局域网来共享资源、玩游戏、上网的学生已经越来越多了。如何既简单又经济地实现宿舍网的组建呢？这里介绍一种星型网络拓扑结构的组网方案。

组建方案

星型拓扑结构，直接电缆连接。

硬件选择

组建宿舍网所需用的硬件包括：网卡、非屏蔽双绞线（UTP）、集线器（HUB）、RJ-45 水晶头。

目前在市场上购买的 PC 机，基本上都配有网卡，不需另行配备。若购买到的 PC 机没有网卡，可选择性价比较好的网卡，如 TP-LINK 和 D-LINK 品牌的网卡等。非屏蔽双绞线可在市场上直接购买两米左右已接好水晶头的成品，若长度与实际所需不匹配，也可在销售双绞线的地方定制。集线器的选择也很多，一般宿舍组网选择 8 口集线器即可，如 TP-link TL-HP8MU 等。

网络拓扑结构示图

一般宿舍组建局域网的网络拓扑图如图 5-1 所示。

布线

（1）整体规划。确认有几台计算机需要连入网络，以及每台计算机的具体摆放位置；然后决定网络集线器的摆放地点和每根网线的长度。

（2）联网。在确定好计算机的摆放位置后，就可以通过网线把计算机和集线器连接起来。

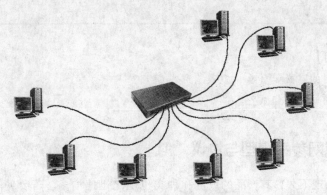

图 5-1　宿舍局域网网络拓扑结构

首先将双绞线的一个 RJ-45 接头插入网卡，再将另一个 RJ-45 接头按顺序插入集线器的插孔内。每增加一台计算机，就用一条双绞线将计算机和集线器连接起来。这样星型网络就建成了。

安装网络通信协议

局域网安装完成后必须配置各种协议，协议是计算机之间交换文件与传送数据的一种统一标准，没有安装协议的局域网不能进行任何通信操作。一般来说，在局域网中需要添加的协议有两个：IPX/SPX 协议和 TCP/IP 协议，下面介绍在 Windows XP 系统下这两种协议的安装过程。

在"网上邻居"单击右键，选择"属性"，在弹出的对话框中选择"本地连接"，单击右键，选择"属性"打开本地连接属性设置对话框，单击安装，然后选中"协议"，单击"添加"按钮，如图 5-2，在出现的对话框中选择需要安装的协议并"确定"即可。所有协议添加完成后重启电脑。

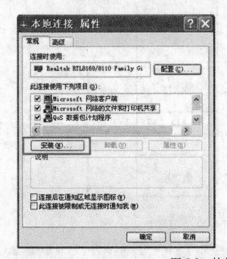
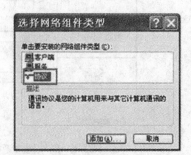

图 5-2　协议添加界面

好了，现在我们就可以通过局域网与同学共享电影大片、联网玩游戏了。快快动手吧！

【训练与练习】

1. 局域网的定义是什么，它具有哪些特点？
2. 简述局域网的组成？

5.2　局域网参考模型与协议

局域网出现不久，其产品的数量和种类也随之迅速增多。若要使这些不同厂家的产品在局域网间能够顺利地进行通信，就需要一个标准来进行规范。为此，美国电子电气工程师学会 IEEE（Institute of Electrical and Electronics Engineers）于 1980 年 2 月专门成立了局域网标准委员会（简称 IEEE 802 委员会），制定了 IEEE 802 标准。它包括了 OSI/RM 最低两层（物理层和链路层）的功能，也包括了网间互联的高层功能和管理功能。IEEE 802 标准的出现，使得不同厂家在生产局域网设备时能够遵循统一的标准，极大地方便了产品间的通信，进一步促进了局域网的快速发展。

5.2.1　局域网参考模型

计算机网络遵循的是 OSI 参考模型，局域网虽然属于网络的一部分，但它的功能主要集中在物理层和数据链路层。根据 OSI 参考模型，结合局域网本身的特点，IEEE802 委员会制订了具体的局域网模型和标准。LAN 参考模型与 OSI 参考模型的对应关系如图 5-3 所示。

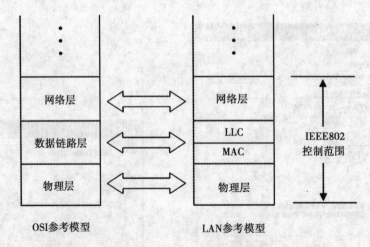

图 5-3　局域网参考模型与 OSI 参考模型的对应关系

图中各层功能如下：

1. 物理层

物理层的主要任务是描述传输介质接口的一些特性，如接口的机械特性、电气特性、功能特性和规程特性等，这与 OSI 参考模型的物理层相同。

2. 数据链路层

数据链路层的主要任务是通过一些数据链路层协议，在不太可靠的传输信道上实现可靠的数据传输，负责帧的传输管理和控制。这也与 OSI 参考模型的数据链路层基本相同。但是在 LAN 中，由于各站共享网络公共信道，因此，首先必须解决如何避免信道争用问题，即数据链路层必须具备介质访问控制功能。又由于 LAN 采用的拓扑结构不同，传输介质各异，相应的介质访问控制方法也有很多，这就导致了数据链路层存在与传输介质有关的和无关的两部分。在数据链路功能中，将与传输介质有关的部分和无关的部分分开，可以降低连接不同类型介质接口设备的费用。所以，局域网的数据链路层又被划分为两个子层：逻辑链路控制子层和介质访问控制子层。

（1）逻辑链路控制（logic link control，LLC）子层。LLC 子层集中了与介质接入无关的部分，并将网络层的服务访问点 SAP 设在 LLC 子层与高层的交界面上。LLC 具有帧的发送和接收功能，并具有帧顺序控制和流量控制等功能。在不设网际层时，此子层还包括某些网络层的功能，如数据报、虚拟控制和多路复用等。

（2）介质访问控制（medium access control，MAC）子层。MAC 子层集中了与接入介质有关的部分，负责在物理层的基础上进行无差错通信，维护数据链路功能，并为 LLC 子层提供服务及 CSMA/CD、Toden-Bus、Toden-Ring 等介质访问控制方式。发送信息（MAC 子层）时负责把 LLC 帧组装成带有地址和差错校验段的 MAC 帧，接收数据时对 MAC 帧进行拆卸，执行地址识别和 CRC 校验功能。

5.2.2 局域网协议标准

决定 LAN 特性的技术有三个方面：网络拓扑结构、传输介质和介质访问协议。IEEE 802 委员会制定的 IEEE 802 标准系列是局域网所遵循的介质访问协议，以下是已公布的 IEEE 802 标准：

- 802.1a LAN 和 MAN 的概述及体系结构
- 802.1b LAN 的寻址、网络互联及其管理
- 802.2 逻辑链路控制（LLC）协议
- 802.3 CSMA/CD 访问方法及物理层技术规范
- 802.4 令牌总线访问方法及物理层技术规范
- 802.5 令牌环访问方法及物理层技术规范
- 802.6 城域网（MAN）访问方法及物理层技术规范
- 802.7 Broadband Tag 宽带网访问方法及物理层技术规范

- 802.8　Fiber Optics Tag 光纤网标准，即 FDDI 访问方法及物理层技术规范
- 802.9　综合数据/话音 LAN 标准
- 802.10　可互操作的 LAN 的安全机制
- 802.11　无线 LAN 访问方法及物理层技术规范
- 802.12　100Base-VG 高速网络访问方法及物理层技术规范
- 802.13　交互式电视网规范
- 802.14　线缆、调制解调器规范
- 802.15　无线个人局域网（Wireless Personal Area Network）标准规范
- 802.16　宽带无线接入（Broadband Wireless Access）网络标准规范
- 802.17　弹性分组环（Resilient Packet Ring）标准规范
- 802.18　无线管制（Radio Regulatory TAG）
- 802.19　共存（Coexistence TAG）
- 802.20　移动宽带无线接入（Mobile Broadband Wireless Access）
- 802.21　媒体无关切换（Media Independent Handoff）

这些标准为相应的应用技术提供了统一的规范。其中 IEEE 802.1、IEEE 802.2、IEEE 802.3、IEEE 802.4、IEEE 802.5、IEEE 802.6 和 IEEE 802.8 分别被国际标准化组织 ISO 接纳为国际标准，编号分别为 ISO 8802.1 ~ ISO 8802.7。

【小知识】　　　　　IEEE——美国电子和电气工程师协会

美国电子和电气工程师协会（Institute of Electrical and Electronics Engineers，IEEE，读作 eye-triple-ee，I-3E）是一个国际性的电子技术与信息科学工程师的协会，是世界上最大的专业技术组织之一，拥有来自 175 个国家的 36 万名会员（到 2005 年），1963 年 1 月 1 日由美国无线电工程师协会（IRE，创立于 1912 年）和美国电气工程师协会（AIEE，创建于 1884 年）合并而成。它有一个区域和技术互为补充的组织结构，以地理位置或者技术中心作为组织单位（例如 IEEE 费城分会和 IEEE 计算机协会等）。它管理着推荐规则和执行计划的分散组织（例如 IEEE-USA 明确服务于美国的成员、专业人士和公众），总部设在美国纽约市。IEEE 在 150 多个国家中拥有 300 多个地方分会。通过会员的多元化，该组织在太空、计算机、电信、生物医学、电力及消费性电子产品等领域中都是主要的权威。

学会成立的目的在于为电气电子方面的科学家、工程师、制造商提供国际联络交流的场合，为他们交流信息，并提供专业教育和提高专业能力的服务。其主要活动是召开会议、出版期刊杂志、制定标准、继续教育、颁发奖项、认证（Accreditation）等。IEEE 每年要举办 300 多个学术会议，有 35 万人参加，许多学术会议在世界上很有影响，有的规模很大，达到 4 ~ 5 万人。

IEEE 定位在"科学和教育，并直接面向电子电气工程通信，计算机工程、计算机科学理论和原理研究的组织，以及相关工程分支的艺术和科学"。为了实现这一目

标，IEEE 承担着多个科学期刊和会议组织者的角色。它也是一个广泛的工业标准开发者，主要领域包括电能、能源、生物技术和保健、信息技术、信息安全、通信、消费电子、运输、航天技术和纳米技术。

【训练与练习】

1. 局域网的物理层被分为哪两层，分别有什么功能？
2. 决定局域网特性的技术有哪几个方面？

5.3 高速局域网

5.3.1 FDDI

FDDI 为"Fiber Distributed Data Interface"的缩写，被译为"光纤分布式数据接口"。以光纤为传输媒介，传输速率可高达 100Mbps，是目前成熟的局域网技术中传输速率最高的一种。该网络具有定时令牌协议的特性，支持多种拓扑结构，具有多种优点：

（1）传输距离较长，相邻站间的最大长度可达 2 公里。

（2）带宽大，其设计带宽为 100Mbps。

（3）对电磁和射频干扰抑制能力强，在传输过程中不受电磁和射频噪声的影响，也不影响其他设备。

（4）具有较高的保密性，光纤可防止传输过程中被分接偷听，也杜绝了辐射波的窃听。

FDDI 的数据传输是利用两芯线缆同时进行的，被称为"双环"，如图 5-4 所示。外环为主环，按逆时针方向传输信息，内环为副环，也称备用环、辅环，按顺时针方向传输信息。每一个 FDDI 环可连接 500 个工作站，正如其第一个优点所述，工作站间的距离可达 2 公里。

FDDI 具有良好的可靠性，当主环或副环光缆有一个出现故障或被切断时，另一个环可保证网络正常工作，如图 5-5 所示。

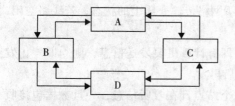

图 5-4　FDDI 双环结构

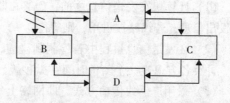

图 5-5　主环 AB 段故障，辅环正常工作

FDDI 具有重构功能，例如图 5-6 中 A 与 B 之间被切断，计算机 A 和 B 能自动地把各自的主环和辅环光缆接在一起，形成新的环路，保证网络正常工作。又如图 5-7

中 B 不能工作时，距 B 最近的两个点 A 和 D 能自动将各自的主环和辅环闭合，组成除 B 之外的新环路。

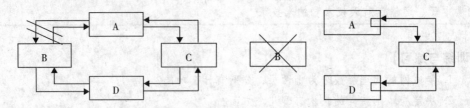

图 5-6　AB 段被切断，可自动重组环路　　图 5-7　计算机 B 故障，自动组成新的环路

FDDI 访问网络需要在环内传递一个令牌，仅允许令牌的持有者发送 FDDI 帧，但是环内可以同时传输几个帧。这是因为当令牌持有者发出一个帧后，不必等待数据帧完成在环内的全部循环，即可立即释放令牌，把它传给环内的下一个站点。这意味着，第一个站点发出的数据帧仍在环内循环的时候，下一个站点可以立即开始发送自己的数据。因此 FDDI 与令牌环网相比，具有更高的传输效率。

FDDI 主要用作校园环境的主干网。

5.3.2　快速以太网

"以太"是一种看不见摸不着的神秘物质，过去人们曾认为光和电磁波在空间中传播的介质是"以太"。由于以太网是一种基于无源介质连接的网络，与"以太"物质有相似之处，所以借用这个名称，起名为 Ethernet，它是目前世界上最为普遍的网络。

以太网的理论速度可达 10Mbps，但实际速度只有 2~3Mbps，当数据传输量较大时，网速会变得很慢，因此它不适用于大型或忙碌的网络。1991~1993 年年间，多家公司开始了快速以太网的研究，并相继推出了快速以太网标准。1995 年 3 月 IEEE 宣布了 IEEE 802.3u 规范，从此开始了快速以太网的时代。

1. 以太网的工作原理

以太网的介质访问协议采用 CSMA/CD（Carrier Sense Multiple Access/Collision Detection），即载波侦听多路访问/冲突监测技术，遵循 IEEE 802.3 标准。其工作过程如下：

（1）计算机在发送信息之前，始终在监听网络传输介质上的状态，若线路空闲，可发出信息；若线路被占用，则等待。

（2）在发送信息过程中若检测到碰撞，即有计算机要发送信息，则立即停止发送，冲突各方退避一个随机时间（微秒级）后再发。

（3）采用广播式传输方式，即网络上每个站点都在收听信息，一旦数据包接收地址是自己，立即接收到自己计算机中储存起来，并向发送站回答正确到达的反馈信息；若出错，则要求重发。

这个过程和我们围着桌子开讨论会的情形十分相似。与会者彼此平等，谁都可以抢先发言（相当于抢占线路）；如果有两个或两个以上的人同时发言（相当于网络上发生碰撞），大家会先停顿一下，互相让一让，然后其中一个人再发言；当一个人想发言时，如果有人正在发言，就只好等他说完了再说（相当于侦听等待）；一个人发言，每个与会者都可以听到（即广播式），没听清时可要求发言人再说一遍（相当于出错时要求重发）。

CSMA/CD 保证网络上各台计算机都享有平等的共享传输介质的权力。其优点是线路利用率高，传输速率高，容易实现，成本低。缺点是当网络上计算机数量增多时，碰撞次数呈指数式增长；由于各站平等，无优先级区别，对碰撞的处理方式是随机的，因而不易实现实时控制。

以太网是目前使用最广泛、发展最迅速的网络。最早的以太网传输速率只有10Mbps，后来发展成100Mbps的快速以太网，近年来又出现了传输速率为1000Mbps的千兆以太网。这三种速率的以太网都采用了同样的介质访问方法——CSMA/CD，都可以用5类双绞线作为传输介质，但各自的最大传输距离不同，采用的网卡也不同。

2. 快速以太网

快速以太网继承了 Ethernet 的功能与特性，但速率可达到100Mbsp。其具有代表性的技术有两个：一个是100Base-T 技术，另一个是100Base-VG 技术。

（1）100Base-T 技术规范。100Base-T 的 MAC 层采用 CSMA/CD 协议。由于 MAC 层与传输速率无关，因此100Base-T 中的帧格式、帧长度、差错控制以及有关管理信息均与原以太网相同。100Base-T 只定义了新的物理层规范，包括三种标准：100Base-T4、100Base-TX 和100Base-FX，分别支持不同的传输介质。

1）100Base-T4。100Base-T4 支持3、4、5 类无屏蔽双绞线或屏蔽双绞线，使用RJ-45 连接器，最大网段长度为100 米。

2）100Base-TX。100Base-TX 支持5 类数据级无屏蔽双绞线或屏蔽双绞线，使用RJ-45 连接器，最大网络长度为100 米。

3）100Base-FX。100Base-FX 支持光缆，使用 MIC/FDDI 连接器、ST 连接器或 SC 连接器，最大网段长度为150 米、412 米、2000 米或更长至10 公里。

（2）100Base-T 网络组成。100Base-T 的网络拓扑结构如图5-8 所示。

100Base-T 标准定义了两类集线器（中继器），分别称为1 类集线器和2 类集线器。一个网段中最多允许一个1 类集线器或两个2 类集线器。这种网络的主要拓扑规则为：

- 计算机与集线器之间的最大 UTP 电缆长度为100 米
- 采用半双工的100Base-FX 基于 MAC 层时，光纤长度为400 米
- 利用两个2 类集线器时，集线器之间的最大电缆长度为5 米
- 采用双集线器结构时，两计算机端点之间的最大距离为205 米
- 采用单集线器结构时，可连接185 米光纤，这种情况下两计算机端点之间的

最大距离为 285 米

- 采用全双工的 100Base-FX 进行远距离连接时，两设备之间的连接距离可达 2000 米

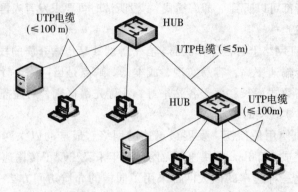

图 5-8　100Base-T 的网络拓扑结构

【训练与练习】

1. 简述 FDDI 的特点及"双环"工作原理。
2. 简述快速以太网的工作原理及其代表技术。

5.4　交换式局域网

5.4.1　交换式局域网概述

从数据传送方式来划分，局域网有共享式网络和交换式网络两种形式。

1. 共享式局域网

我们前面所学的采用 CSMA/CD 传输方式的以太网就属于共享式局域网。共享式局域网，尤其是共享式以太网，在实际应用中存在以下问题：

（1）多个节点共享一段传输介质，当节点较多时，由于争用传输介质会产生大量的冲突和重发，导致网络的信息流量变得很低，降低了介质的有效利用率。

（2）随着客户端（Client）/服务器（Server）体系结构的发展，客户端需要更多地与服务器交换信息，导致网络的通信量成倍增加，共享式网络所提供的网络带宽越来越难以满足不断增长的带宽需求。

（3）网络多媒体信息的实时传输（尤其是图像、视频信息的实时传输），需要占用大量的网络带宽，而共享式局域网通过争用介质而提供的网络带宽越来越难以给予充分地支持。

2. 交换式局域网

20 世纪 90 年代初发展起来的以太网交换技术，从根本上改变了共享式局域网

的结构，不但解决了带宽的"瓶颈"问题，而且也简化了网络管理。其基本原理是：利用交换式集线器（即交换机）连接端口，所有端口平时都不连通，当站点需要通信时，交换机才同时连通许多对的端口，通信完成后又断开连接。这样一来，每一对相互通信的站点都能像独占通信信道那样，进行无冲突地传输数据、独享信道速率。因此，交换式网络技术是提高网络效率、减少拥塞的有效方案之一。

在交换式局域网中，节点分成两类：端点和中间节点。端点是用户站点，中间节点是交换机。所有端点都要通过交换机连接起来，交换机为端点提供存储转发和路由选择功能，使端点间能沿着指定的路径传输数据，而不是像共享式网络那样把数据广播到每个节点。

3. 交换机技术特性

交换式局域网的技术核心是交换机，它工作在数据链路层。交换机提供了多个端口和大容量的动态交换带宽，并采用 MAC 帧直接交换技术，在多个节点间建立多个并行的通信链路。节点间沿指定路径转发报文，使竞争式共享信道转变为分享或独享式信道，这相当于实现了一个并行网络系统。多对不同源端点和目的端点之间可以同时进行通信，而不会发生冲突，大大提高了网络的可用带宽，减少了网络时延。

交换机的主要功能可概括为两部分：建立虚连接和转发信息。交换机内部保存有一张地址表，用来存储它所连接的各站点所在的交换机端口号和 MAC 地址之间的对应关系。当它从一个端口收到信息包，首先识别出包中的目的站 MAC 地址，查地址表，得到目的站所在的端口，然后在两个端口间建立一条虚连接，接着将信息包从源端口转发到目的端口，信息包发送完后，断开这条虚连接。

交换机的实现技术主要有两种：一种是传统的存储转发技术，即交换机首先将整个数据帧先存储在缓冲器中，等待完成差错检测、路由选择等处理后再转发出去；另一种是切入式技术，即交换机在接收数据帧的同时立即按该数据帧的目的地址确定其输出端口，直接转发出去。两者各有优缺点，前者可以在转发过程中对数据帧作某些增值处理，如速率匹配、差错检验、协议转换等，但有转发延迟；后者虽然转发速度很快，但不能作上述增值处理。实际中很多交换机产品同时提供这两种技术。此外，交换机还集成了很多有用的功能，如网络管理、多种协议支持、路由选择、远程访问、数据包过滤以及虚拟网支持等。

5.4.2　交换式局域网的结构

交换式局域网是以交换机为中心的星型结构，如图 5-9 所示。交换机下行连接到网络用户设备，上行连接到高速主干网上。

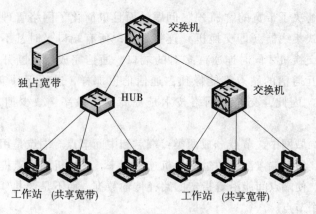

图 5-9　交换式局域网

【训练与练习】

　　1. 交换式局域网的核心部件是什么？它的特点有哪些？

　　2. 简述交换式局域网的技术特性。

5.5　虚拟局域网

5.5.1　虚拟局域网的含义和功能

　　虚拟局域网（VLAN）是在交换局域网的基础上，采用网络管理软件构建的可跨越不同网段、不同网络的端到端的逻辑网络，是一种不用路由器便可实现隔离广播域的网络技术。

　　如图 5-10 所示，VLAN 不必考虑用户的物理位置，只需根据功能、应用等因素，将用户从逻辑上划分为一个个功能相对独立的工作组，如部门、项目组等。在同一个 VLAN 中的成员是共享广播的，而不同的 VLAN 之间广播信息则相互隔离。这样，

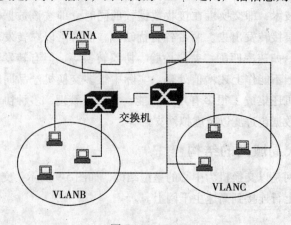

图 5-10　VLAN

便将整个网络分割成了多个不同的广播域，它们之间互不影响。

5.5.2 VLAN 的实现技术

目前，虚拟局域网有四种实现技术：基于端口的虚拟局域网、基于 MAC 地址的虚拟局域网、基于第三层协议的虚拟局域网和基于策略的虚拟局域网。

1. 基于端口实现的 VLAN

基于端口的 VLAN 是划分虚拟局域网最简单、最有效，也是应用最为广泛的方法。这种方法实际上就是交换端口的集合，网络管理员只需要管理和配置交换端口，而不需要考虑交换端口连接的是什么设备。

2. 基于 MAC 地址的 VLAN

这种实现方式是根据每个主机的 MAC 地址来划分 VLAN。这种划分方法的最大优点就是当用户物理位置移动或端口改变时，不用重新配置 VLAN。

3. 利用第三层交换技术

这种技术是根据每个主机的网络层地址或协议类型来划分 VLAN。尽管这种划分的根据是网络地址，但它不是路由。三层交换机在对第一个数据流进行路由后，会自动产生一个 MAC 地址与 IP 地址的映射表，当同样的数据流再次通过时，将根据此表直接从二层通过而不是再次路由，从而消除了路由器进行路由选择而造成的网络延迟，提高了数据包转发的效率，消除了路由器可能产生的网络瓶颈问题。可见，利用第三层交换技术的 VLAN，在交换机内部实现了路由，提高了网络的整体性能。目前，高性能交换机已经把二层交换功能和三层路由功能结合在一起。这种交换机能识别交换帧和路由帧。交换和路由在同一交换机中，并采用各种技术，使路由具有更高的交换速度，极大提高了网络性能。这是目前最具发展前景的技术。

【训练与练习】

1. 解释 VLAN 的概念。
2. 简述 VLAN 的实现技术。

5.6 广域网概述

广域网（wide area network，WAN）是将分布在不同国家、不同地区、全球范围内的各种局域网以及计算机、网络设备等互联形成的大型计算机网络，其覆盖范围广、传输速率相对较低，以数据传输为主要目的。目前最大的广域网是互联网。

广域网由一些节点交换机以及连接这些交换机的链路组成，链路一般采用光纤线路或点对点的卫星链路等高速链路，其距离没有限制。节点交换机的交换方式采用报文分组的存储转发方式，同时为了提高网络的可靠性，节点交换机同时与多个节点交换机相连，目的是给某两个节点交换机之间提供多条冗余的链路，这样当某个节点交换机或线路出现问题时不至于影响整个网络运行。在广域网内，这些节点交换机和它们之间的链路一般由电信部门提供，网络由多个部门或多个国家联合组建而成，并且网络的规模很大，能实现整个网络范围内的资源共享。另外，从体系结构上看，局域网与广域网的差别也很大，局域网的体系结构中主要层次为物理层和数据链路层两层，而广域网目前主要为 TCP/IP 体系结构，所以它的主要层次是网络接口层、网络层、传输层和应用层。广域网的通信子网一般都是由公共数据通信网担任。通常，这些公共数据通信网是由政府的电信部门建立和管理的。

与局域网相比，广域网的具有投资大、安全保密性能差、传输速率慢（通常为64kbps、2Mbps、10Mbps）、误码率较高等特点。常用的广域网技术有公共电话交换网、X.25 网、帧中继网、ATM 网络等。

【训练与练习】

1. 简述广域网的概念及特点。
2. 请答出 TCP/IP 与 OSI 参考模型的分层对照？

5.7　公用电话交换网

公共电话交换网（public switching telephone network，PSTN）是最早建立的一种大型通信网络，是以模拟技术为基础的电路交换网络，用于实现终端与计算机、终端与终端之间或计算机与计算机之间通信。个人计算机利用电话线拨号上网就是利用这种网络系统。

PSTN 的主要功能有拨号接入互联网/LAN、实现两个或多个 LAN 之间的互联，以及与其他广域网的互联。

PSTN 提供的是一个模拟的通信通道，通道之间由若干个电话交换机连接而成。当两个用户需要通过 PSTN 连入网络时，必须使用调制解调器来实现信号的转换。调制解调器就是我们通常所说的 Modem（"猫"），当发送数据时，Modem 将电脑产生的数字信号转换为模拟信号，以使其能在电话线上传送，这一过程称为"调制"；当接收数据时，modem 又将从电话线上接收到的模拟信号转换为电脑能够识别的数字信号，这一过程称为"解调"。

PSTN 是一种电路交换的方式，一条通路自建立直到释放，即使线路上没有任何数据传送，其全部带宽也仅能被这条线路两端的设备使用，因此，上网的同时不能打电话。显然这种方式不能实现对网络带宽的充分利用。尽管如此，PSTN 仍是一种不可替代的连网技术。

图 5-11 所示的是一个通过 PSTN 连接两个局域网的网络互联的例子。在这两个局域网中各有一个路由器，每个路由器均有一个串行端口与 Modem 相连，Modem 再与 PSTN 相连，从而实现了这两个局域网的互联。

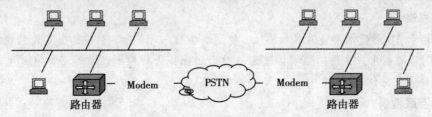

图 5-11 PSTN 与局域网相连示意图

PSTN 的入网方式比较简便灵活，通常有以下几种选择方式：

（1）通过普通拨号电话线入网。只要在通信双方原有的电话线上接入 Modem，再将 Modem 与相应的上网设备相连即可。理论上 Modem 的数据传输速率最大为 56kbps，实际应用中最大只能到 48kbps，所以适用于通信不太频繁的场合。随着网络的普及，这种拨号上网的方式已逐渐被新型的 ADSL 拨号上网方式所替代。

（2）通过租用电话专线入网。与普通拨号电话线方式相比，这种方式可以提供更高的通信频率和数据传输质量，但相应的费用也比前一种方式高。使用专线的接入方式与使用普通拨号线的接入方式没有太大的区别，但是省去了拨号连接的过程。通常，当决定使用专线方式时，用户必须向所在地的电信局提出申请，由电信局负责架设和开通。

【小知识】　　　　　　　什么是 ADSL 技术

ADSL 是英文 Asymmetrical Digital Subscriber Loop（非对称数字用户环路）的英文缩写。该技术是运行在原有普通电话线上的一种新的高速宽带技术，它利用现有的一对电话铜线，为用户提供上行、下行非对称的传输速率（带宽）。上行（从用户到网络）为低速的传输，可达 640Kbps；下行（从网络到用户）为高速传输，可达 8Mbps。它最初主要是针对视频点播业务开发的，随着技术的发展，逐步成为了一种较方便的宽带接入技术。

ADSL 具有以下特点：

- 可直接利用用户现有电话线，节省投资
- 可享受超高速的网络服务，为用户提供上、下行不对称的传输带宽
- 节省费用，上网同时可以打电话，互不影响，而且上网时不需要另交电话费
- 安装简单，不需要另外申请增加线路，只需要在普通电话线上加装 ADSL Modem，在电脑上装上网卡即可

应用 ADSL 技术，能为用户提供什么样的业务呢？

高速的数据接入

用户可以通过 ADSL 宽带接入方式快速地浏览互联网上的各种信息、进行网上交谈、收发电子邮件、网上下载、登录 BBS，等等，获得自己需要的信息。

视频点播

由于 ADSL 技术传输的非对称性，特别适合用户对音乐、影视和交互式游戏的点播，可以根据用户自己的需要，随意地对上述业务进行控制，而不必像有线电视节目一样受电视台的控制。

网络互联业务

ADSL 宽带接入方式可以将不同地点的企业网或局域网连接起来，避免了企业分散所带来的麻烦，同时又不影响各用户对互联网的浏览。

家庭办公

随着经济的发展，通信的飞跃发展已经越来越影响着人们的生活工作方式，部分企业的工作人员因为某种原因需要在家里履行自己的工作职责，他可以通过高速的接入方式从自己企业信息库中提取所需要的信息，甚至面对面地和同事进行交谈，完成工作任务。

远程教学、远程医疗等

随着人们生活水平的提高，人们在家里接受教育和再教育以及得到必要的医疗保证将成为一种生活方式，通过宽带的接入方式，可以获得图文并茂的多媒体信息，甚至可以和老师或医生进行随意交谈。

总之，由于 ADSL 的高带宽，用户可以通过这种接入方式得到所需要的各种信息，不会受到因为带宽不够而带来的困扰，也不会为因为连续停留在网上所付出的附加话费而担忧。

【训练与练习】

简述公用电话交换网的入网方式。

5.8　X.25 网

X.25 网的全称为公共分组交换数据网 PSDN（packet switched data network）。PSDN 是早期的公共数据网，是一种采用分组交换技术实现的数据通信网，其核心设备是交换机 PSE（packet switched exchange）。为了使用户设备与 PSE 的连接标准化，CCITT 于 1974 年提出了著名的 X.25 规程，随后相继做了修改。因此人们习惯上总是把 PSDN 称为 X.25 网。

【小知识】　　　　　　　　　　　　**CCITT**

CCITT——国际电报电话咨询委员会是负责开发通信协议的国际组织。现在改名为国际电信联盟（ITU）电信标准化部门，简称 ITU-T。

5.8.1　X.25 网的组成

X.25 网由分组交换机、用户接入设备以及传输线路组成。

1. 分组交换机

分组交换机是 X.25 网的枢纽，具有以下功能：

- 提供路由选择和流量控制
- 提供网络基本业务和可选业务
- 实现 X.25、X.75 等多种协议的互联
- 实现局部的维护、运行管理、故障报告与诊断、网络计费与统计等功能

2. 用户接入设备

X.25 网的用户接入设备主要是用户终端和路由器。用户终端是一种面向个体的接入设备，分为分组型终端和非分组型终端两种，前者可以直接接入 X.25 网，后者则需要通过分组装拆设备接入 X.25 网。路由器是一种面向团体的接入设备，用于将 LAN 接入 X.25 网。X.25 网根据不同的用户接入设备来划分用户业务类别，提供不同速率的数据传输业务。

3. 传输线路

传输线路是整个 X.25 网的神经系统。目前 X.25 网使用的传输线路主要有模拟和数字两种形式。模拟信道利用 Modem 可传输数字信号，速率为 9.6kbps、48kbps 和 64kbps；数字信道的速率为 64kbps、128kbps 和 2Mbps。

5.8.2　X.25 网的入网方式

计算机连入 X.25 网有三种方式，如图 5-12 所示。其中最常用的是左端的接入方法，计算机中安装专用的 X.25 网卡，通过同步 Modem，直接连入 X.25 网，连入网的速率为 9.6kbps~64kbps。图中中间和右端的接入方法，均需要通过 X.28 协议转换到 X.25，而且传输速率仅为 2.4kbps~9.6kbps，一般不被采用。X.25 曾经是局域网连入互联网的主要方式，随着 DDN 的发展，近年已不多见了。

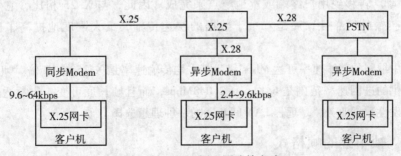

图 5-12　X.25 网入网连接方式

【小知识】　　　　　　　　　　　　DDN 技术

数字数据网（digital data network，DDN）是利用数字信道传输数据信号的数据传输网，它的传输媒介有光缆、数字微波、卫星信道以及用户端可用的普通电缆和双绞线。DDN 具有如下特点：

（1）DDN 是同步数据传输网，不具备交换功能。但可根据与用户所订的协议，定时接通所需路由。

（2）传输速率高，网络时延小。由于 DDN 采用了同步转移模式的数字时分复用技术，用户数据信息根据事先约定的协议，在固定的时隙以预先设定的通道带宽和速率顺序传输，这样只需按时隙识别通道就可以准确地将数据信息送到目的终端。由于信息是顺序到达目的终端，免去了目的终端对信息的重组，因此，减小了时延。目前 DDN 可达到的最高传输速率为 155Mbps，平均时延≤450 微秒。

（3）DDN 为全透明网。DDN 是任何规程都可以支持、不受约束的全透明网，可支持网络层以及其上的任何协议，从而可满足数据、图像、声音等多种业务的需要。

【训练与练习】

1. X.25 网的组成部分是什么？
2. X.25 网的入网方式有哪几种？

5.9　帧中继网

5.9.1　帧中继网概述

帧中继是 20 世纪 90 年代初推出的一种新型快速分组交换技术，由这种交换技术支持的新型计算机广域网称作帧中继网（frame relay network，FRN）。

帧中继实际是从 X.25 分组交换技术演变而来的，它继承了 X.25 的优点，同时简化了大量的网络功能，将用于保证数据可靠传输的功能（如流量控制、差错处理等）转移到用户终端或本地节点来完成。因此，与 X.25 相比，它不再强调数据传输的可靠性，而是着重于数据的快速传输，最大限度地提高了网络的吞吐量。

帧中继网的传输速率可达 Mbps 级，其平均传输速率是 X.25 的 10 倍。帧中继向用户提供的进网速率范围是 64Kbps～2.048Mbps，而且帧长度可变，非常适合大容量、突发性数据业务，是远程 LAN 间互联的一种理想选择。

5.9.2　帧中继的帧格式

帧中继的帧格式如图 5-13 所示。

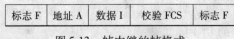

标志 F	地址 A	数据 I	校验 FCS	标志 F

图 5-13　帧中继的帧格式

帧格式中各字段的意义如下:

- 标志 F 是帧头、帧尾标志,包含一个分隔符。该比特序列保证接收端能够与帧的开始、结束保持同步
- 地址 A 是地址字段,长度可以为 2、3 或 4 个字节,常用的为 2 个字节。2 字节的地址段中主要包括数据链路标识 DLCI(10 位)、命令响应位 CR、地址扩展位 EA 和可丢弃位 DE 等
- 用户数据 I 是信息字段,长度可变,一般为 1600 ~ 2048B。I 字段用来装载用户数据,包括输入设备使用的各种协议
- 帧校验序列 FCS 是差错控制码,通常采用 2 字节的 CRC(循环冗余码)校验码

在传输过程中,用户终端设备把特定格式的帧送到帧中继网络,由网络根据帧的地址信息选择合适的路由把帧送到目的端。帧中继只规定了用户—网络规范(user to network interface,UNI),至于网络内部如何把帧送到目的端完全由网络设备制造商和网络服务提供者来决定。

5.9.3　帧中继网的组成

帧中继网是一种简单地提供面向连接的、廉价的、中高速的数据传输网络,由三部分组成:帧中继接入设备、帧中继交换设备和公用帧中继业务。

1. 帧中继接入设备(FRAD)

FRAD 可以是具有帧中继接口的任何类型的接入设备,如主机、分组交换机、路由器等,通常采用 56kbps 或 64kbps 链路入网。

2. 帧中继交换设备

帧中继交换设备有帧中继交换机、具有帧中继接口的分组交换机及其他复用设备,它们为用户提供标准的帧中继接口。

3. 公用帧中继业务

该业务提供者通过公用帧中继网络提供帧中继业务。帧中继接入设备和专用帧中继设备之间可以通过标准帧中继接口实现与公用帧中继网络的互联。帧中继业务是通过 UNI 提供的,UNI 的用户一侧是帧中继接入设备,用于将本地用户设备接入帧中继网络,另一侧是帧中继交换设备,用于帧中继接口与骨干网连接。

用户接入帧中继网络时,通常采用 LAN 接入和终端接入两种形式。

(1)LAN 接入形式。LAN 用户一般通过具有标准 UNI 接口的路由器接入帧中继网,也可通过其他互联设备(如中继器等)接入帧中继网。

(2)终端接入形式。具有标准 UNI 接口的帧中继终端可以直接接入帧中继网;

非帧中继终端（如各类计算机）必需通过 FRAD 接入帧中继网，FRAD 负责将非标准的接口规程转换为标准的 UNI 接口规程。

【训练与练习】

简述帧格式。

5.10 ATM 网络

异步传送模式（asynchronous transfer mode，ATM）是 ITU-T 于 1990 年 1 月确定的 B-ISDN（宽带，第二代 ISDN）的最终模式，它可用于 B-ISDN 中各类信息的利用和交换，是实现 B-ISDN 的底层传输技术和基础，这种技术能处理更高的传输速度并提供更多的服务。ATM 采用面向连接的传输方式，集交换、复用、传输为一体，在复用上采用的是异步时分复用方式，通过信息的首部或标头来区分不同信道。在 ATM 中传输信息的基本单位称为信元（cell）。信元是一种短的固定长度的数据分组，由信元头和信元体组成。信元头用来承载该信元的控制信息，它可标志不同的信道和优先级等控制信息；信元体用来承载用户要分发的信息。ATM 交换中一个信元对应一个时间片，每个时间片的长度是固定的，但各个时间片并不一定紧紧相随，它取决于数据是否准备好，只要数据准备好了，不必等待空闲时间片的开始就可以从空闲时间片的中间插入，仍占一个时间片长度。

ATM 网络的主要应用领域有以下几方面：

1. 多媒体应用

随着多媒体技术的成熟和价格的下降，基于网络环境的多媒体应用呈快速增长趋势，如视频点播（VOD）、电视会议系统、远程医疗诊断、远程教学等。ATM 所固有的功能如：支持多种业务、预留带宽的能力和动态建立呼叫的方式等特别适用于多媒体信息的传输。

2. 客户/服务器结构

在客户/服务器系统中，服务器为很多客户机提供服务。因此，服务器的吞吐能力关系到整个系统的性能，这可采用提高传输速率、增加网络带宽的方法来解决。可以将服务器直接接入 ATM 网络，使服务器能以高带宽和大吞吐量的网络性能来为众多的客户机服务。

3. 高速主干网

在企业或校园环境中，可将 ATM 网络作为高速主干网将分布在各个部门的、众多的小规模 LAN 连接起来。这样不仅扩大了网络规模，也大大提高了网络性能。ATM 主干网可以提供自动构造、差错恢复、地址转换、地址分配和网络管理等功能，而且可以在主干网上建立一个统一的网络管理方式。

4. ATM 工作组

ATM 工作组是局域 ATM 交换机最常见的一种应用。它将 ATM 的高速率和交换特性引入桌面系统中，以发送这些工作组的工作环境，提高其工作效率。

5. 平滑连接

从桌面系统、集线器、路由器到各种交换机，所有的网络设备都可以采用相同的 ATM 技术来实现，这是其他网络技术难以做到的。采用这些 ATM 设备组成的广域网、局域网和工作组等可以被平滑地连接起来。如果网络的端到端通信都是基于同一种技术，这无疑会简化网络的构造和管理。

ATM 网络具有高效率、高带宽、低延迟、高服务质量、独立带宽及按需动态分配带宽等特点，能够充分满足不断增长的数据、语音和视频等通信业务的发展需要。但是，ATM 技术仍属于一门新技术，目前正处于蓬勃发展中。

【训练与练习】

1. ATM 是一种什么样的网络？
2. 其主要应用领域有哪些？

学习指导

1. 学习建议

本章主要学习了局域网和广域网的相关知识。学习过程中，请大家加强与前面几章所学知识的联系，注重概念的理解记忆，注重理论与实际应用的结合。

2. 学习重点与难点

局域网和广域网的相关知识。

3. 核心概念

LAN 的概念与特点、LAN 的组成以及分类、LAN 的体系结构、快速以太网的工作原理和主要技术交换式 LAN 的技术特性、VLAN 的实现技术、X.25 网和帧中继网的基本理论。

课后思考与练习

一、填空题

1. LAN 常见的拓扑结构有（　　　　）、（　　　　）、（　　　　）、（　　　　）、（　　　　）。

2. LAN 的传输介质有双绞线、同轴电缆、光纤、微波和卫星，其中双绞线分为（　　　　）和（　　　　）；同轴电缆分为（　　　　）和（　　　　）；光纤分为（　　　　）和（　　　　）。

3. 在 10Mbps 共享以太网中，所有站点（　　　　）10Mbps；在 10Mbps 交换以

太网中，所有站点（　　　　　）10Mbps，核心部件是（　　　　　）。

4. 虚拟局域网以软件的方法将网络中的节点按工作性质与需要划分成若干个"逻辑工作组"，每个逻辑工作组就是一个（　　　　　）。

5. X.25 网由（　　　　）、（　　　　）和（　　　　）组成。

6. 帧格式的字段包括（　　　　）、（　　　　）、（　　　　）、（　　　　）。

7. 有两种方式可以实现局域网与互联网主机连接。一种方法是通过局域网的服务器，使用（　　　　）经电话线路与互联网主机连接。另一种方法是通过（　　　　）将局域网与互联网主机相连，使整个局域网加入到互联网中成为一个开放式的局域网。

二、选择题

1. 以太网所采用的传输方式为（　　　　）。
   A. "存储—转发"式　　　　　　　　B. 广播式
   C. 电路交换式　　　　　　　　　　D. 分散控制式

2. 在网络上所有连接计算机或网段的端口可以同时平行地互相传送数据；网上每对建立了连接的用户都可按各自需要得到带宽，并且网络带宽能随网络用户增加而扩张，这样的网络属于（　　　　）。
   A. 虚拟局域网　　　　　　　　　　B. 交换式局域网
   C. 共享式局域网　　　　　　　　　D. 分组交换网

3. 有 10 台计算机组建成 10Mbps 以太网，如分别采用共享式以太网和交换式以太网技术，则每个站点所获得的数据传输速率分别为（　　　　）。
   A. 10Mbps 和 10Mbps　　　　　　B. 10Mbps 和 1Mbps
   C. 1Mbps 和 10Mbps　　　　　　　D. 1Mbps 和 1Mbps

4. 下面对虚拟局域网的说法中，错误的是（　　　　）。
   A. 虚拟局域网是一种全新局域网，其基础是虚拟技术。
   B. 虚拟局域网是一个逻辑子网，其组网的依据不是物理位置，而是逻辑位置。
   C. 每个虚拟局域网是一个独立的广播域。
   D. 虚拟局域网通过软件实现虚拟局域网成员的增加、移动和改变。

5. 利用电话线路接入互联网，客户端必须具有（　　　　）。
   A. 路由器　　　B. 调制解调器　　　C. 声卡　　　D. 鼠标

6. 宽带综合业务数字网（B-ISDN）采用的数据传输技术是（　　　　）。
   A. 电路交换技术　　　　　　　　　B. 报文交换技术
   C. 分组交换技术　　　　　　　　　D. 异步传输模式

7. 在 TCP/IP 体系结构中，TCP 和 IP 所提供的服务层次分别是（　　　　）。
   A. 应用层和传输层　　　　　　　　B. 传输层和网络层
   C. 网络层和链路层　　　　　　　　D. 链路层和物理层

三、简答题

1. 广域网和局域网的区别是什么？

2. 简述 ATM 的应用。

3. LAN 有哪些特点？它是如何分类的？它有哪几种拓扑结构？

4. 决定 LAN 特性的 3 种技术是什么？

5. 简述 FDDI 的拓扑结构及其功能。

6. CSMA/CD 的工作原理是什么？

 ## 案例分析　家庭局域网的组建

在本章开头提到，随着我国经济的迅速发展，电脑已逐步进入普通家庭，而且拥有两台或两台以上电脑的家庭也越来越多，怎样利用组建家庭局域网的方法实现资源共享，以增加家用电脑的娱乐性？现在让我们对家庭局域网的组建做一个简单介绍。

配置家庭局域网所需硬件

配置家庭局域网所需硬件有：网卡、集线器、双绞线、Modem。根据不同的需求，具体的硬件搭配也有所不同。如只有两台电脑的家庭局域网，只需要网卡和双绞线；而两台电脑以上的家庭局域网，则需要网卡、双绞线和 HUB；若家庭还有连接互联网的需求，还需要增加 Modem 设备。

配置家庭局域网方案分析

1. 两台电脑的家庭局域网组建

两台电脑组成的局域网，虽然看似简单，但与多台电脑组成的局域网一样，都可以实现共享光驱、硬盘、打印机、Modem 等多种功能。它的组建方法有很多。如串口和并口连接、网卡连接、USB 电缆连接等。在实际组网时，应根据实际情况选择最适合的解决方案。这里我们分析网卡连接的情况。

（1）所需硬件

1）两块网卡：两台电脑各一块。

2）两个 RJ-45 水晶头：用于网线与网卡的连接。

3）双绞线若干米：具体长度根据实际所需而定。

（2）所需软件

Windows XP Professional 系统安装盘。

（3）组建实战

1）将网卡插入计算机适当的插槽中，并用镙丝将其固定。

2）制作对等网线。取一截双绞线，将其两头的外皮剥开。一头从左到右按照白绿、绿、白橙、蓝、白蓝、橙、白棕、棕的顺序排列好，插入水晶头并用压线钳压制好；另一头则从左到右按白橙、橙、白绿、蓝、白蓝、绿、白棕、棕的顺序排列好，插入另一个水晶头并用压线钳压制好。这样做使得两头的接法相反，形成两个交错重叠的形态，如图 5-14 所示。

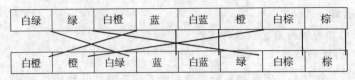

白绿	绿	白橙	蓝	白蓝	橙	白棕	棕
白橙	橙	白绿	蓝	白蓝	绿	白棕	棕

图 5-14　对等线接线示意图

3）将制作好的对等线的水晶头分别插入两个网卡的 RJ-45 口中。

4）软件设置。在第一台电脑的光驱中放入 Windows XP Profeesional 安装盘，光盘会自动运行。在弹出的窗口中选择"执行其他任务"——"设置一个家庭或小型办公网络"，如图 5-15 所示，按提示进行操作，然后重启电脑；在第二台电脑上重复这些操作。

这样设置的局域网只有在连接互联网的电脑开机后，另一台电脑才能够连入互联网。其他局域网功能不受影响。

2. 多台电脑的家庭局域网组建

多台电脑的家庭局域网组建的详细步骤可参照"利用星型拓扑组建宿舍局域网"。需要说明的是，如家庭有连接互联网的需求，应将外网连接的线路接入 HUB 的 WAN 口。这样，只要 HUB 的电源接通，局域网中的任何一台电脑都可以在实现现有局域网的功能的基础上直接连接互联网。

这种方法建立的局域网，各个用户均可不受限制的共享局域网和广域网的资源。

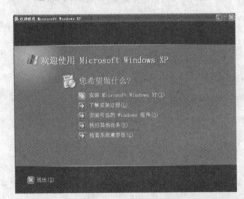 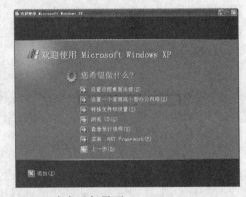

图 5-15　Windows XP Professional 光盘运行界面

 实训应用

实训项目　两台电脑的家庭局域网组建与管理。

实训目的　通过实训要求学生：

　　　　　　1. 掌握对等线的制作方法。

　　　　　　2. 掌握家庭局域网的组建和管理方法。

实训指导　本次实训由任课教师负责指导，任课教师事先要说明实训的要求，明确实训的目的。

实训组织　任课教师首先将全体同学分为若干小组，每组两位同学，使用两台电脑。

1. 第一阶段，硬件准备。实训小组利用实验室设置，制作对等线，并完成网卡与电脑、对等线与网卡的连接。

2. 第二阶段，系统设置。实训小组使用 Windows XP 操作系统安装盘完成系统的设置。

3. 第三阶段，测试运行、总结。

（1）各小组测试并运行网络，针对实训过程中出现的问题进行讨论和解决。

（2）实训指导教师进行总结，并对本次实训成绩做出评定。

实训考核　实训主要针对学生组建的网络的运行状态进行考核。考核点为对等线的制作和系统的设置。其中，对等线的制作质量占总成绩的 50%，系统设置正确与否占 50%。

第 6 章

Windows Server 2003 组网基础

学习目标

知识的掌握

1. Windows Server 2003 系统介绍

2. Windows Server 2003 的安装

3. 配置 Windows Server 2003

4. Windows Server 2003 的网络知识

5. Windows Server 2003 网络服务器安装与配置

技能的提高

1. 安装活动目录，创建用户并分配访问权限

2. 配置 DNS、DHCP、FTP 及 Web 服务器

案例导入

配置属于自己的服务器，充分发挥网络操作系统的性能

一个完整的计算机网络系统，除了具备一定的硬件资源外，操作系统软件也是必不可少的。操作系统是计算机网络的灵魂和核心，只有在操作系统的管理下，各种软、硬件资源才能充分发挥它们的作用，并安全有效地工作。网络操作系统Windows Server 2003 和我们常用的 windows XP 相比具有更为强大的功能，通过它可以配置各种类型的服务器，从而更好地发挥网络操作系统的优势。

问题引入

1. Windows Server 2003 具有哪些主要特点？

2. Windows Server 2003 如何使用活动目录进行用户管理？

3. Windows Server 2003 DNS 服务器的作用和配置。

4. Windows Server 2003 DHCP 服务器的作用和配置。

5. Windows Server 2003 Web 服务器的作用和配置。

6. Windows Server 2003 FTP 服务器的作用和配置。

6.1 Windows Server 2003 概述

Windows Server 2003 是在 Windows Server 2000 的可靠性、可伸缩性和可管理性的基础上构建的，为加强联网应用程序、网络和 XML Web 服务的功能提供了一个高效的结构平台。

Windows Server 2003 是一个多任务操作系统，担当服务器的作用能够按照用户的需要，以集中或分布的方式处理各种服务，包括：

- 文件和打印服务器
- Web 服务器和 Web 应用程序服务器
- 邮件服务器
- 终端服务器
- 远程访问/虚拟专用网络（VPN）服务器
- 目录服务器
- 域名系统（DNS）
- 动态主机配置协议（DHCP）服务器
- Windows Internet 命名服务器（WINS）
- 流媒体服务器

6.1.1 Windows Server 2003 的版本

Windows Server 2003 共有 4 个不同版本，分别为标准版（standard edition）、企业版（enterprise edition）、数据中心版（datacenter edition）、Web 版（web edition）。下面详细地介绍 Windows Server 2003 中 4 个版本的特性功能和主要应用。

1. Windows Server 2003 标准版

Windows Server 2003 标准版是为小型企业单位和部门使用而专门设计的，其主要功能包括：智能文件和打印机共享、安全互联网连接、集中式的桌面应用程序部署以及连接职员、合作伙伴和顾客的 Web 解决方案等。Windows Server 2003 标准版提供了较高的可靠性、可伸缩性和安全性。Windows Server 2003 标准版提供以下的支持：

（1）支持双向对称多处理方式（symmetric multiple processor，SMP）。

（2）高级联网功能，如互联网验证服务（internet authentication service，IAS）、

网桥和互联网连接共享（internet connection sharing, ICS）。

(3) 4GB 的 RAM。

2. Windows Server 2003 企业版

Windows Server 2003 企业版主要是针对大中型企业而设计的，是推荐运行某些应用程序的服务器应该使用的操作系统，这些应用程序包括：联网、消息传递、清单和顾客服务系统、数据库、电子商务 Web 站点以及文件和打印服务器。

与 Windows Server 2003 标准版相比，Windows Server 2003 企业版支持高性能服务器，具有将服务器群集在一起以处理更大负载的能力。这些功能提高了系统的可靠性，即确保无论是出现系统失败或是应用程序变得很大，系统仍然可用。Windows Server 2003 企业版提供以下支持：

(1) 支持 8 路对称多处理方式（SMP）。

(2) 支持 8 节点群集。

(3) 32 位版本支持 32GB RAM, 64 位版本支持 64GB RAM。

3. Windows Server 2003 数据中心版

针对要求最高级别的可伸缩性、可用性和可靠性的企业而设计的 Windows Server 2003 数据中心版使用户可以为数据库、企业资源规划软件、大容量实时事务处理以及服务器合并提供关键的解决方案。数据中心版可在最新硬件上使用，它同时有 32 位版本和 64 位版本，从而保证了最佳的灵活性和可伸缩性。

与 Windows Server 2003 企业版相比，Windows Server 2003 数据中心版支持更强大的多处理方式和更大的内存。Windows Server 2003 数据中心版提供以下支持：

(1) 支持 32 路对称多处理方式（SMP）。

(2) 支持 8 节点群集。

(3) 32 位版本支持 64GB RAM, 64 位版本支持 512GB RAM。

4. Windows Server 2003 网络版

Windows Server 2003 网络版是专为 Web 服务器而设计的，它提供了 Windows 服务器操作系统的下一代 Web 结构的功能。Windows Server 2003 网络版集成了 ASP. NET 和 . NET 框架，从而使开发人员可以快速生成并部署 XML Web 服务和应用程序。Windows Server 2003 网络版是下一代网络服务器产品中最经济的，能适应各种大中小型企业的需要，可迅速帮助他们建立并配置网页、网站及网络服务。

6.1.2　Windows Server 2003 的主要特点

Windows Server 2003 与其他操作系统相比具有许多特点：

1. 活动目录

Windows Server 2003 的目录服务由活动目录（active directory）完成。活动目录的基础是结构化的数据存储区，采用可扩展的对象存储方式存储网络上所有对象的信息，使管理员和用户更方便查找和使用。活动目录灵活的目录结构，允许分配对目录安全的管理，提供更有效率的管理。

2. Microsoft 管理控制台

Microsoft 管理控制台（microsoft management console，MMC）里集中了管理员经常使用的管理工具。管理员可以使用 Microsoft 管理控制台在单一界面内组织管理工具和进程，还可以通过为特定用户创建预先配置的 MMC 控制台给他们分配任务。在 Microsoft 管理控制台中非常容易实现远程管理。

3. 组策略

组策略（group policy）设置定义了系统管理员需要管理的用户桌面环境的各种组件，例如，用户可用的程序、用户桌面上出现的程序以及"开始"菜单选项。组策略使用户可以管理少量的策略而不是大量的用户和计算机。使用组策略的管理可简化各种管理任务，例如系统更新操作、应用程序安装、用户配置文件和桌面系统锁定。

4. 远程安装服务

通过远程安装服务（remote installation services，RIS），管理员可以创建操作系统的安装映像，甚至可以创建完整的计算机配置（包括桌面设置和应用程序）的安装映像，使客户端计算机上的用户可以使用这些映像。客户端计算机必须支持使用预启动执行环境（preboot execution environment，PXE）ROM 的远程启动，或者它们必须用远程启动软盘启动。

5. 管理远程桌面

管理远程桌面基于终端服务技术，是为进行服务器管理而专门设计的。通过管理远程桌面（以前被称为远程管理模式下的终端服务），管理员几乎可以从网络上的任何计算机对其他计算机进行管理。

6. 公钥基础结构

现在的网络已不是封闭的网络系统，计算机使用者有许多潜在的机会可未经授权访问网络上的信息。公钥基础结构（public key infrastructure，PKI）能够给计算机带来强大的安全性，其技术包括智能卡登录功能、客户端身份验证、安全的电子邮件、数字签名以及安全连接等。

7. 互联网信息服务 IIS 6.0

互联网信息服务 IIS 6.0 是功能完整的 Web 服务器。IIS 6.0 可提供在 Intranet 或互联网上共享文档和信息的能力，利用 IIS 6.0，可部署灵活、可靠基于 Web 的应用程序，并可将现有的数据和应用程序转移到 Web 上。

8. 集群服务

集群是一组独立的计算机，它们一起协作运行公共的应用程序集，并向客户端和应用程序提供单一系统的映像。集群中的多台服务器（节点）的通信持续不断。如果集群中的一个节点由于故障或维护而无法使用，另一个节点就会立即开始提供服务（该过程称为故障转移）。访问群集的用户可以持续地与服务器的资源连接。

9. DHCP 与 DNS 和活动目录协作

动态主机配置协议（DHCP）动态地给连接到 IP 网络的计算机或其他资源分配 IP 地址。DHCP 在互联网协议（IP）网络上与 DNS 和活动目录协作，有助于免除指派和跟踪静态 IP 地址。

10. 网络地址转换

网络地址转换（network address translation，NAT）通过将专用内部地址转换为公用外部地址，使外部网络不显示内部管理的 IP 地址。通过在用户内部使用专用 IP 地址，并转换为数量较少的已注册的对外 IP 地址，从而降低 IP 地址注册的成本，同时也隐藏了内部网络结构，从而降低内部系统受到攻击的风险。

11. 远程存储

远程存储（remote storage）根据用户指定的条件自动将很少使用的文件复制到可移动媒体。如果硬盘空间降到了一定的级别，"远程存储"会从硬盘上移走（缓存的）文件内容，如果以后需要该文件，文件的内容又会自动从存储中调回。

12. 分布式文件系统

利用分布式文件系统（distributed file system，DFS）可以把分布在网络上的资源信息虚拟地放在一个逻辑位置下。这样用户不必到网络上的多个位置去查找他们需要的信息，只需要连接到这个逻辑位置上就可以找到这些资源，使用户可以更容易地访问文件。

【训练与练习】

1. Windows Server 2003 主要有哪几个版本？
2. Windows Server 2003 的主要特点有哪些？

6.2 Windows Server 2003 的安装

6.2.1 安装要求和准备工作

Windows Server 2003 不仅提供了传统的手工逐步安装向导，并且也提供了允许用户更方便地实现大规模部署的增强技术。

Windows Server 2003 的安装过程更简洁明快，并且提供了很多对新型硬件的良好支持，在安装过程中，只需要回答几个必要的问题。

1. 系统要求

在安装之前，首先必须确认计算机是否满足安装的最低要求，否则安装过程将无法成功。不过，现在计算机硬件的发展速度飞快，很多普通的 PC 机也可以安装 Windows Server 2003 了。表 6-1 是微软的最低系统配置要求的官方数据。

表 6-1　Windows Server 2003 系统配置要求

要　求	标准版	企业版	数据中心版	网络版
最低 CPU 速度	133MHz	· 基于 x86 的计算机： 133MHz · 基于 Pentium 的计算机： 733MHz	· 基于 x86 的计算机： 400MHz · 基于 Pentium 的计算机： 733MHz	133MHz
推荐 CPU 速度	550MHz	733MHz	733MHz	550MHz
最小 RAM	128MB	128MB	512MB	128MB
推荐最小 RAM	256MB	256MB	1GB	256MB
最大 RAM	4GB	· 基于 x86 的计算机： 32GB · 基于 Pentium 的计算机： 64GB	· 基于 x86 的计算机： 64GB · 基于 Pentium 的计算机： 128GB	2GB
多处理器支持	1 或 2	多达 8	· 要求最少 8 · 最多 32	1 或 2
安装所需 磁盘空间	1.5GB	· 基于 x86 的计算机： 1.5GB · 基于 Pentium 的计算机： 2.0GB	· 基于 x86 的计算机： 1.5GB · 基于 Pentium 的计算机： 2.0GB	1.5 GB

2. 准备工作

（1）资料备份。如果磁盘上原来保存着一些资料，那么事先应该做好这些资料的备份工作，以防止在安装过程中出现意外情况，造成资料丢失。

（2）硬件兼容性。在安装 Windows Server 2003 之前，先确定计算机的硬件是否能被 Windows Server 2003 所支持。

（3）设备驱动。准备好各种硬件在 Windows Server 2003 下的驱动程序。Windows Server 2003 的安装包已经集成了市面上各种常见设备的驱动程序，但也有可能出现找不到合适的驱动程序的问题，那就需要准备好相关设备的驱动程序然后查阅相应的安装手册，手动安装这些驱动程序。

6.2.2　安装 Windows Server 2003

安装 Windows Server 2003 的方法很多，可以从旧版本的 Windows 下升级；可以从网络上的共享点安装；可以在旧版的 Windows 系统全新安装；也可以使用安装光盘直接引导安装。下面介绍以光盘直接引导安装 Windows Server 2003 企业版的过程。具体过程如下：

1. 启动安装程序

开机进入 CMOS 设置，将启动顺序设置为光驱启动。然后将 Windows Server 2003 的安装盘放入光驱。

启动后，系统首先要读取必须的启动文件。接下来询问用户是否安装此操作系统，按回车确定安装，按 R 进行修复，按 F3 键退出安装，如图 6-1 所示。

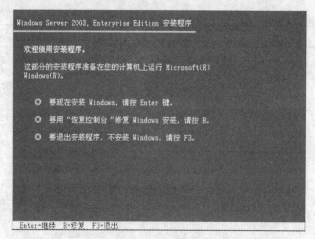

图 6-1　Windows Server 2003 安装程序界面

2. 选择分区

接下来出现软件的授权协议，必须按 F8 键同意其协议方能继续进行，下面将搜索系统中已安装的操作系统，并询问用户将操作系统安装到系统的哪个分区中，如果是第一次安装系统，那么用光标键选定需要安装的分区，如图 6-2 所示。

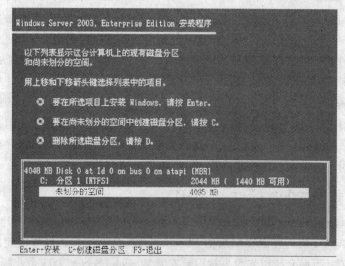

图 6-2　选择安装分区

选定分区后，系统会询问用户把分区格式化成哪种分区格式，建议格式化为 NT-FS 格式；对于已经格式化的磁盘，系统会询问用户是保持现有的分区还是重新将分区修改为 NTFS 或 FAT 格式的分区，同样建议修改为 NTFS 格式分区。

3. 安装 Windows Server 2003

选定分区后按回车进行安装，系统将从光盘复制安装文件到硬盘上。当安装文件复制完毕后，第一次重新启动计算机。

系统重新启动后，即进入窗口界面，开始正式安装如图 6-3 所示。

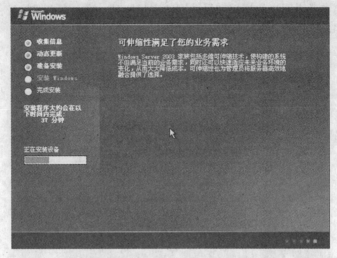

图 6-3　安装 Windows Server 2003

在安装过程中，有几步需要用户参与。

第一步：系统语言、用户信息的配置，如图 6-4 所示。一般说来，只要使用默认设置即可，直接点击"下一步"按钮即可进行。

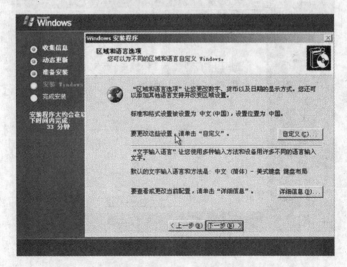

图 6-4　语言、区域选择

第二步：输入用户的姓名和单位名称，如图 6-5 所示。输入完毕后点击"下一步"按钮继续。

第三步：输入软件的序列号，在光盘的封套或者说明书中找到这个序列号，输入到"产品密钥"输入框中，点击"下一步"继续，如图 6-6 所示。

第四步：进行网络授权设置。对于单机用户和局域网内客户端来说，直接点击

"下一步"按钮继续即可，但对于服务器来说，需要设置该服务器供多少客户端使用，此时需要参考说明书的授权和局域网的实际情况，输入客户端数量，如图6-7所示。设置完毕后，点击"下一步"继续。

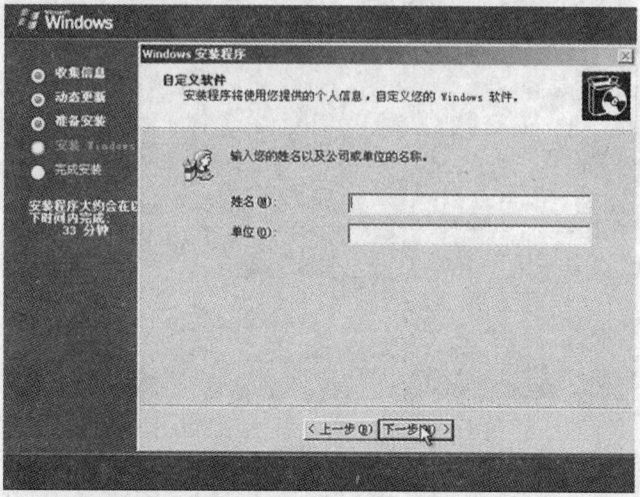

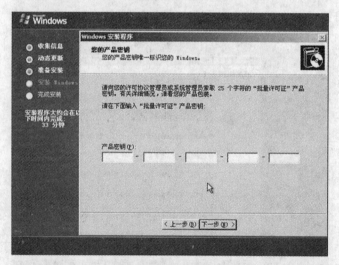

图6-5　输入姓名和单位

图6-6　输入产品密钥

第五步：设置计算机的名称和本机系统管理员的密码。计算机的名称不能与局域网内其他计算机的名称相同，管理员的密码设置要安全，最好是数字、大写字母、小写字母、特殊字符相结合，然后点击"下一步"继续，如图6-8所示。

第六步：进行网络设置，如图6-9所示。在这里可以选择"典型设置"，在安装完毕后再进行调整。

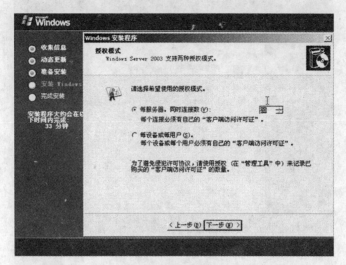

图 6-7　选择授权模式

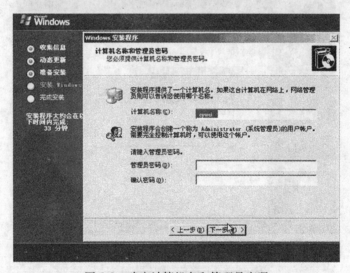

图 6-8　确定计算机名和管理员密码

　　第七步：进行工作组或计算机域的设置，如图 6-10 所示。不论是单机还是局域网服务器，最好是选中第一项，当把系统安装完毕后再进行详细的设置。

　　设置完毕后，系统将安装开始菜单项、对组件进行注册等进行最后的设置，这些都无需用户参与，所有的设置完毕并保存后，系统进行第二次重新启动。

　　第二次启动完成时，用户需要按"Ctrl + Alt + Del"组合键，输入密码登录系统，如图 6-11 所示。至此，系统安装完成。

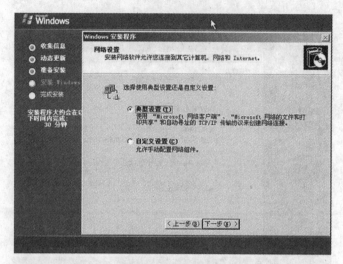

图 6-9　网络设置

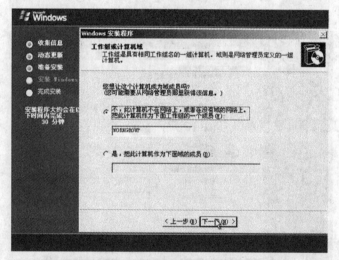

图 6-10　工作组或域设置

图 6-11　登录 Windows Server 2003

【训练与练习】

Windows Server 2003 的安装。

6.3 配置 Windows Server 2003

6.3.1 Windows Server 2003 网卡与网络协议配置

1. Windows Server 2003 下网卡安装

在 Windows Server 2003 的安装过程中，由于系统自带有大量常见硬件驱动程序，所以系统在安装时，一般会自动为计算机系统上的硬件装好驱动程序。虽然 Windows Server 2003 自带了大量的网卡驱动程序，但有时还是需要进行手工安装，如安装系统时未安装网卡，或使用的是太老或太新型号的网卡等，此时要手工安装网卡驱动程序。

手工安装网卡驱动程序时，首先找出所使用网卡的生产厂家和型号，然后上网搜索它的驱动程序，一般最好去生产厂家的主页上寻找，如果找不到该型号的网卡驱动程序的话，最直接的方法就是升级网卡了。

2. Windows Server 2003 网络协议设置

（1）首先打开"网络连接"中的"本地连接"。选择"开始"→"所有程序"→"控制面板"→"网络连接"→"本地连接"，弹出本地连接状态对话框，如图 6-12 所示。

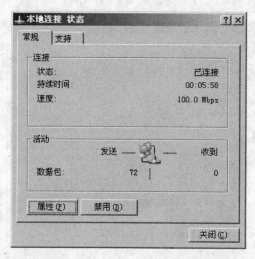

图 6-12 网卡本地连接状态对话框

（2）打开"本地连接属性"对话框。在"本地连接状态"的对话框中会显示一些连接参数，如连接状态、持续时间和传送数据的速度。单击"本地连接状态"对话框中的"属性"按钮，系统弹出"本地连接属性"对话框。在对话框中列出了该网络连接的硬件（网卡）和软件（客户、服务和协议），系统默认的安装协议是 TCP/IP，如图 6-13 所示。

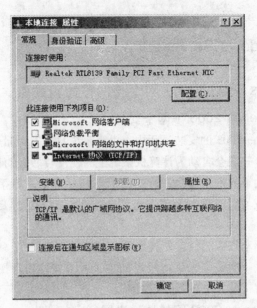

图 6-13　网卡本地连接属性对话框

（3）打开"Internet 协议（TCP/IP）属性"对话框，进行 TCP/IP 设置。在"本地连接属性"的对话框中选择"协议（TCP/IP）"，单击"属性"按钮，弹出"Internet 协议（TCP/IP）属性"对话框，如图 6-14 所示。

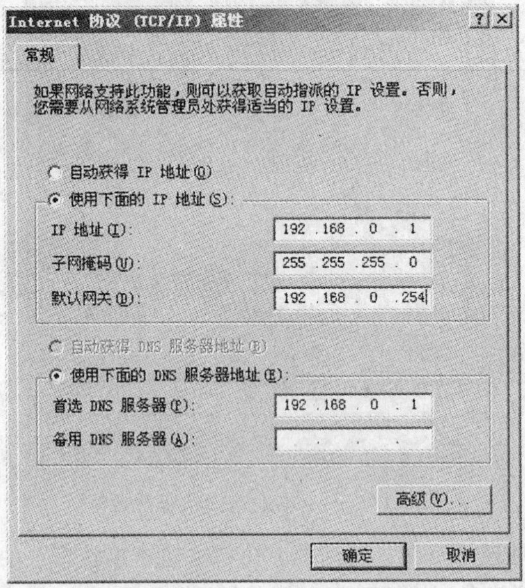

图 6-14　TCP/IP 属性设置对话框

在"Internet 协议（TCP/IP）属性"对话框中，选定"使用下面的 IP 地址"，然后手动设置 IP 地址、子网掩码、默认网关和 DNS。

单击"高级"按钮，进入"高级 TCP/IP 设置"对话框。在该对话框内有四个选项卡，分别可以用来添加和编辑 IP 地址、DNS 地址、WINS 地址和启用 IP 安全机制和 TCP/IP 选项设置，如图 6-15 所示。

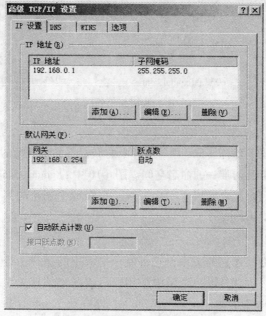

图 6-15 高级 TCP/IP 设置对话框

6.3.2 活动目录的基本概念

活动目录（Active Directory）是面向 Windows 标准服务器、Windows 企业服务器以及 Windows 数据中心服务器的目录服务。

Active Directory 存储了有关网络对象的信息，例如用户、组、计算机、共享资源、打印机和联系人等，并且让管理员和用户能够轻松地查找和使用这些信息。

Active Directory 中的常用概念有以下几种。

1. 域树

域是活动目录的核心单元，是对象（如计算机、用户等）的容器，域定义了网络的安全界限。目录包含了一个或多个域，每个域都有自己的安全策略以及与其他域的信任关系。每个域仅存储该域中的各个对象的信息。也就是说每个域都包含有一定数量的计算机和使用、管理这些计算机的用户。一个域可以是其他域的子域或父域，这些子域、父域构成了一棵树——域树（tree）。域树实现了连续的域名空间，域树上的域共享相同的 DNS 域名后缀。域树的第一个域是该域树的根域（root），域树中的每一个域共享共同的配置、模式对象和全局目录（global catalog）。如图 6-16 所示，图中 gdgm.com 称为根域，jsjx.gdgm.com 为 gdgm.com 的子域，同时也是 e-024.jsjx.gdgm.com 的父域。

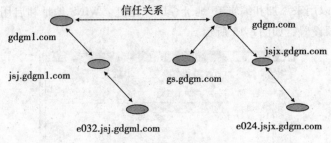

图 6-16 域树与信任关系

2. 森林

多棵域树就构成了森林（forest）。森林中的域树不共享连续的命名空间。森林中的每一域树拥有它自己的唯一的命名空间。图 6-16 中的 gdgm. com 和 gdgm1. com 为两个不同的域树，它们合起来构成了一个森林。在森林中创建的第一棵域树默认被创建为该森林的根树（root tree）。

3. 信任关系

信任是域和域之间建立的关系，它可使一个域中的用户由处在另一个域中的域控制器来进行验证，也就是说一个域中的用户可以通过信任关系访问另一个域中的计算机。Windows NT 中的信任关系与 Windows 2000 及 Windows Server 2003 操作系统中的信任关系不同。在 Windows NT 4.0 及其以前版本中，信任仅限于两个域之间，而且信任关系是单向不可传递的。Windows 2000 和 Windows Server 2003 中的所有信任都是可传递的、双向的。因此，信任关系中的两个域都是受信任的。

4. 组织单元

组织单元（organizational unit，OU）是组织、管理一个域内对象的容器，它能包容用户、用户组、计算机、打印机和其他的组织单元。通过组织单元的划分，网络具有非常清晰的层次结构。这种结构可以使网络管理者把组织单元加入到域中以方便地反应出网络的组织结构并且可以分配任务与授权。建立这种组织结构能够帮助我们解决许多问题，同时可以使大型的域、域树中每个对象都可以显示在全局目录中。

5. 域控制器

Windows 2003 的活动目录是由组织单元、域、域树、森林、用户等构成的层次结构。活动目录为每个域建立一个目录数据库的副本，这个副本只存储用于该域的对象。用户创建域控制器的过程，也就是创建域、域树、树林、用户以及组织单元的过程。域控制器管理存储的目录数据，并管理用户和域的交互，包括用户登录过程、身份验证和目录搜索。域控制器是使用"Active Directory 安装向导"创建的。

小型局域网一般只配置一个域控制器。具有多个网络位置的大公司需要配置多个域控制器以提高可用性和容错能力。如果用户网络划分为多个站点，那么通常一种较好的做法是在每个站点中至少配置一台域控制器以提高网络性能。通过在每个站点中创建域控制器，在站点内的用户登录处理会更加有效。

6. 备份域控制器

可以使用"备份"工具（包含在 Windows Server 2003 家族中）从域中的任何域控制器备份域目录分区数据和其他目录分区的数据。在域控制器上使用备份工具，可以：

（1）当域控制器联机时备份活动目录。

（2）使用批处理文件命令备份活动目录。

（3）将活动目录备份到可移动媒体、可用的网络驱动器或文件中。

（4）备份其他系统和数据文件。

7. 组

组（Group）是用户和计算机账户、联系人以及其他可作为单个单元管理的组的集合。属于特定组的用户和计算机称为组成员。使用组可同时为许多账户分配一组公共的权限，而不需要单独为每个账户分配权限和权利，这样可简化管理。

组既可以基于目录，也可以是特定的计算机。活动目录中的组是驻留在域和组织单位中的对象。活动目录在安装时提供了一些默认的组，也可以创建新的组。

6.3.3 活动目录的安装与设置

管理员希望把自己的服务器用作域控制器，必须安装活动目录。活动目录安装向导可以方便地将服务器配置为域控制器或附加域控制器，并可以在未连接好网络时设置 DNS。

如果网络中没有其他域服务器，可以将服务器配置为新的域控制器；如果网络中已经有其他的域控制器，可以将服务器设置为额外域控制器，并建立新子域、新建域目录或目录林。

安装活动目录的操作步骤如下：

（1）以管理员（administrator）身份登录。

（2）执行"开始"→"运行"命令，输入"dcpromo"，单击"确定"按钮。

（3）弹出"Active Directory 安装向导"对话框，利用它用户可以方便地完成活动目录的安装。

（4）随后系统弹出一个选择域控制器的对话框，让用户选择指定此服务器担任的角色，究竟是新域的域控制器还是现有域的额外域控制器。用户可以根据自己的实际情况和利用窗口中的提示进行选择。在这里不妨选择"新域的域控制器"，如图 6-17 所示，然后单击"下一步（N）"按钮继续安装。

系统弹出一个对话框，让用户选择所新建的域的类型，类型的选择有新林中的域、现有域树中子域和现有林中的域树。用户根据实际的要求进行选择，这里选择"在新林中的域（D）"选项，如图 6-18 所示，然后单击"下一步（N）"按钮继续安装。

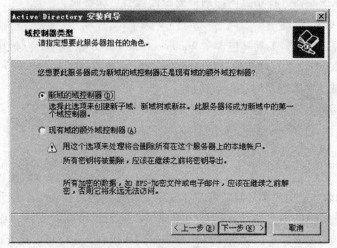

图 6-17　设定域控制器类型

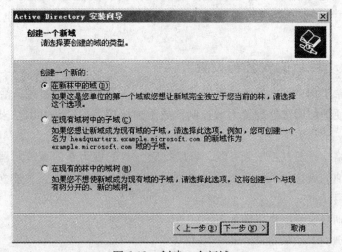

图 6-18　创建一个新域

（5）系统弹出一个对话框让用户输入新建域的 DNS 全名，如图 6-19 所示，输入 DNS 全名后单击"下一步（N)"按钮继续安装。

（6）系统弹出一个对话框让用户输入新域的 NetBIOS 域名，可以在"域 NetBIOS 名（D)"的文本区输入 NetBIOS 域名，也可以接受系统默认的名称，如图 6-20 所示。NetBIOS 名是为了兼容早期的 Windows 版本的用户。

（7）单击"下一步"按钮后，系统弹出"数据库和日志文件文件夹"对话框，在"数据库文件夹"文本框中输入数据库保存的位置，当然也可以单击"浏览"按钮进行路径选择；在"日志文件夹"文本框中输入日志文件保存位置，当然也可以单击"浏览"按钮进行路径选择，如图 6-21 所示。

（8）单击"下一步"按钮后，系统弹出"共享的系统卷"对话框，如图 6-22 所示。

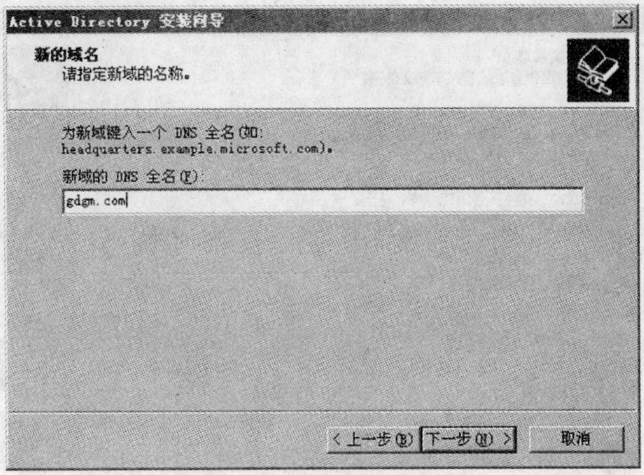

图 6-19　输入新域名

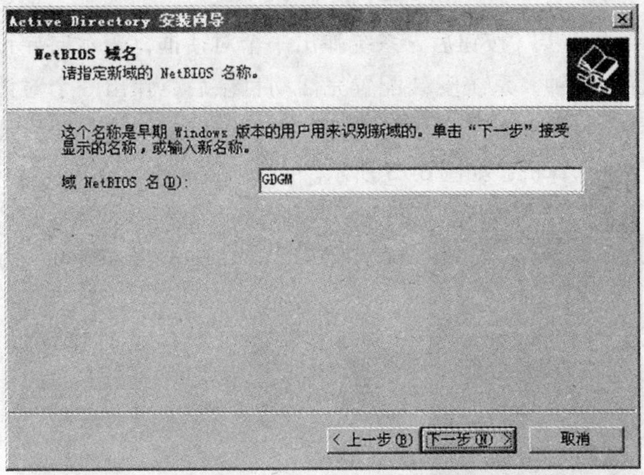

图 6-20　输入 NetBIOS 域名

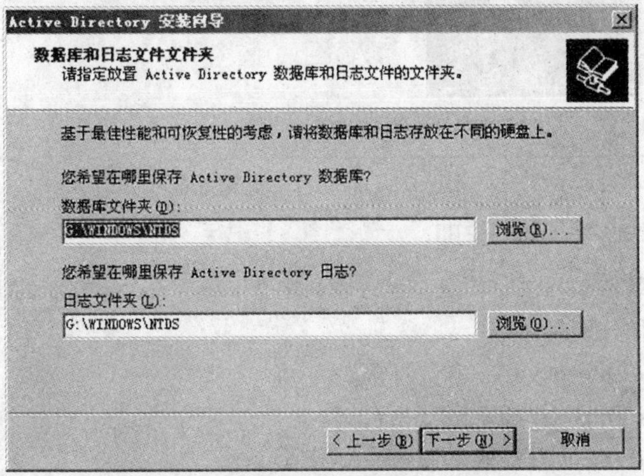

图 6-21　设置数据库和日志文件夹位置

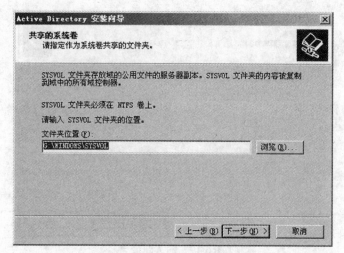

图 6-22　设置共享系统卷

（9）单击"下一步"按钮后，系统弹出一个对话框，表示向导正在配置活动目录，请用户等待几分钟。系统安装配置完活动目录后，弹出一个对话框，表示系统已完成活动目录安装，单击"完成"按钮。如果用户希望使活动目录安装向导配置有效，则必须重启计算机，如图 6-23 所示。

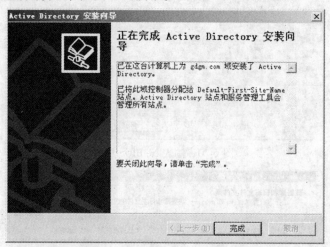

图 6-23　活动目录安装完成

6.3.4　用户账号与组管理

在系统安装活动目录完毕后，可以看到在 Windows Server 2003 的管理工具中多了三项内容，它们分别是：

（1）Active Directory 用户和计算机。

（2）Active Directory 域和信任关系。

（3）Active Directory 站点和服务。

在这三个管理工具中，用户对活动目录进行配置时，使用频率最高的是"Active

Directory 用户和计算机"。"Active Directory 域和信任关系" 和 "Active Directory 站点和服务" 两个工具主要用于多服务器和多域之间的设置。

1. 用户账户管理

用户账户管理是通过 Windows Server 2003 的管理工具中"Active Directory 用户和计算机"来实现的，所以在进行各种用户账户管理时，首先要打开"Active Directory 用户和计算机"窗口。

选择"开始"→"程序"→"管理工具"→"Active Directory 用户和计算机"选项，系统会弹出"Active Directory 用户和计算机"窗口，如图 6-24 所示。

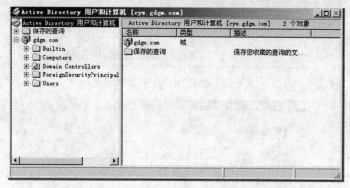

图 6-24　用户和计算机管理对话框

（1）添加用户账户。在用户账户管理中，添加用户账号是必须进行的工作。当有新的用户需要使用网络上的资源时，管理员必须在域管理器中为其添加一个相应的用户账号，否则该用户无法访问域中的资源。

1）右键单击要添加用户的组织单位或容器，然后在弹出的快捷菜单中选择"新建"选项，接着在弹出的"新建"选项的级联菜单中选择"用户"选项，弹出"新建对象 – 用户"对话框，如图 6-25 所示，输入用户的各种信息。

2）单击"下一步"按钮，在弹出的对话框中输入密码和确认密码，同时还可以设置密码的期限，如图 6-26 所示。

3）单击"下一步"，系统弹出一个对话框，列举了所创建用户账户的基本信息，单击"完成"按钮，完成用户账号的创建，如图 6-27 所示。

（2）移动用户账号。当一个用户希望改变自己所在的组织单位并且加入到一个新的组织单位时，便会要求系统管理员重新对该用户账号进行调整，即根据需要将用户账号移到新的组织单位中。

单击要移动的用户账号所在的组织单位或容器，在右边窗口中列出了所有的用户账号，右键单击要移动的用户账号，然后在弹出的"快捷菜单"中选择"所有任务"选项，再在弹出的"所有任务"级联菜单中选择"移动"选项，弹出"将对象移到容器"的列表框。在此列表框中，选择用户要移动到的组织单位，然后单击"确定"按钮便完成了用户的移动。移动用户的过程也可以像移动文件一样，直接将用户从一个容器拖动到另一个容器中。

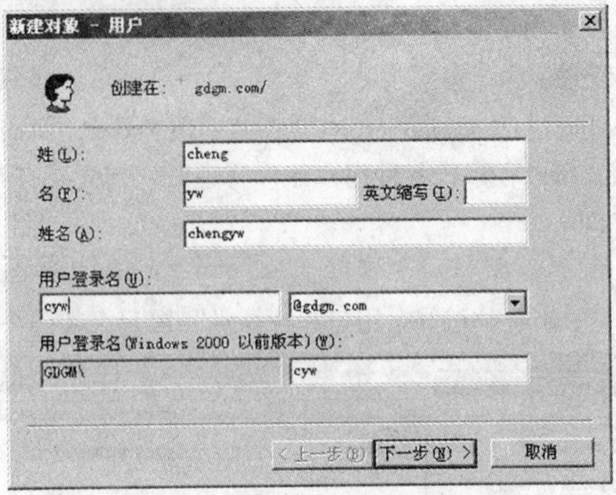

图 6-25　新建用户相关资料输入

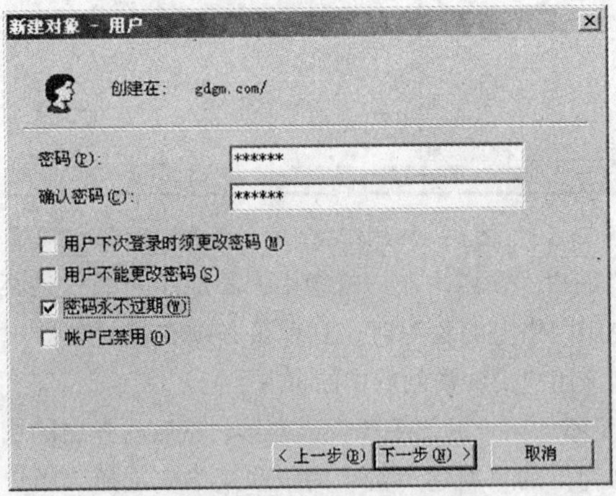

图 6-26　用户密码及相关设置

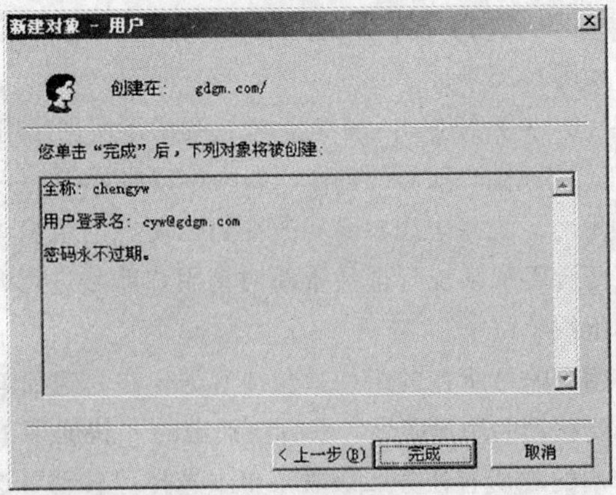

图 6-27　创建用户完成

（3）重新设置用户密码。当用户的密码被别人窃取或者用户感到有必要修改密码时，可以向系统管理员申请修改密码。这时，系统管理员可以通过 Windows Server 2003 系统提供的用户的密码进行重新设置。

单击要修改的用户账号所在的组织单位或容器，便会列出所有的用户账号，右键单击要修改的用户账号，然后在弹出的快捷菜单中选择"重设密码"选项，此时系统会弹出一个对话框，要求输入新密码和确认密码，在文本框"新密码"和"确认密码"分别输入新密码和确认密码后，单击"确定"按钮完成密码修改。

（4）设置登录时间。为了提高系统安全性，在 Windows Server 2003 中还可以规定用户的登录时间，用户只能在规定的时间内进行网络登录和资源访问。

单击要设置的用户账号所在的组织单位，便会列出所有用户账号，右键单击要设置的用户账号，如 chengyw，然后在弹出的快捷菜单中选择"属性"，就会弹出"属性"对话框。单击属性对话框中的"账户"选项卡，然后在对话框中单击"登录时间"按钮，此时系统就会弹出"chengyw 的登录时间"的对话框，在对话框中可以设置用户的登录时间，如图 6-28 所示。

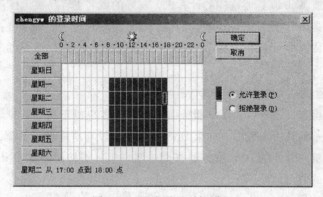

图 6-28　用户登录时间设置

2. 用户组管理

所谓组，可以看成是一个具有相同性质用户的集合。例如，完成同一个应用程序开发任务的人员建立一个组，公司内相同部门的人员建立另一个组。为什么要建立组？其主要目的就是为了方便用户管理以及授予使用权。使用组可以简化网络的维护和管理。管理员一般是将资源访问权限分配给组而不是单个用户，当将用户添加到某个组时，它将具有所分配给那个组的权力和权限。这样做的结果是不再管理单个用户，而是管理组。

在授予使用权力时，管理员当然可以单一地分别授予，但是这样非常浪费时间，特别是对于一群具有相同性质的用户，这时候如果使用组就非常方便了。将用户设置隶属于某一个组时，这个组的所有使用权力就会同时授予该用户。因此，在 Windows 系统中建立用户账户以及授予使用权力的最佳做法是：先建立用户组，授予组必要的使用权力。然后建立用户，再将这些用户加入到相应的组中。

组的建立过程与用户账户的建立过程类似，在此不再重复。

【训练与练习】

1. Windows Server 2003 的活动目录有什么作用？
2. Windows Server 2003 的活动目录如何配置？

6.4　DNS 安装与使用

6.4.1　DNS 概述

DNS 是域名服务（domain name service）的缩写，是一种组织成域层次结构的计算机和网络服务命名系统。DNS 命名用于 TCP/IP 网络，如互联网，用来通过用户友好的名称定位计算机和服务。

例如，多数用户喜欢使用友好的域名（例如 www.sina.com）来定位诸如网络上的邮件服务器或 Web 服务器这样的计算机，友好的域名更容易被记住。而 TCP/IP 网络中的计算机是用 IP 地址来标识的，所以，需要将用户设定的名字变换成网络 IP 地址，这一过程称为地址解析，由 DNS 服务器来完成。通常 DNS 地址解析的方法有三种。

1. 递归查询（recursive query）

客户机送出查询请求后，DNS 服务器必须告诉客户机正确的数据（IP 地址）或通知客户机找不到其所需数据。如果 DNS 服务器内没有所需要的数据，则 DNS 服务器会代替客户机向其他的 DNS 服务器查询。客户机只需接触一次 DNS 服务器系统，就可得到所需的节点地址。

2. 迭代查询（iterative query）

客户机送出查询请求后，若该 DNS 服务器中不包含所需数据，它会告诉客户机另外一台 DNS 服务器的 IP 地址，使客户机自动转向另外一台 DNS 服务器查询，依次类推，直到查到数据，否则由最后一台 DNS 服务器通知客户机查询失败。

3. 反向查询（reverse query）

客户机利用 IP 地址查询其主机完整域名，即完全合格域名（fully qualified domain name，FQDN）。

当 DNS 客户端需要查询程序中使用的名称时，它会向 DNS 服务器发送查询消息来解析该名称。当 DNS 服务器接收到查询消息时，首先检查它是否能够根据在服务器的本地配置区域中获取的资源记录信息作出权威性的应答。如果查询的名称与本地区域信息中的相应资源记录匹配，则使用该信息来解析查询的名称，服务器作出权威性的应答。

如果区域信息中没有该查询的名称，则服务器检查它是否能够通过来自先前查询的本地缓存信息来解析该名称。如果从中发现匹配的信息，则服务器使用该信息应答查询。接着，如果首选服务器可使用来自其缓存的肯定匹配响应来应答发出请求的客户端，则此次查询完成。

6.4.2 DNS 的安装与配置

1. DNS 服务器的安装

DNS 安装前准备：

（1）选择一台已经安装好 Windows Server 2003 的服务器，确认其已安装了 TCP/IP 协议，首先设置服务器本身的 TCP/IP 协议的 DNS 配置，建议将 DNS 服务器的 IP 地址设为静态。

（2）分配所有可用磁盘空间，可以使用"磁盘管理"从未分配的空间创建新的分区。

（3）所有现有的磁盘卷都使用 NTFS 文件系统，FAT32 卷缺乏安全性，而且不支持文件和文件夹压缩、磁盘配额、文件加密或单个文件权限。

（4）确定用户是否添加 DNS 服务器角色以支持活动目录。如果用户打算部署活动目录，那么，用于支持活动目录的 DNS 服务器将由"Active Directory 安装向导"自动安装和配置。

（5）详细说明用户网络和公司的安全策略。由于 DNS 最初用作开放协议，容易受到攻击，这样可以确保在互联网上传播 DNS 数据时它们能够得以维护。Windows Server 2003 DNS 提供极其安全的 DNS 基础结构的功能。配置 DNS 以支持这些安全策略，让公司的安全策略在设计和部署 DNS 服务器、区域和资源记录时可用。

（6）选择区域名。对于小型组织，添加 DNS 服务器角色之前为公司选择第一个 DNS 域名。为公司选择第一个 DNS 域名包括选择在互联网的 DNS 名称空间中唯一的域名。

如果用户组织有网站，请使用现有的网站名作为 DNS 域名的起始点。如果网站的名称是 www. gdgm. com，就使用子域名 home 将第一个域名创建为该名称的扩展，例如：home. gdgm. com。

检查 ISP 以确定网络 Internet 协议（IP）地址已经向互联网注册机构注册了。为使 DNS 部署在互联网上工作，网络所使用的 IP 地址和 DNS 域名必须向授权的互联网注册机构注册。这些组织负责分配 IP 地址和 DNS 域名以及保存分配的公共记录。

DNS 安装过程：

（1）和安装 DHCP 和 WINS 服务器一样，首先打开"管理您的服务器"窗口，然后在窗口里单击"添加或删除角色"，在弹出的"配置您的服务器向导"中选定 DNS 服务器，如图 6-29 所示，单击"下一步（N）"。

（2）系统弹出对话框询问用户是否已经完成提示中所提及的各个选项，如果用户已经完全配置完成，则单击"下一步"继续安装。

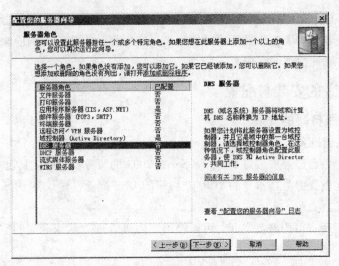

图 6-29　配置 DNS 服务器

（3）系统弹出对话框询问用户将选择设置此服务器担任何种角色，只可以选择其中一种，如果需要再添加一个以上的服务器角色，可以重复运行此向导。在这里选择 "DNS 服务器" 选项，单击 "下一步" 继续安装。

（4）系统弹出对话框，列出用户的所有选择，如果确认列出内容没有错后，单击 "下一步" 继续安装，否则单击 "上一步" 修改设置。

（5）系统弹出对话框，提示系统正在安装 DNS 服务器。

（6）不久系统弹出对话框，让用户提供需要的系统安装文件，将 Windows 2003 安装盘放入光驱，并指明安装文件的路径，如图 6-30 所示。

图 6-30　选择安装文件的路径

（7）单击 "确定"，进入安装过程。随着安装进度条的充满，这就意味着 DNS 服务器安装成功。

2. DNS 服务器基本配置

DNS 服务器安装成功后，单击 "下一步" 按钮，可以进行 DNS 服务器配置。

（1）系统弹出 "配置 DNS 服务器向导" 对话框，如图 6-30 所示，用户可以利用它进行 DNS 服务器的基本配置，包括创建正向和反向查找区域、指定根提示和配置转发器。

（2）单击"下一步"继续。用户根据自己网络的规模选择查找区域的类型。这里选择"创建正向查找区域（适合小型网络使用（F））"，如图 6-31 所示。

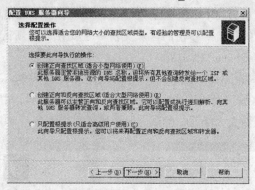

图 6-31　选择配置操作

（3）选择哪一台 DNS 服务器来维护正在创建的正向查找区域，可以选择本地服务器也可以选择 ISP 服务器，系统会根据用户不同的选择来创建不同的区域。这里选择本地服务器维护该区域，如图 6-32 所示。单击"下一步"继续。

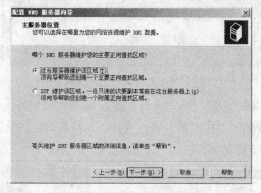

图 6-32　指定主服务器位置

（4）系统弹出"Active Directory 安装向导"对话框，让用户输入新区域的名称，一般来说，区域名在层次结构中区域所含的最高区域之后，如图 6-33 所示。

图 6-33　指定新域名

（5）用户添加区域名以后，单击"下一步"按钮。用户可以创建一个新的区域文件，或者是从另一个 DNS 服务器复制现存文件。区域文件的默认命名是区域名，而扩展名为 DNS，而从另一个 DNS 服务器移植区域时，可以通过移植该 DNS 的区域文件。但是值得注意的是，所移植的区域文件一定要在创建新区域前放到目的计算机的%SystemRoot% \ System32 \ DNS 目录。

（6）单击"下一步"，系统弹出"新建区域向导"对话框，如图 6-34 所示，让用户指定这个 DNS 区域接受或安全、不安全或非动态的更新，由于允许非安全和安全动态更新会使安全性大大降低，所以一般不建议选择该项。

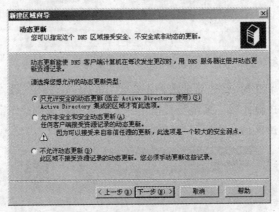

图 6-34　选择动态更新方式

（7）单击"下一步"，用户指定这个 DNS 区域条件转发器，本地服务器无法答复的查询，会被转发到这些转发器上进行查询，用户在对应的文本框内输入转发器的 IP 地址，如图 6-35 所示。

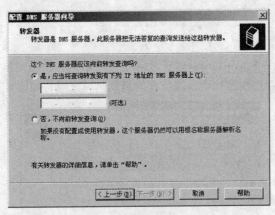

图 6-35　转发器设置

（8）转发器地址设置完成后，单击"下一步"按钮，系统弹出"配置 DNS 服务器向导"对话框，表示 DNS 服务器正在完成配置，单击"完成"按钮关闭此向导，如图 6-36 所示。

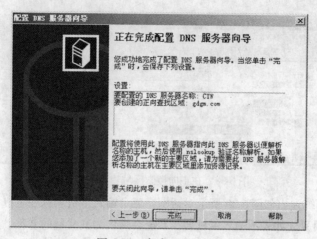

图 6-36　完成 DNS 配置

（9）系统弹出对话框，表示此服务器已经成为 DNS 服务器。

3. DNS 的高级设置

用户在完成 DNS 服务器的安装和基本设置以后，就可以使用 DNS 服务器管理器来进行一些高级配置。

（1）启动 DNS 服务器，操作如下：

1）用户可以通过在"管理您的服务器"中双击"管理此 DNS 管理器"选项来启动 DNS 服务管理器。

2）启动 DNS 服务器后，弹出如图 6-37 所示 DNS 服务器管理器窗口。在窗口中已经有了一个名为 DNS 的服务器，而且它已经配置了一个正向查找区域。

图 6-37　DNS 服务器管理器窗口

（2）为正向搜索区域建立主机。操作如下：

1）现在要在已经建立了的正向搜索区域建立主机，打开"正向查找区域"及联菜单，选择"gdgm. com"右键单击，然后在弹出的快捷菜单中选择"新建主机"选项，如图 6-38 所示。

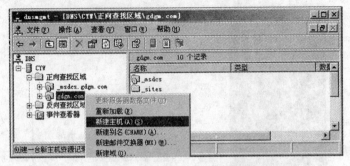

图 6-38　在正向搜索区域建立主机

2）此时系统弹出如图 6-39 所示对话框，要求输入主机名称和主机 IP，不妨输入主机名称为 WWW，如果不输入主机名，系统会默认为其父域的名称。用户还可以选择是否选择创建相关的指针（PTR）记录。单击"添加主机"按钮，系统弹出对话框，表示主机记录已经创建成功，单击"确定"完成。

按此方法，可以连续建立多个主机记录。

（3）创建一个反向搜索区域。反向搜索区域使服务器能够进行反向查询，虽然它不是必要的，但是为了运行故障排除工具（如 Nslookup），以及在 Internet information Service（IIS）日志文件记录的是名字而非 IP 地址，这就需要反向搜索区域了。

1）首先右键单击"反向查找区域"，然后在弹出的快捷菜单中选择"新建区域"选项，系统弹出"新建区域向导"对话框，用户利用

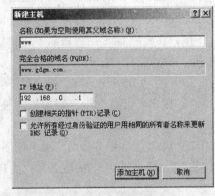

图 6-39　新建主机对话框

这个窗可以为 DNS 服务器建立一个反向搜索区域。单击"下一步"按钮，将会弹出如图 6-40 所示的新建区域向导的"区域类型"对话框。在该窗口，用户可以通过提示选择想要创建的区域类型。

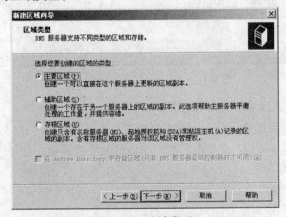

图 6-40　区域类型

2）用户选择"主要区域"，单击"下一步"按钮，系统将会弹出如图 6-41 所示对话框，用户可以在这个对话框中输入网络 ID 号或区域名称，反向搜索区域是一个地址到名称的数据库，可以帮助计算机将 IP 地址转换成 DNS 名称。

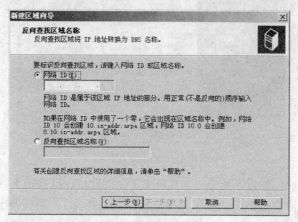

图 6-41　反向查找区域名称

3）用户添加网络 ID 号后，单击"下一步"按钮，弹出如图 6-42 所示对话框。用户可以选择创建一个新的区域文件，或者使用从另一台 DNS 服务器复制过来的区域文件。区域文件的默认文件名为区域名，以 dns 为扩展名。如要从另一台服务器复制区域时，则只要导入该服务器的区域文件即可。

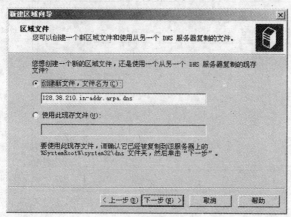

图 6-42　区域文件

4）设置完成后，单击"下一步（N）"，系统会弹出一个"新建区域向导"对话框，让用户指定这个 DNS 区域接受安全、不安全或非动态的更新，由于允许非安全和安全动态更新会使安全性大大降低，所以一般不建议选择该项。单击"下一步"继续。

5）这时系统会弹出如图 6-43 所示对话框，提示用户正在完成新建区域创建。单击"完成"按钮退出该向导，完成新区域的创建。

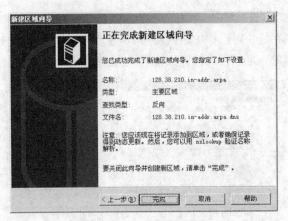

图 6-43　完成新建区域

（4）为新的反向搜索区域中的主机新建一个指针。在反向搜索区域中用鼠标右键单击主机，然后在弹出的快捷菜单中选择"新建指针"。系统弹出"新建资源记录"的对话框，如图 6-44 所示，用户可以通过输入主机号码的最后一位来指定一台具体的计算机，使计算机 IP 地址和主机名一一对应。

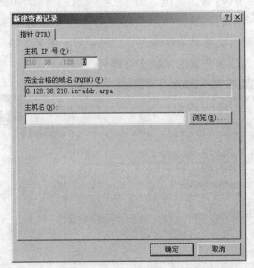

图 6-44　新建资源记录

用户添加了 IP 地址和主机名后，单击"确定"按钮。返回 DNS 服务器窗口，窗口右边显示出了新建的指针，如图 6-45 所示。

（5）创建邮件交换器。首先选定正向搜索区域的主机，然后右键单击主机名，然后在弹出的快捷菜单中选择"新建邮件交换器"选项，弹出如图 6-46 所示"新建资源记录"对话框，用户在此窗口中输入邮件交换的地址，主机或区域和设置邮件服务器的优先级等，完成后单击"确定"。

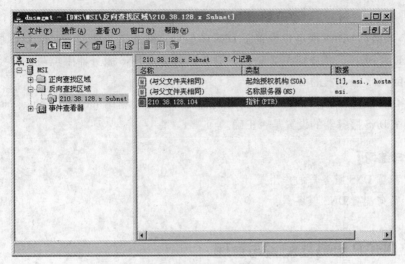

图 6-45　完成新建指针

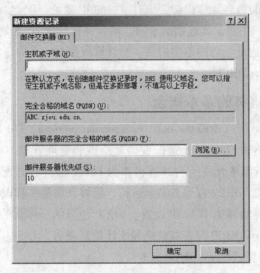

图 6-46　新建邮件交换器

4. 设置用户端 DNS

（1）Windows 98 中的 DNS 设置。

1）右键单击"网上邻居"图标，选择"属性"命令，在出现的对话框中，单击"TCP/IP"选项，单击"属性"按钮。

2）单击"DNS 配置"选项卡，单击"启用 DNS"选项。然后输入主机名称、域名称，添加 DNS 服务器 IP 地址，单击"添加"按钮即可。

（2）Windows 2000/XP 的 DNS 设置。

1）右键单击"网上邻居"图标，选择"属性"命令，在出现的页面中，右键单击"本地连接"图标，在出现的对话框中，单击"Internet 协议（TCP/IP）"选项，单击"属性"按钮。

2）如果在 DHCP 服务中设置了 DNS 的信息，则选择"使用下面的 DNS 服务器地址（E）"选项，并分别在首选 DNS 服务器和备用 DNS 服务器中填写主 DNS 服务器和辅助 DNS 服务器的 IP 地址。

在 DNS 服务器和客户机的设置完成后，用户可以利用 ipconfig、ping、nslookup 命令测试 DNS 服务器的设置是否正确。

【训练与练习】

1. 配置 DNS 服务器的作用是什么？
2. 如何配置 DNS 服务器？

6.5　DHCP 服务器配置与管理

TCP/IP 网络上的每台计算机都必须有唯一的 IP 地址。IP 地址（以及与之相关的子网掩码）用于标识主机及其连接的子网。给计算机分配 IP 地址的方法有两种：第一种是静态分配 IP 地址，即网络中的每一台计算机都有一个固定的 IP 地址；第二种是动态分配 IP 地址（DHCP）。

6.5.1　DHCP 服务的基本概念

动态主机配置协议（dynamic host configuration protocol，DHCP）是一个 TCP/IP 标准，用于减少网络客户机 IP 地址配置的复杂度和管理开销。Windows Server 2003 提供 DHCP 服务，该服务允许一台计算机作为 DHCP 服务器并配置用户网络中启用 DHCP 的客户计算机。DHCP 在服务器上运行，能够自动集中管理 IP 地址和用户网络中客户计算机所配置的其他 TCP/IP 设置。DHCP 还提供一体化的活动目录服务和域名服务（DNS）、高级 DHCP 服务器监视和统计信息报告、特定厂商选项和用户类别支持、组播地址分配和未授权 DHCP 服务检测。

在网络中部署 DHCP 服务器，主要有两大优点：

（1）DHCP 给客户机提供全面可靠的 IP 配置。DHCP 服务器的客户机无需手动输入任何数据，避免了手动键入值而引起的配置错误，同时 DHCP 可以防止出现新计算机重用以前指派 IP 地址引起的冲突问题。

（2）有利于对 IP 分配过程进行自动集中的管理。DHCP 服务器拥有一个 IP 地址池，当 DHCP 客户端开机时，会通过广播的方式向 DHCP 服务器要求分配 IP 地址，这时服务器就会返回一个尚未被使用的 IP 地址，同时服务器也将相关信息（如子网掩码、DNS 服务器地址、默认网关地址等）一起传送给发送请求的客户机。由于 IP 地址是动态"租借"的而不是静态永久分配的，当客户机不使用的时候，IP 地址就会自动返回地址池供再分配。

下面简要介绍一些与 DHCP 相关的专业术语，以帮助进一步了解 DHCP，更好地利用 DHCP 管理器来创建和管理 DHCP 服务器。

- DHCP 客户机：任何启用 DHCP 设置的客户机
- 作用域：一个网络完整连续的可能 IP 地址范围
- 超级作用域：管理级的作用域组，用于支持同一物理网络上的多个逻辑 IP 子网
- 排除范围：作用域内从 DHCP 服务中排除的 IP 地址序列。排除范围中的任何 IP 地址不由 DHCP 服务器分配给 DHCP 客户机
- 地址池：作用域中应用排除范围之后，剩下的可用 IP 地址就可以组成地址池
- 租约：由 DHCP 服务器指定的、客户计算机可以使用动态分配的 IP 地址的时间
- 保留：创建从 DHCP 服务器到客户机永久地址租约指定。保留可以保证子网上的特定硬件设备总是使用相同的 IP 地址
- 选项类型：DHCP 服务器向客户机提供 IP 地址租约时可以指定的其他客户机配置参数
- 选项类别：DHCP 服务用于进一步管理提供给客户机的选项类型的方法。有供应商类别和用户类别。

6.5.2 安装与配置 DHCP 服务器

在安装 DHCP 服务器之前，必须注意以下两点：

（1）DHCP 服务器本身的 IP 地址必须是固定的，也就是其 IP 地址、子网掩码、默认网关等数据必须是静态分配的。

（2）事先规划好可提供给 DHCP 客户端使用的 IP 地址范围，也就是所建立的 IP 作用域。

DHCP 服务器的安装过程：

（1）DHCP 服务器的安装过程和 DNS 服务器过程的安装前几个步骤都相同，首先在"管理您的服务器"窗口里，单击"添加或删除角色"。接着在"服务器角色"对话框中选择安装"DHCP 服务器"，然后按照陆续弹出窗口的提示进行和安装 DNS 服务器相似的操作，继续安装。

（2）安装 DHCP 服务器完成后，系统会弹出一个"新建作用域向导"系列对话框，利用它可以创建一个作用域。首先系统会弹出一个"作用域名"的对话框，让用户输入新作用域的名称和对名称的描述，如图 6-47 所示。

（3）单击"下一步"按钮，弹出"IP 地址范围"对话框，让用户输入作用域分配的地址范围，并且可以通过长度或 IP 地址来指定子网掩码，如图 6-48 所示。

（4）单击"下一步"按钮，弹出一个"添加排除"对话框，让用户输入服务器不分配的地址或地址范围，如果只想单独排除一个单独地址，只需要在"起始 IP 地址（S）"输入希望排除的 IP 地址，如图 6-49 所示。

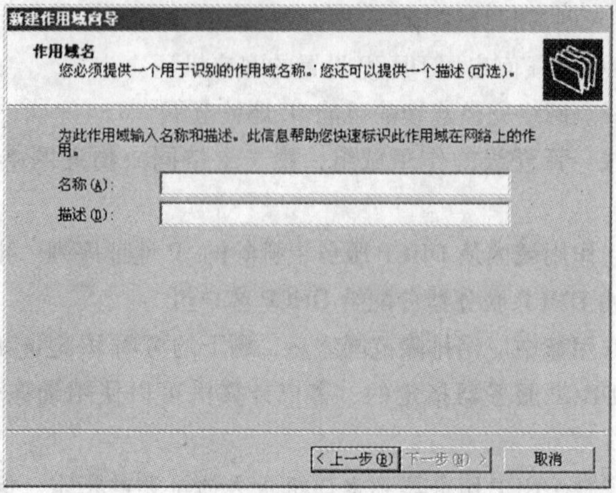

图 6-47　确定作用域名

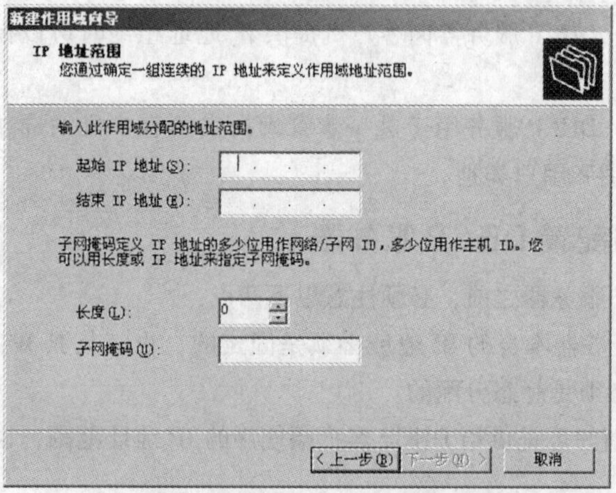

图 6-48　确定 IP 地址范围

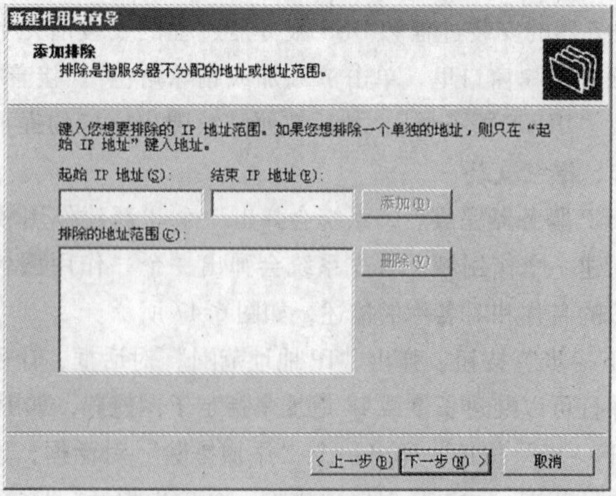

图 6-49　设置排除的 IP 地址范围

（5）单击"下一步"按钮，弹出"租约期限"对话框，让用户指定域使用 IP 地址时间的长短，如图 6-50 所示。

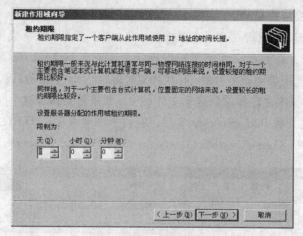

图 6-50   租约期限

（6）单击"下一步"按钮，弹出"配置 DHCP 选项"对话框，询问用户是否现在配置 DHCP 选项，这里选择"否，我想稍后配置这些选项"。

（7）这时系统弹出对话框，表示正在完成新建作用域，单击"完成"按钮退出该向导，完成安装，如图 6-51 所示。

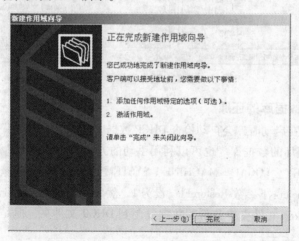

图 6-51   完成新建作用域

（8）系统返回 DHCP 主界面，并显示信息，表示此服务器已经是 DHCP 服务器，可以进行一些 DHCP 服务器的高级设置。

6.5.3   DHCP 数据库的维护

1. DHCP 数据库

在安装 DHCP 服务时会在％Systemroot％＼System32＼dhcp 目录下自动创建 DHCP

服务器的数据库文件, 如图 6-52 所示。其中的 dhcp. mdb 是其存储数据的文件, 而其他的文件则是辅助性的文件。

2. DHCP 数据库备份

DHCP 服务器数据库是一个动态数据库, 在向客户端提供租约或客户端释放租约时它会自动更新, 从图 6-52 中还可以发现一个文件夹 backup, 该文件夹中保存着 DHCP 数据库及注册表中相关参数, 可供修复时使用。DHCP 服务默认会每隔 60 分钟自动将 DHCP 数据库文件备份到这个文件夹中。如果希望修改这个时间间隔, 可以通过修改注册表参数 BackupInterval 实现, 它位于注册表项: HKEY_ LOCAL_ MA-CHINE \ SYSTEM | CurrentControlSet \ Services \ DHCPserver \ Parameters 中。

图 6-52　DHCP 服务器的数据库文件

3. DHCP 数据库的还原

DHCP 服务在启动时, 会自动检查 DHCP 数据库是否损坏, 如果损坏可以自动恢复故障, 还原损坏的数据库。也可以利用手动的方式来还原 DHCP 数据库, 其方法是将注册表 HKEY_ LOCAL_ MACHINE \ SYSTEM | CurrentControlSet \ Services \ DH-CPserver \ Parameters 下参数 RestoreFlag 设为 1, 然后重新启动 DHCP 服务器即可。也可以直接将 backup 文件夹中备份的数据复制到 DHCP 文件夹, 但是要先停止 DHCP 服务。

4. IP 作用域的协调

如果发现 DHCP 数据库中的设置与注册表中的相应设置不一致时, 例如, DHCP 客户端所租用的 IP 数据不正确或丢失时, 用户可用协调的功能让两者数据一致, 因为在注册表数据库内也存储着一份在 IP 作用域内租用数据的备份。协调时, 利用存储在注册表数据库内的数据来恢复 DHCP 服务器数据库内的数据, 方法是用鼠标右键单击相应的作用域, 选择 "协调" 菜单。为确保数据库的正确性, 可定期执行协调操作。

5. DHCP 数据库的重整

DHCP 服务器使用一段时间后，数据库内部数据必然会存在数据分布凌乱，为了提高 DHCP 服务器的运行效率，要定期重整数据库。Windows Server 2003 系统会定期在后台自动运行重整操作，也可以通过手动的方式重整数据库，其效率要比自动重整更高。手动重整方法如下：进入到 \ winnt \ system32 \ dhcp 目录下，停止 DHCP 服务器，运行 Jetpack. exe 程序完成重整数据库，再运行 DHCP 服务器即可，其命令操作和运行过程如图 6-53 所示。

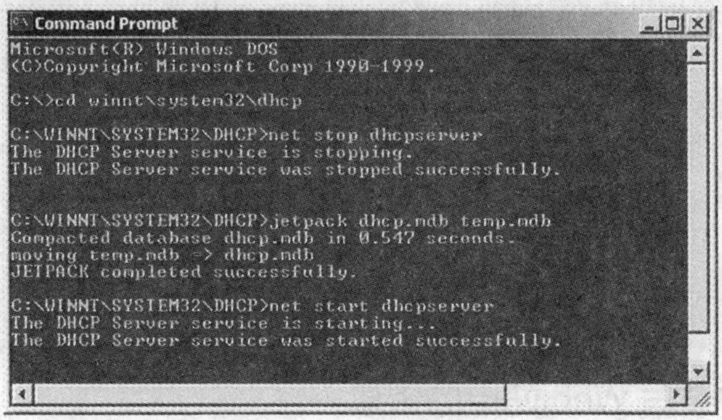

图 6-53　重整数据库

6. DHCP 数据库的迁移

要将旧的 DHCP 服务器内的数据迁移到新的 DHCP 服务器内，并改由新的 DHCP 服务器提供服务，其步骤如下：

（1）备份旧的 DHCP 服务器内的数据。首先停止 DHCP 服务器，在"DHCP 管理器"中用右键单击服务器，选择"所有任务"→"停止"菜单，或者在命令行方式下运行 net stop dhcpserver 命令将 DHCP 服务器停止；然后将% systemroot% \ system32 \ dhcp 下整个文件夹复制到新的 DHCP 服务器内任何一个临时的文件夹中。运行 Regedt32. exe，选择注册表选项 HKEY_ LOCAL_ MACHINE \ SYSTEM \ CurrentControlSet \ Services \ DHCPserver，选择"注册表"→"保存项"，将所有设置值保存到文件中；最后删除旧 DHCP 服务器内的数据库文件夹，删除 DHCP 服务。

（2）将备份数据还原到新的 DHCP 服务器。安装新的 DHCP 服务器，并停止 DHCP 服务器，方法如上。将存储在临时文件内的所有数据（由旧的 DHCP 服务器复制来的数据），整个复制到% systemroot% \ system32 \ dhcp 文件夹中。运行 Regedt32. exe，选择注册表选项 HKEY_ LOCAL_ MACHINE \ SYSTEM \ CurrentControlSet \ Services \ DHCPserver，选择"注册表"→"还原"，将上一步中保存的旧 DHCP 服务器的设置还原到新的 DHCP 服务器。重启 DHCP 服务器，协调所有作用域即可。

6.5.4　DHCP 客户机的设置

当 DHCP 服务器配置完成后，客户机就可以使用 DHCP 功能。客户机可以通过设置网络属性中的 TCP/IP 通讯协议属性，设定采用"DHCP 自动分配"或者"自动获取 IP 地址"方式获取 IP 地址，设定"自动获取 DNS 服务器地址"获取 DNS 服务器地址，而无须为每台客户机设置 IP 地址、网关地址、子网掩码等属性。

以 Windows 2000 的计算机为例设置客户机使用 DHCP，方法如下：

（1）选择"开始"→"设置"→"网络和拨号连接"，打开"网络和拨号连接"窗口。

（2）用鼠标右键单击"本地连接"→"属性"→"Internet 协议（TCP/IP）"→"属性"，打开 TCP/IP 属性对话框，选择"自动获得 IP 地址"，单击"确定"按钮，完成设置。这时如果用 IPonfig 命令查看客户机的 IP 地址，就会发现它来自于 DHCP 服务器预留的 IP 地址空间。

【训练与练习】

1. 配置 DHCP 服务器的作用是什么？
2. 如何配置 DHCP 服务器？

6.6　IIS 安装与 Web 站点的创建

在 Windows Server 2003 中提供了互联网信息服务系统（Internet Information Services 6.0，IIS 6.0）。IIS 是基于 TCP/IP 的 Web 应用系统，使用 IIS 可使运行 Windows Server 2003 的计算机成为功能强大的 Web、FTP、SMTP 服务器。这样，IIS 可以轻松地将信息发送给整个互联网上的用户。使用 IIS 可以方便地安装、管理和配置各种服务器的应用环境，为客户提供更好的、稳定的和可靠的 Web 服务。

6.6.1　IIS 的安装

在安装 Windows Server 2003 的时候可以选择同时也安装 IIS 6.0。如果安装操作系统的时候没有安装 IIS，那么按以下步骤来安装 IIS 6.0。

（1）将 Windows Server 2003 的光盘放入光驱中，运行"控制面板"中的"添加或删除程序"，单击"添加/删除 Windows 组件"，进入"Windows 组件向导"对话框，在该对话框中选中"应用程序服务器"选项，单击"详细信息"按钮。

（2）打开"应用程序服务器"对话框，勾选"Internet 信息服务（IIS）"选项，单击"确定"按钮。

（3）回到"Windows 组件向导"对话框，然后单击"下一步（N）"按钮，开始安装组件。

（4）最后单击"完成"按钮，关闭"Windows 组件向导"对话框，IIS 安装完成。

6.6.2 配置管理 Windows2003 Web 服务器

1. Web 的概念

World Wide Web（也称 Web、WWW 或万维网）是互联网上集文本、声音、动画、视频等多种媒体信息于一身的信息服务系统，整个系统由 Web 服务器、浏览器（browser）及通信协议等三部分组成。Web 采用的通信协议是超文本传输协议（hyperText transfer protocol，HTTP），它可以传输任意类型的数据对象，是互联网上发布多媒体信息的主要协议。

Web 中的信息资源主要以网页为基本元素构成，所有网页采用超文本标记语言（hyperText markup language，HTML）来编写，HTML 对 Web 页的内容、格式及 Web 页中的超链接进行描述。Web 页面间采用超级文本（hyperText）的格式互相链接。

互联网中的网站成千上万，为了准确查找，人们采用了统一资源定位器（uniform resource locator，URL）来在全世界唯一标识某个网络资源。其描述格式如下。

协议：//主机名称/路径名/文件名：端口号

例如：http：//www.sina.com，客户程序首先看到 http（超文本传输协议），知道处理的是 HTML 连接，接下来的是 www.sina.com 站点地址（对应一特定的 IP 地址），http 协议默认使用的 TCP 协议端口为 80，可省略不写。

2. Web 服务器的配置

（1）打开"开始"→"程序"→"管理工具"→"Internet 服务管理器"，打开"Internet 信息服务管理器"窗口，窗口显示此计算机上已经安装好的 Internet 服务，而且都已经自动启动运行，其中 Web 站点有两个，分别是默认 Web 站点及管理 Web 站点，如图 6-54 所示。

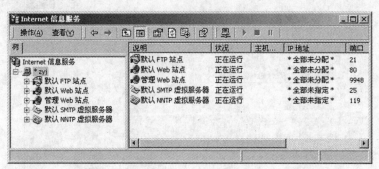

图 6-54 Internet 信息服务

（2）使用 IIS 的默认站点。

1）将制作好的主页文件（html 文件）复制到 \ Inetpub \ wwwroot 目录下，该目录是安装程序为默认 Web 站点预设的发布目录。

2）将主页文件的名称改为 Default. htm。IIS 默认要打开的主页文件是 Default. htm 或 Default. asp，而不是一般常用的 Index. htm。

（3）添加新的 Web 站点。

1）打开"Internet 信息服务窗口"，鼠标右键单击要创建新站点的计算机，在弹出菜单中选择"新建"→"Web 站点"，出现"Web 站点创建向导"，单击"下一步"继续。

2）在"网站描述"文本框中输入网站说明文字，如图 6-55 所示。

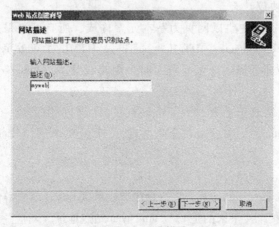

图 6-55　网站描述

3）单击"下一步"继续，弹出如图 6-56 所示窗口。输入新建 Web 站点的 IP 地址和 TCP 端口地址。如果通过主机头文件将其他站点添加到单一 IP 地址，必须指定主机头文件名称。

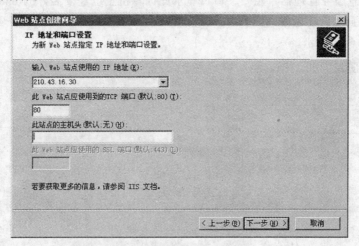

图 6-56　Web 站点创建向导

4）单击"下一步"，出现如图 6-57 所示窗口。输入站点的主目录路径，然后单击"下一步"，选择 Web 站点的访问权限，单击"下一步"完成设置。

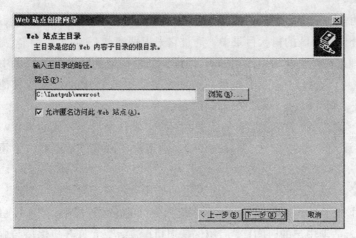

图 6-57　站点主目录

3. Web 站点的管理

Web 站点建立好之后，可以通过"Microsoft 管理控制台"进一步来管理及设置 Web 站点，站点管理工作既可以在本地进行，也可以远程管理。

选择"开始"→"程序"→"管理工具"→"Internet 服务管理器"，打开"Internet 信息服务窗口"，选择所管理的站点，鼠标右键单击"属性"，进入该站点的"属性"对话框，如图 6-58 所示。

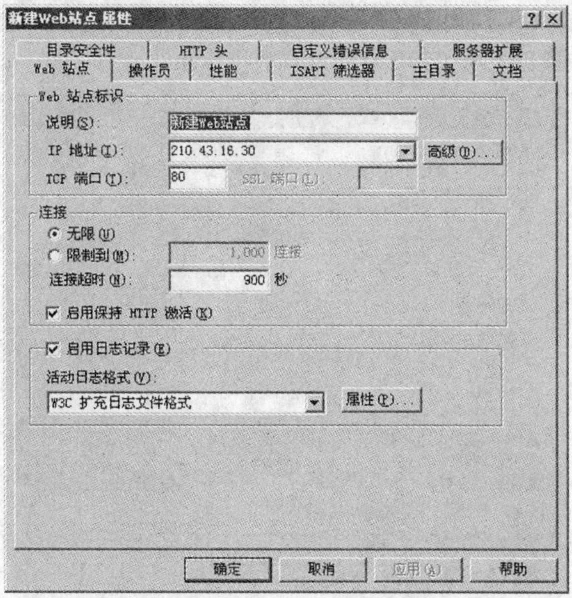

图 6-58　新建 Web 站点属性

（1）Web 站点选项卡。主要设置 Web 站点标识、连接、启用日志记录。具体有以下内容：

1）说明。在"说明"文本框中输入对该站点的说明文字，用它表示站点名称。这个名称会出现在 IIS 的树状目录中，通过它来识别站点。

2）IP 地址。设置此站点使用的 IP 地址，如果构架此站点的计算机中设置了多个 IP 地址，可以选择对应的 IP 地址。若站点要使用多个 IP 地址或与其他站点共用一个 IP 地址，则可以通过点开高级按钮设置。

3）TCP 端口。确定正在运行的服务的端口。默认情况下公认的 WWW 连接端口为 80。如果设置了其他端口，例如，8080，则用户在浏览该站点时，必须输入这个端口号。

4）连接。"无限"表示允许同时发生的连接数不受限制；"限制到"表示限制同时连接到该站点的连接数，在对话框中键入允许的最大连接数；"连接超时"设置服务器断开未活动用户的时间；"启用保持 HTTP 激活"允许客户保持与服务器的开放连接，而不是使用新请求逐个重新打开客户连接，禁用则会降低服务器性能，默认为激活状态。这一选择项的设置关系到对网络及服务器优化管理。

5）启用日志记录。表示要记录用户活动的细节，在"活动日志格式"下拉列表框中可选择日志文件使用的格式。单击"属性"按钮可进一步设置记录用户信息所包含的内容，如用户 IP、访问时间、服务器名称等。默认的日志文件保存在 \ winnt \ system32 \ logfiles 子目录下。良好的管理习惯应注重日志功能的使用，通过日志可以监视访问本服务器的用户、所访问的内容等，对不正常的连接和访问加以监控和限制。

（2）主目录选项卡。如图 6-59 所示，可以设置 Web 站点所提供的内容来自何处，内容的访问权限以及应用程序在此站点的执行许可。

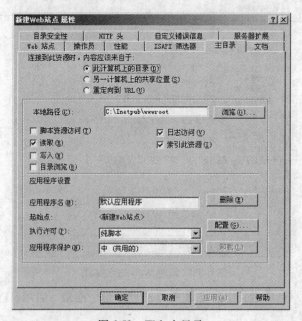

图 6-59　Web 主目录

Web 站点的内容包含各种给用户浏览的文件，例如 HTML 文件、ASP 程序文件等，这些数据必须指定一个目录来存放，而主目录所在的位置有三种选择。

1）此计算机上的目录，表示站点内容来自本地计算机。

2）另一计算机上的共享位置，站点的数据可以不在本地计算机上，而在局域网上其他计算机中的共享位置，注意要在网络目录文本框中输入其路径。并按"连接为"按钮设置有权访问此资源的域用户账号和密码。

3）重定向到 URL（U），表示将连接请求重新定向到别的网络资源，如某个文件、目录、虚拟目录或其他的站点等。选择此项后，在重定向到文本框中输入上述网络资源的 URL 地址。

主目录选项卡还包括应用程序设置，其中重点介绍以下两项。

- 执行许可。此项权限可以决定对该站点或虚拟目录资源进行哪一种级别的程序执行。"无"表示只允许访问静态文件，如 HTML 或图像文件；"纯文本"表示只允许运行脚本，如 ASP 脚本；"脚本和可执行程序"表示可以访问或执行各种文件类型，如服务器端存储的 CGI 程序。
- 应用程序保护。这一项是选择运行应用程序的保护方式。可以是低，表示与 Web 服务在同一进程中运行；可以是中，表示与其他应用程序在独立的共用进程中运行；或者选择高，表示在与其他进程不同的独立进程中运行。

（3）操作员。使用该选项卡可以设置哪些用户账号拥有管理此站点的权力，默认只有 Administrators 组成员才能管理 Web 站点，而且无法利用"删除"按钮来解除该组的管理权。如果你是该组的成员，可以在每个站点的这个选项中利用"添加"及"删除"按钮来个别设置操作员。虽然操作员具有管理站点的权力，但其权限与服务器管理员仍有差别。

（4）性能选项卡可以对 Web 站点的各项性能进行设置，有以下几种：

1）性能调整。Web 站连接的数目愈大时，占有的系统资源愈多。在这里预先设置的 Web 站点每天的连接数，将会影响到计算机预留给 Web 服务器使用的系统资源。合理设置连接数可以提高 Web 服务器的性能。

2）启用带宽抑制。如果计算机上设置了多个 Web 站点，或是还提供其他的互联网服务，如文件传输、电子邮件等，那么就有必要根据各个站点的实际需要，限制每个站点可以使用的带宽。要限制 Web 站点所使用的带宽，只要选择"启用带宽抑制"选项，在"最大网络使用"文本框中输入设置数值即可。

3）启用进程限制。选择该选项可以限制该 Web 站点使用 CPU 处理时间的百分比。如果选择了该框但未选择"强制性限制"，结果将是在超过指定限制时间时把事件写入事件记录中。

（5）文档选项卡进行文档的设置。其中选择启动默认文档可以使用户直接连接到主页或指定页面。默认文档可以是 HTML 文件或 ASP 文件，当用户通过浏览器连接至 Web 站点时，若未指定要浏览哪一个文件，则 Web 服务器会自动传送该站点的默认文档供用户浏览，例如我们通常将 Web 站点主页 default. htm、default. asp 和 index. htm 设为默认文档，当浏览 Web 站点时会自动连接到主页上。如果不启用默认文档，则会将整个站点内容以列表形式显示出来供用户自己选择。

（6）HTTP 头选项卡。在"HTTP 标题"属性页上，如果选择了"允许内容过期"选项，便可进一步设置此站点内容过期的时间，当用户浏览此站点时，浏览器会对比当前日期和过期日期，来决定显示硬盘中的网页暂存文件，或是向服务器要求更新网页。

6.6.3 测试和使用 Web 服务器

完成上述设置后，打开本机或客户机浏览器，在地址栏中输入此计算机 IP 地址或主机的完全合格域名（folly qualified domain name，FQDN）（前提是 DNS 服务器中有该主机的记录）来浏览站点，测试 Web 服务器是否安装成功，WWW 服务是否运行正常。

【训练与练习】

1. 什么是 IIS？
2. 如何安装和配置 IIS 的 Web 服务？

6.7　使用 IIS 构建 FTP 服务器

6.7.1　FTP 概述

服务器中存有大量的共享软件和免费资源，如：文本、图像、程序、声音文件、影音文件等，如果需要从服务器中把文件下载（download）到客户机上或者把客户机上的资源上传（upload）至服务器，就必须在两台机器中进行文件传送，此时双方必须要共同遵守一定的规则。文件传输协议（file transfer protocol，FTP）就是用来在客户机和服务器之间实现文件传输的标准协议。FTP 使用客户/服务器（C/S）模式，客户程序把客户的请求告诉服务器，并将服务器发回的结果显示出来，服务器端执行真正的工作，比如存储、发送文件等。

6.7.2　配置管理 Windows2003 FTP 服务器

在组建企业网时，如果打算提供文件传输功能，即网络用户可以从特定的服务器上下载文件或向服务器上传数据，此时需要配置支持文件传输的 FTP 服务器。Microsoft IIS 提供了构架 FTP 服务器的功能，因此在 Windows 2003 Server 中配置 FTP 服务器需先安装 IIS 6.0。

FTP 服务器安装好后，在服务器上有专门的目录供网络客户机用户访问、存储下载文件、接收上传文件，合理设置站点有利于提供安全、方便的服务。

（1）通过"开始"→"程序"→"管理工具"→"Internet 服务管理器"，打开

"Internet 信息服务管理器"窗口,类似图 6-29 所示,显示此计算机上已经安装好的 Internet 服务,而且都已经自动启动运行,其中有一个默认 FTP 站点。

(2)设置 FTP 站点。建立 FTP 站点最快的方法,就是直接利用 IIS 默认建立的 FTP 站点。把可供下载的相关文件,分门别类地放在该站点默认 FTP 根目录 \ Interpub \ ftproot 下。当然如果在安装时将 FTP 的默认目录设置成其他的目录,需要将这些文件放到所设置的目录中。

例如我们直接使用 IIS 默认建立的 FTP 站点,将可供下载的文件直接放在默认根目录 \ Interpub \ ftproot 下,完成这些操作后,打开本机或客户机浏览器,在地址栏中输入 FTP 服务器的 IP 地址或主机的 FQDN 名字(前提是 DNS 服务器中有该主机的记录),就会以匿名的方式登录到 FTP 服务器,根据权限的设置就可以进行文件的上传和下载了。

(3)添加及删除站点。IIS 允许在同一台计算机上同时构架多个 FTP 站点,但前提是本地计算机具有多个 IP 地址。添加站点时,先在树状目录中选取计算机名称,然后执行菜单"操作"→"新建"→"FTP 站点",便会运行 FTP 安装向导,向导会要求输入新站点的 IP 地址、TCP 端口、存放文件的主目录路径(即站点的根目录),以及设置访问权限。除了主目录路径一定要指定外,其余设置可保持默认设置。

删除 FTP 站点,先选取要删除的站点,再执行"删除"命令即可。一个站点若被删除,只是该站点的设置被删除,而该站点下的文件还是存放在原先的目录,并不会被删除。

(4)FTP 站点的管理。FTP 站点建立好之后,可以通过"Microsoft 管理控制台"可以进一步管理及设置 FTP 站点,站点管理工作既可以在本地进行,也可以远程管理。

通过"开始"→"程序"→"管理工具"→"Internet 服务管理器",打开"Internet 信息服务管理器"窗口,在要管理的 FTP 站点上单击鼠标右键,选择"属性"命令,弹出如图 6-60 所示对话框。

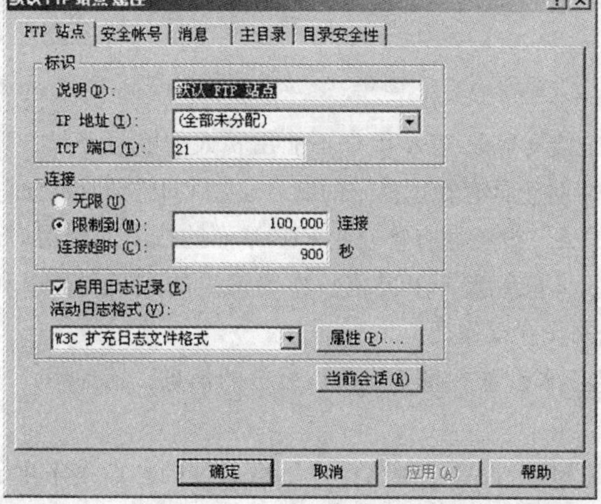

图 6-60　默认 FTP 站点属性

1）"FTP 站点"选项卡对 FTP 站点的相关属性进和设置。

"IP 地址（I）"指设置此站点的 IP 地址，即本服务器的 IP 地址。如果服务器设置了两个以上的 IP 站点，可以任选一个。FTP 站点可以与 Web 站点共用 IP 地址以及 DNS 名称，但不能设置使用相同的 TCP 端口。

在"TCP 端口"文本框中，FTP 服务器默认使用 TCP 协议的 21 端口，若更改此端口，则用户在连接到此站点时，必须输入站点所使用端口，例如使用命令 ftp：//210.202.101.3：8021，表示连接 FTP 服务器的 TCP 端口为 8021。连接限制到、连接超时、启动日志等设置参见 Web 服务器配置。

2）"安全账号"选项卡设置用户账号相关属性，如图 6-61 所示。其中"允许匿名连接（O）"表示允许匿名用户登录，FTP 站点一般都设置为允许用户匿名登录，除非希望限制只经过授权的用户登录使用。在安装时系统自动建立一个默认匿名用户账号："IUSR_ COMPUTERNAME"。注意用户在客户机登录 FTP 服务器的匿名用户名为"anonymous"，并不是上边给出的名字。

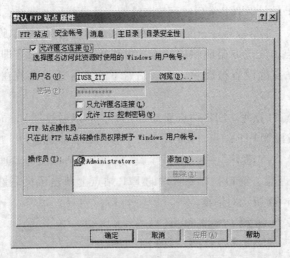

图 6-61　安全账号

"只允许匿名连接（L）"表示用户不能用私人的账号登录，只能用匿名来登录 FTP 站点，可以用来防止具有管理权限的账号通过 FTP 访问或更改文件。

"FTP 站点操作员"设置拥有管理此 FTP 站点的权限的域用户，默认是只有 Administrators 组的成员才能管理 FTP 站点。作为该组的成员，可以利用添加及删除按钮，针对每个站点来设置操作员。

3）"消息"选项卡设置一些类似站点公告的信息，比如用户登录后显示的欢迎信息。

4）"主目录"选项卡设置供网络用户下载文件的站点是来自于本地计算机，还是来自于其他计算机共享的文件夹。

如果选择此计算机上的目录，还需指定 FTP 站点目录，即站点的根目录所在的路径。选择另一计算机上的共享位置，则需指定来自于其他计算机的目录，单击"连接为"按钮设置一个有权访问该目录的域用户账号。

对于站点的访问权限可进行几种复选设置。"读取"即用户拥有读取或下载此站点下的文件或目录的权限；"写入"即允许用户将文件上传至此 FTP 站点目录中。如果此 FTP 站点已经启用了日志访问功能，可以选择"日志访问"，则用户访问此站点文件的行为就会以记录的形式被记载到日志文件中。

5）"目录安全性"选项卡设置客户访问 FTP 站点的范围，其方式为：授权访问和拒绝访问。"授权访问"表示开放访问此站点的权限给所有用户，并可以在"下列地址例外"列表中加入不受欢迎的用户 IP 地址；"拒绝访问"表示不开放访问此站点的权限，默认所有人不能访问该 FTP 站点，在"下列地址例外"列表中加入允许访问站点的用户 IP 地址，使他们具有访问权限。

（5）远程管理

FTP 服务器可利用 Internet 服务管理器远程管理其他计算机上的 FTP 站点或通过浏览器启动 Internet 服务管理器（HTML）来做远程管理。Web 站点也可以使用这种方法管理。

6.7.3　测试 FTP 服务器

为了测试 FTP 服务器是否正常工作，可选择一台客户机登录 FTP 服务器进行测试，首先保证 FTP 服务器的 FTP 发布目录下存放有文件，可供下载，在这里我们选择使用 Web 浏览器作为 FTP 客户程序。

可以使用 Internet Explorer（IE）连接到 FTP 站点。输入协议以及域名，例如 ftp：//www.gdgm.com，就可以连接到 FTP 站点，如图 6-62 所示。对用户来讲，与访问本地计算机磁盘上文件夹一样。

图 6-62　FTP 连接

双击"Book1.xls"文件，就可以打开该文件。鼠标右键单击文件名，然后选"复制到文件夹"，弹出"浏览文件夹"对话框，选择文件保存的路径，单击"确定"就可以将文件下载到本地指定文件夹内。

【训练与练习】

1. FTP 服务器的作用是什么？

2. 如何配置 FTP 服务器？

6.8 Windows Server 2003 的 VPN 技术

虚拟专用网（virtual private network，VPN）是一种通过共享网络或者公共网络（如互联网）建立连接的专用网络的扩展。VPN 能够使用户模拟点到点专用链路的特性，通过共享互联或者公共互联在两台计算机之间发送数据。配置与创建虚拟专用网络的过程就是所谓的虚拟专用网构建过程。

为了模拟点到点链路，必须对数据进行封装，并为这些数据添加能够提供共享或者公共互联网到达其端点的路由信息作为数据头。同时为保证数据传输的安全性，必须对数据进行加密。对于那些在共享或者公共互联网上被截取的报文，如果没有加密密钥，那么这些报文将无法打开。专用数据被封装与加密的链路，就是所谓的虚拟专用网连接（VPN 连接）。图 6-63 中显示了 VPN 的逻辑概念。

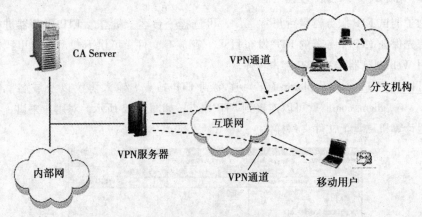

图 6-63　VPN 逻辑结构图

VPN 连接允许用户利用公共互联网络所提供的基本设备，在家里或在路上就可以获取到达公司服务器的一个远程访问连接。从用户的角度看，VPN 就是一个在计算机、VPN 客户、机构服务器以及 VPN 服务器之间所建立的一个点到点连接。在这里，共享网络或者公共网络的具体结构是无关紧要的，因为在用户看来数据似乎是通过一个专用链路进行传输的。

VPN 连接包括以下组件：

（1）VPN 服务器。VPN 服务器是能够接受来自 VPN 客户的 VPN 连接企图的计算机。VPN 服务器能够提供远程访问 VPN 连接或者路由器到路由器 VPN 连接。

（2）VPN 客户。VPN 客户是向 VPN 服务器发送 VPN 连接企图的计算机。VPN 客户可以是用来获取远程访问 VPN 连接的计算机，或者是用来获取路由器到路由器 VPN 连接的一个路由器。

（3）隧道。隧道就是使用网络基础设施，将一个网络上的资料通过另一个网络传送的方法。主要完成用户数据的封装。

（4）VPN 连接。这是通信连接的一部分，在 VPN 连接中用户数据被加密。

（5）隧道协议。该协议用来管理隧道与封装专用数据的通信标准。

（6）隧道数据。隧道数据是指在专用点到点链路上所发送的数据。

（7）传输互联网。封装后的数据所通过的共享互联网或公共互联网。

本节重点介绍 Windows Server 2003 的 VPN 技术。

6.8.1 常用的 VPN 设备与产品

1. FVL328 VPN 防火墙

FVL328VPN 防火墙如图 6-64 所示，其基本特点如下。

（1）性能概述。这种防火墙产品是业界最高性能及功能的中小型 VPN 防火墙；同时支持高达 100 路 IPSec VPN；快速通道流量 150MHz 芯片（CPU）；SPI 状态数据包检测防火墙；阻止未经授权的网络访问；防止黑客攻击；168 位 3DES IPSec 加密功能。

（2）接口。8 口 10/100BaseLAN，1 口 10/100BaseWAN。

（3）协议。路由协议为 RIP-1、RIP-2；网络协议为 IP 路由 TCP/IP、PPPoE、UDP、ICMP 以及 DHCP（Client Server）；VPN/安全协议有 IPSec（ESP，AH）、MD5、SHA-1、DES、3DES 以及 IKE。

2. 联想网御 SJW44 网络密码机

联想网域 SJW44 网络密码机如图 6-65 所示，其基本特点如下。

（1）设备类型为 VPN 加密网关。

（2）接口有 LAN、WAN、Console 三种。

（3）协议包括 TCP/IP、UDP、ICMP、IPSEC 以及 IKE。

图 6-64　FVL328 VPN 防火墙　　　　图 6-65　联想网御 SJW44 VPN 网络密码机

3. D-Link DI-604

D-Link DI-604 如图 6-66 所示，其基本特点如下。

（1）设备类型为 VPN 网关。

（2）接口有 LAN、WAN 两种。

（3）协议包括 TCP/IP、PPTP 以及 PPPoE。

4. Quidway（r）SecPath 100V 安全网关

Quidway（r）SecPath 100V 安全网关如图 6-67 所示，它是华为 3Com 公司面向企业用户开发的新一代专业安全网关设备，可以作为企业的汇聚及接入网关设备；支持防火墙、AAA、NAT、QoS 等技术，可以确保在开放的互联网上实现安全的、满足可靠质量要求的私有网络；支持多种 VPN 业务，如 L2TP VPN、IPSec VPN、GRE VPN、华为动态 VPN、SSL VPN 等，可以针对客户需求通过拨号、租用线、VLAN 或隧道等方式接入远端用户，构建 Internet、Intranet、Access 等多种形式的 VPN。配合防火墙、AAA、NAT、QoS 等技术，安全网关可以确保在开放的 Internet 上实现安全的、满足可靠质量要求的私有网络。

图 6-66　D-Link DI-604　　　　　图 6-67　Quidway ⓡ SecPath 100V 安全网关

主要特点有以下几点：

（1）支持丰富的 VPN 业务。支持 L2TP VPN、GRE VPN、IPSec VPN、SSL VPN、华为动态 VPN 等多种 VPN 业务。

（2）华为动态 VPN。动态 VPN（DVPN）是华为公司的专利技术，提出了 NBMA 类型的隧道机制，采用了 Client 和 Server 的方式解决了传统 VPN 的诸多缺陷，适合于通过骨干网将多个私网连成一个 VPN。

（3）支持硬件加速的 IPSec 和 SSL 技术。

（4）高可靠性。

（5）QoS 保证。

（6）提供企业网络的安全保障和防护功能。

6.8.2　Windows Server 2003 中 VPN 的配置

1. VPN 服务器配置

在 Windows 系统中，可以利用路由和远程访问服务来配置 VPN 服务器。VPN 网络连接类型主要有两种：第一种是典型的单向连接的 VPN，由远程客户端向 VPN 服务器发起连接请求，VPN 服务器端不可能向客户机发起连接请求；第二种是可以实现双向连接的路由器到路由器的 VPN 连接。

这里介绍第一种连接方式的 VPN 服务器配置。在服务器中安装两块网卡，启动 Windows Server 2003，从"管理您的服务器"界面上选择"添加或删除角色"选项，然后进入配置服务器角色的界面，如图 6-29 所示。选择"远程访问/VPN 服务器"，

单击"下一步（N）"按钮，出现路由和远程访问服务器配置，有五项选择，如图
6-68所示。

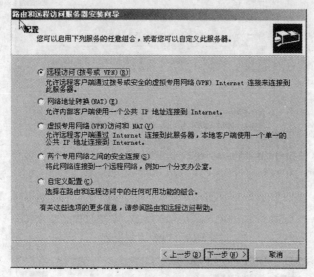

图 6-68　路由和远程访问服务器配置

（1）远程访问（拨号或 VPN）（R）允许远程客户端通过拨号或安全的虚拟专用
网络（VPN）Internet 连接到服务器。

（2）网络地址转换（NAT）（E）允许内部客户端使用一个公共 IP 地址连接到互
联网。

（3）虚拟专用网络（VPN）访问和 NAT（V）允许远程客户端通过互联网连接
到服务器，本地客户端使用一个单一的公共 IP 地址连接到互联网。

（4）两个专用网络之间的安全连接（S）将本网络与远程的一个网络连接。

（5）自定义配置（C）选择在路由和远程访问中的任何可用功能的组合。配置
单块网卡的 VPN 服务器要选择此项。

选择"虚拟专用网络（VPN）访问和 NAT（V）"，单击"下一步（N）"按钮，
出现"VPN 连接"对话框，有两块网卡供选择，如图 6-69 所示。

选择本服务器与 Internet 连接的网卡，单击"下一步（N）"，弹出"IP 地址指
定"对话框，有"自动"和"来自一个指定的地址范围"两项选择，这里选择"自
动"（使用 DHCP 分配 IP 地址）。

单击"下一步（N）"，出现"管理多个远程访问服务器"对话框，确定身份验
证方式，如图 6-70 所示。

选择"否，使用路由和远程访问来对连接请求进行身份验证"，单击"下一步
（N）"，出现设置摘要对话框。根据需要进行相应设置，然后单击"完成"，完成
VPN 服务器的配置。

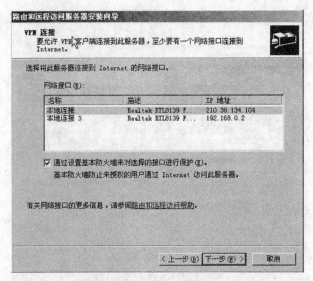

图 6-69　VPN 连接设置

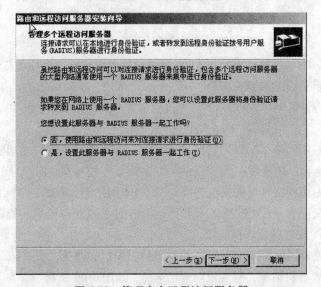

图 6-70　管理多个远程访问服务器

2. 新建有拨入权限的用户

创建新用户可以按照前面介绍过的方法进行，这里重点介绍如何创建有拨入权限的用户，或将用户的"远程访问权限（拨入或 VPN）"设置为允许访问，如创建"zjuser1"用户，并将其拨入权限设置为"允许访问（W）"，如图 6-71所示。

3. 配置 VPN 客户端

（1）在本机配置 VPN 客户端并测试 VPN 连接。在远程连接到 VPN 服务器之前，可以先在 VPN 服务器上进行测试，具体过程为：在网络连接中打开"新建连接"，出现"网络连接类型"对话框，如图 6-72 所示。

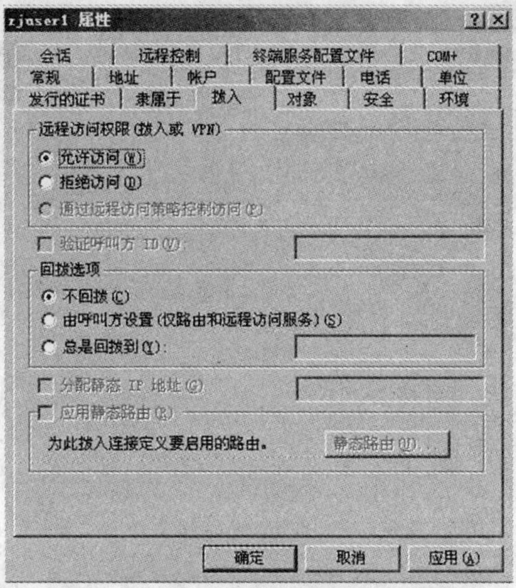

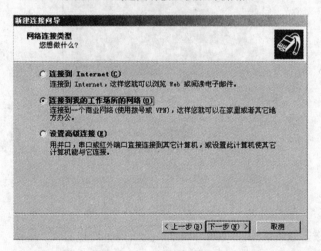

图 6-71　创建具有拨入权限的新用户

图 6-72　网络连接类型

选择"连接到我的工作场所的网络（O）"，单击"下一步（N）"按钮，弹出"网络连接方式"，其中有两个选项：拨号连接和虚拟专用网络连接（VPN）。选择"虚拟专用网络连接（VPN）"，单击"下一步"，出现"连接名"对话框，输入连接名（如"gdoutest"），单击"下一步"，设置公用网络（设置初始拨号连接）。单击"下一步"，出现"VPN 服务器选择"对话框如图 6-73 所示，在"主机名或 IP 地址"文本栏输入 VPN 的主机名或 IP 地址，如 210.38.134.104。

单击"下一步"，然后进行可用连接设置，最后完成新建连接设置。

完成新建连接设置后，进行测试：双击新建的连接（如"gdoutest"），出现连接对话框，如图 6-74 所示。

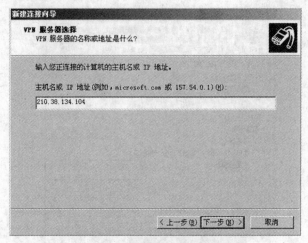

图 6-73　VPN 服务器选择

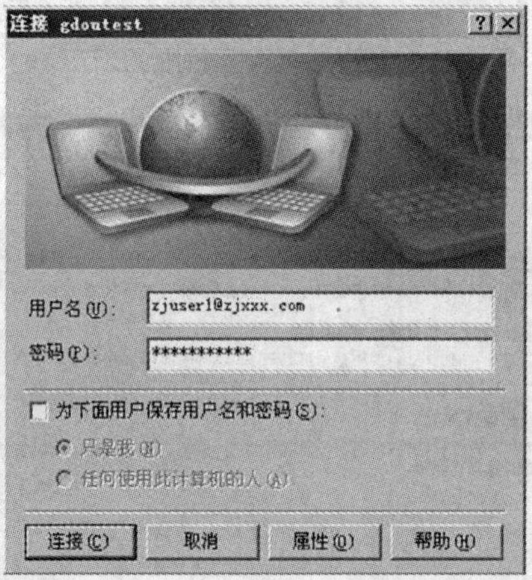

图 6-74　用户连接 VPN 服务器

　　输入具有拨入权限的用户（如 zjuser1@zjxxx. com）和密码，单击"连接"按钮，进行客户端与 VPN 服务器的连接。若连接成功，会在状态栏显示 VPN 连接成功的标志，并在 VPN 服务器的"远程访问客户端"显示访问用户数，此时可以在客户端访问 VPN 服务器端相关资源。否则，要对 VPN 服务器和 VPN 客户端配置进行检查，重新进行设置。

　　（2）远程连接 VPN 服务器。首先，获取 VPN 服务器接入互联网的公共 IP 地址，如果是分配的静态 IP，直接使用静态 IP 地址，如 210. 38. 134. 104。如果是动态 IP，必须在远程能随时获得这个 IP 地址，如 192. 168. 0. 2 这台机器的公网 IP 地址，实际上就是 ADSL 接入互联网时 ISP 自动分配的。获得动态 IP 的方法请参考有关资料。

　　然后，进行端口映射。假设是在 ADSL 中通过 NAT 转换接入互联网的，这种方式要在 ADSL 中作端口映射。由于 Windows 2003 的 VNP 服务用的是 1723 端口，所以要将 1723 端口映射到 192.168.0.2 这台设有 VPN 服务的机器。如果用的是直接拨号，在防火墙中将这个端口开放就行了。

在服务器中的测试完成后，就可以通过 ADSL 进行远程连接了，连接过程和在本机进行配置和连接测试的过程一样。限于篇幅，这里不再赘述。

【训练与练习】

1. VPN 服务器的作用是什么？
2. 如何配置 VPN 服务器？

学习指导

1. 学习建议

本章以常用的网络操作系统 Windows Server 2003 为例详细地介绍了网络操作系统的基本概念、功能和特点以及如何利用操作系统构建、配置、管理网络及实现网络上的服务等。本章的实用性很强，因此，在学习过程中一定要多上机操作练习，以达到熟练掌握的目的。

2. 学习重点与难点

利用操作系统构建、配置、管理网络及实现网络上的服务。

3. 核心概念

网络操作系统、文件服务器、域控制器、DHCP 服务器、DNS 服务器、IIS 服务器、路由器及远程访问、VPN 服务器、邮件服务器、终端服务器、打印服务器。

课后思考与练习

一、填空题

1. Windows Server 2003 是一个（　　　　　）.操作系统。

2. Windows Server 2003 共有（　　　　）个版本，分别是（　　　　）、（　　　　）、（　　　　）和（　　　　）。

3. Windows Server 2003 可以承担多种服务器角色，包括：（　　　　）、（　　　　）、（　　　　）、（　　　　）、（　　　　）、（　　　　）和（　　　　）等。

4. 组织单元是组织、管理一个域内的对象的容器，它能包括（　　　　）、（　　　　）、（　　　　）、（　　　　）和（　　　　）等。

5. 活动目录是由（　　　　）、（　　　　）、（　　　　）和（　　　　）组成的层次结构。

6. DNS 是（　　　　）的缩写。DNS 命名用于（　　　　）网络。

7. DNS 地址解析方法有（　　　　）、（　　　　）和（　　　　）三种。

8. 远程登录采用的网络协议是（　　　　），FTP 是（　　　　）协议。

9. IIS 是（   ）的缩写，使用 IIS 可使运行 Windows Server 2003 的计算机
   成为功能强大的（   ）、（   ）和（   ）服务器。

10. 整个 Web 系统由（   ）、（   ）及（   ）等 3 部分组成。

二、判断题

1. Windows Server 2003 是一个多任务操作系统。　　　　　　　　　　　　（　　）

2. 管理员要将服务器用作域控制器，必须安装活动目录。　　　　　　　　（　　）

3. 主机名是计算机的别名，是用通俗易记的方式来为计算机起的名称。　（　　）

4. DHCP 的作用域是所有的 IP 地址范围。　　　　　　　　　　　　　　（　　）

5. VPN 是一种通过共享网络建立连接的专用网络的扩展。　　　　　　　（　　）

6. FTP 服务默认使用 TCP 协议的 80 端口。　　　　　　　　　　　　　（　　）

7. IIS 默认要打开的主页文件是 Default. htm 或 Default. asp。　　　　（　　）

8. Web 服务默认使用 TCP 协议的 20 端口。　　　　　　　　　　　　　（　　）

9. HTTP 是互联网上发布多媒体信息的主要协议。　　　　　　　　　　　（　　）

三、问答题

1. 简述活动目录的优点。

2. 如何选择 Web 服务器？

3. 简述 DNS 域名的解析方式和解析过程？

4. 简述 DNS 服务器的配置过程。

5. 什么是 DHCP？在网络中设置 DHCP 服务器有什么好处？

6. 简述 DHCP 服务器的配置过程。

7. 如何安装 IIS，需要注意哪些事项？

8. 简述 Web 服务器的配置过程。

9. 简述 FTP 服务器的配置过程。

10. 简述 FTP 的主要工作过程。

实训应用

实训一：安装活动目录，创建用户并分配访问权限

实训项目　安装活动目录，创建用户并分配访问权限。

实训目的　通过实训要求学生：

　　1. 掌握活动目录的安装方法。

　　2. 掌握新建用户及其权限的设置方法。

实训指导　本次实训由任课教师负责指导，任课教师事先要说明实训的要求，明确实
　　　　　　训的目的。

实训组织　任课教师首先将全体同学分为若干小组，每组 2 位同学，使用 1 台电脑。

　　1. 第一阶段，系统安装。实训小组利用实验室设置，在 Windows 2003 系

统下安装活动目录。

2. 第二阶段，系统设置。实训小组新建一个用户并设置其相关权限。

3. 第三阶段，测试运行、总结。

(1) 各小组以新建的用户登录 windows 系统，测试其相关权限，针对实训过程中出现的问题进行讨论和解决。

(2) 实训指导教师进行总结，并对本次实训成绩做出评定。

实训考核 实训主要针对活动目录的安装和设置进行考核。考核点为活动目录的安装和用户和权限。其中，活动目录的安装占总成绩的50%，新建用户和权限设置正确与否占50%。

实训二：DNS 服务器的设置

实训项目 DNS 服务器的设置。

实训目的 通过实训要求学生：

1. 掌握 DNS 服务器的安装方法。

2. 掌握 DNS 服务器的设置方法。

实训指导 本次实训由任课教师负责指导，任课教师事先要说明实训的要求，明确实训的目的。

实训组织 任课教师首先将全体同学分为若干小组，每组2位同学，使用2台电脑。

1. 第一阶段，系统安装。实训小组在 Windows 2003 系统下安装 DNS 服务器。

2. 第二阶段，系统设置。实训小组建立一个域（如 www. gdgm. com），并配置相关的正向搜索区域和反向搜索区域。在另一台计算机上配置网卡的 DNS 为第一台计算机的 IP 地址。

3. 第三阶段，测试运行、总结。

(1) 各小组以在另一台计算机上用 ping 命令进行测试（如 ping www. gdgm. com），针对实训过程中出现的问题进行讨论和解决。

(2) 实训指导教师进行总结，并对本次实训成绩做出评定。

实训考核 实训主要针对 DNS 服务器的安装和设置进行考核。考核点为 DNS 服务器配置。其中，DNS 服务器的安装占总成绩的50%，DNS 服务器的设置正确与否占50%。

实训三：DHCP 服务器的设置

实训项目 DHCP 服务器的设置。

实训目的 通过实训要求学生：

1. 掌握 DHCP 服务器的安装方法。

2. 掌握 DHCP 服务器的设置方法。

实训指导 本次实训由任课教师负责指导，任课教师事先要说明实训的要求，明确实训的目的。

实训组织 任课教师首先将全体同学分为若干小组，每组2位同学，使用2台电脑。

1. 第一阶段，系统安装。实训小组在 Windows 2003 系统下安装 DHCP 服务器。

2. 第二阶段，系统设置。实训小组对 DHCP 服务器的地址池、DNS 等进行配置。在另一台计算机上配置网卡的 IP 地址和 DNS 为自动获取。

3. 第三阶段，测试运行、总结。

    (1) 各小组以在另一台计算机上用 ipconfig/release 命令释放 IP 地址，再用 ipconfig/renew 命令重新获取 IP 地址，用 ipconfig/all 命令进行测试，针对实训过程中出现的问题进行讨论和解决。

    (2) 实训指导教师进行总结，并对本次实训成绩做出评定。

实训考核　实训主要针对 DHCP 服务器的安装和设置进行考核。考核点为 DHCP 服务器配置。其中，DHCP 服务器的安装占总成绩的 50%，DHCP 服务器的设置正确与否占 50%。

实训四：Web 服务器的设置

实训项目　Web 服务器的设置。

实训目的　通过实训要求学生：

1. 掌握 IIS 的安装方法。

2. 掌握 Web 服务器的设置方法。

实训指导　本次实训由任课教师负责指导，任课教师事先要说明实训的要求，明确实训的目的。

实训组织　任课教师首先将全体同学分为若干小组，每组两位同学，使用两台电脑。

1. 第一阶段，系统安装。实训小组在 Windows 2003 系统下安装 IIS 服务。

2. 第二阶段，系统设置。实训小组对 IIS 下的 Web 服务器中的主目录、IP 地址、文档等进行配置，并将一网站拷入主目录中。按照实训二的方法配置 DNS 服务器。在另一台计算机上配置网卡的 DNS 为第一台计算机。

3. 第三阶段，测试运行、总结。

    (1) 各小组以在另一台计算机上打开 IE 浏览器，在地址栏中输入相关 URL（如 http：//192.168.1.1），然后再测试用域名来访问此网站（如 http：//www.gdgm.com）。针对实训过程中出现的问题进行讨论和解决。

    (2) 实训指导教师进行总结，并对本次实训成绩做出评定。

实训考核　实训主要针对 Web 服务器的安装和设置进行考核。考核点为 Web 服务器配置。其中，Web 服务器的安装占总成绩的 50%，Web 服务器的设置正确与否占 50%。

实训五：FTP 服务器的设置

实训项目　FTP 服务器的设置。

实训目的　通过实训要求学生：掌握 FTP 服务器的设置方法。

实训指导 本次实训由任课教师负责指导，任课教师事先要说明实训的要求，明确实训的目的。

实训组织 任课教师首先将全体同学分为若干小组，每组两位同学，使用两台电脑。

1. 第一阶段，系统安装。实训小组在 Windows 2003 系统下安装 IIS 服务。

2. 第二阶段，系统设置。实训小组对 IIS 下的 FTP 服务器中的路径、访问权限等进行配置，并将一文件拷入该路径下。按照实训二的方法配置 DNS 服务器。在另一台计算机上配置网卡的 DNS 为第一台计算机。

3. 第三阶段，测试运行、总结。

   （1）各小组以在另一台计算机上打开 IE 浏览器，在地址栏中输入相关 URL（如 ftp：//192.168.1.1），再测试用域名来访问此网站（如 ftp：//www.gdgm.com），针对实训过程中出现的问题进行讨论和解决。

   （2）实训指导教师进行总结，并对本次实训成绩做出评定。

实训考核 实训主要针对 FTP 服务器的安装和设置进行考核。考核点为 FTP 服务器配置。其中，FTP 服务器的安装占总成绩的 50%，FTP 服务器的设置正确与否占 50%。

第 7 章

互联网与应用

知识的掌握

1. 了解互联网的发展历史、作用与特点

2. 掌握互联网的常用接入方式

3. 了解 IP 地址的基本概念

4. 了解网络域名系统的基本概念

5. 了解互联网提供的常规服务

技能的提高

熟练掌握 IE 浏览器、Foxmail、CuteFtp 的使用

案例导入

认识互联网，体验互联网的奇妙世界

互联网是一个目前规模最大的全球性的计算机网络，它把全球数万个计算机网络、数千万台主机连接起来，包含了难以计数的信息资源，向全世界提供信息服务，它的出现，是世界由工业化走向信息化的必然和象征，但这并不是对互联网的定义，仅仅是对它的一种解释。从网络通信的角度看，互联网是一个以 TCP/IP 网络协议连接各个国家、各个地区、各个机构的计算机网络的数据通信网；从信息资源的角度看，互联网是一个集各个部门、各个领域的各种信息资源为一体，供网上用户共享的信息资源网。今天的互联网已经远远超过了一个网络的涵义，它是信息社会的一个缩影。

问题引入

1. 什么是互联网？
2. 互联网的常用接入方式有哪些？
3. 互联网的相关应用？

7.1 互联网概述

7.1.1 Internet 的概念及特点

Internet 通常译为"互联网"，也译为"因特网"。互联网是一个全球性、开放型的计算机互联网络，它把世界各地已有的各种计算机网络互联起来，组成一个跨越国界的庞大的计算机网络。组成互联网的计算机网络包括小规模的局域网（LAN）、城市规模的区域网（MAN）以及大规模的广域网（WAN）。这些网络通过普通电话线、高速率专用线路、卫星、微波和光缆把不同国家的大学、公司、科研部门以及军事和政府组织连接起来。世界各地数以百万计的人们可以通过互联网进行信息交流和资源共享。

互联网一般具有以下特点。

（1）开放性。互联网对各种类型计算机开放，任何计算机只要使用 TCP/IP 协议就能连接到互联网。只要有电话的地方就可以上网。互联网覆盖全球，任何人都可以共享网络上的资源，也提供资源给别人共享。

（2）广泛性。互联网的应用已渗透到了各个领域，按从事的业务分类包括了广告公司、航空公司、农业生产公司、艺术、导航设备、书店、化工、通信、计算机、咨询、娱乐、财贸、各类商店以及旅馆等等 100 多类，覆盖了社会生活的方方面面，成为信息社会的一个缩影。

（3）平等性。互联网的一个重要特点是无人能够管理整个互联网，但又有许许多多的人在从事互联网的管理。互联网不属于任何一个国家、政府、机构或个人。互联网不局限于某一种传输介质。任何国家、任何个人均可申请介入互联网。

7.1.2 互联网的发展

互联网最早来源于美国国防部高级研究计划局（Advanced Research Projects Agency，ARPA）建立的 ARPAnet，该网于 1969 年投入使用。

从 20 世纪 60 年代开始，ARPA 就开始向美国国内大学的计算机系和一些私人有限公司提供经费，以促进基于分组交换技术的计算机网络的研究。1968 年，ARPA 为 ARPAnet 网络项目立项，这个项目基于这样一种主导思想：网络必须能够经受住故障的考验而维持正常工作，一旦发生战争，当网络的某一部分因遭受攻击而失去工作能力时，网络的其他部分应当能够维持正常通信。最初，ARPAnet 主要用于军事研究目的，1972 年，ARPAnet 在首届计算机后台通信国际会议上首次与公众见面，并验证了分组交换技术的可行性。很快 ARPAnet 变得越来越普遍，许多使用它的人们意识到它的潜力，开始将各自的网络互联起来，即称为网际网（Internetwork）。Internetwork 术语通常缩略为 Internet。

ARPA 的互联网项目中产生了许多使网络更通用、更有效的革新，其中最重要的就是 TCP/IP 协议簇，到 1982 年，互联网的原型已经就绪，而且 TCP/IP 技术也已经过测试。一些学术界和工业界的研究机构已经经常性地使用 TCP/IP，于是美国军方开始在其网络上使用 TCP/IP。

1983 年初，ARPA 扩充了互联网，把 TCP/IP 协议作为 ARPAnet 的标准协议，其后，人们称呼这个以 ARPAnet 为主干网的计算机网络为互联网（Internet）。TCP/IP 协议簇便在互联网中进行研究、试验并改进成为使用方便、效率极好的协议簇。互联网从一个实验性网络向一个实用型网络转变。

20 世纪 80 年代中期，美国国家科学基金会（NSF）建立起了六大超级计算机中心，为了使全美的科学家、工程师能够共享这些超级计算机设施，NSF 建立了自己的基于 TCP/IP 协议簇的计算机网络 NSFnet。1990 年 6 月底，NSFnet 彻底取代了 ARPAnet 而成为互联网的主干网。

目前，互联网连接了世界上大部分的国家和地区。互联网上的服务由最初的文件传输、电子邮件等发展成包括信息浏览、文件查找、图形化信息服务等，所涉及的领域包括政治、军事、经济、新闻、广告、艺术等，已经发展成为一种传输信息的新载体。

7.1.3 互联网在我国的发展

我国与国际实现计算机网络互联是从 1987 年开始的。1987 年 9 月，在北京计算机应用技术研究所内正式建成我国第一个互联网电子邮件节点，通过拨号 X.25 线路，连通了互联网的电子邮件系统，并于 9 月 20 日 22 点 55 分向世界发出了第一封采自北京的电子邮件，标志着我国开始进入互联网。

从那时开始，互联网在我国出现了突飞猛进的发展，尤其是从 1996 年以后，随着我国信息产业的发展和不断扩大，互联网在国内得到了迅速的普及。目前，国内主要有中国科技网（CSTNET）、中国公用计算机互联网（CHINANET）、中国教育和科研计算机网（CERNET）、中国联通互联网（UNINET）、中国网通公用互联网（CNCNET）、中国国际经济贸易互联网（CIETNET）、中国移动互联网（CMNET）、中国长城互联网（CGWNET）、中国卫星集团互联网（CSNET）等骨干网络。

2009 年 1 月 13 日，中国互联网络信息中心（CNNIC）在京发布了《第 23 次中国互联网络发展状况统计报告》。报告显示，截至 2008 年年底，我国互联网普及率以 22.6% 的比例首次超过 21.9% 的全球平均水平。同时，我国网民数达到 2.98 亿，宽带网民数达 2.7 亿，国家 CN 域名数达 1357.2 万，三项指标继续稳居世界排名第一。2008 年使用手机上网的网民较 2007 年翻了一番还多，达到 1.17 亿，博客用户数量为 1.62 亿。

7.1.4 互联网的未来

经历了近 10 年的飞速发展，网络技术已经深入到全球经济和人类日常生活的核心，对很多人而言，已经难以想像离开了互联网将如何生存。然而以 TCP/IP 为核心的互联网出现了许多技术难题，如网络缺乏整体规划和设计、IPv4 的 IP 地址资源紧缺、网络带宽不能满足多媒体信息传输的需要、网络拓补结构不清晰以及容错及可靠性能缺乏等。

同时，互联网如果希望获得进一步的发展，还不能只靠技术本身，必须要在管理上有所创新。有专家指出，互联网普及十几年来，技术与管理之间的矛盾空前尖锐，互联网如今面临的很多困境，实际上都是管理方面的困境。如果无法在网络安全、个人隐私和知识产权保护等方面取得突破，互联网将无法成为一种真正可信的商业工具。

从长远来看，互联网还将迎来大发展。一些正在兴起的新技术，使互联网的未来值得期待。例如，更合理的 IPv6 技术，被称为第三代互联网的网格技术，类似 Wi-Fi 的宽带、短距离无线通信技术，等等，都将推动互联网更快更健康地发展。

【训练与练习】

1. 简述互联网的概念。
2. 你希望将来的互联网是什么样子。

7.2 IP 地址和域名

7.2.1 互联网上的 IP 地址

为了使联入互联网的众多电脑主机在通信时能够相互识别，互联网中的每一台主机都分配有一个唯一的 32 位地址，该地址被称为 IP 地址，也称为网际地址。每个 IP 地址的长度为 32 位（bit），分 4 段，每段 8 位（1 个字节），常用十进制数字表示，每段数字范围为 0～255，段与段之间用小数点分隔。每个字节（段）也可以用十六进制或二进制表示。每个 IP 地址包括两个 ID（标识码），即网络 ID 和宿主机 ID。IP 地址的格式如图 7-1 所示。同一个物理网络上的所有主机都用同一个网络 ID，网络上的一个主机（工作站、服务器和路由器等）对应有一个主机 ID。这样把 IP 地址的 4 个字节划分为两个部分，一部分用来标明具体的网络段，即网络 ID；另一部分用来标明具体的节点，即宿主机 ID。这样的 32 位地址又分为五类分别对应于 A 类、B 类、C 类、D 类和 E 类 IP 地址。

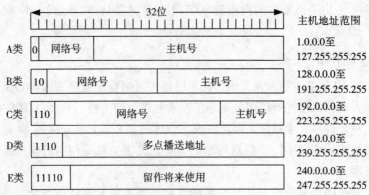

图 7-1　IP 地址格式

（1）A 类 IP 地址。一个 A 类 IP 地址由 1 个字节（每个字节是 8 位）的网络地址和 3 个字节主机地址组成，网络地址的最高位必须是"0"，即第一段数字范围为 1～127。A 类地址范围从 1.0.0.1 到 127.255.255.254。每个 A 类地址可连接16 777 214台主机，互联网有 126 个 A 类地址。

（2）B 类 IP 地址。一个 B 类 IP 地址由两个字节的网络地址和两个字节的主机地址组成，网络地址的最高位必须是"10"，即第一段数字范围为 128～191。B 类地址范围从 128.0.0.1 到 191.255.255.254。每个 B 类地址可连接 65 534 台主机，互联网有 16 382 个 B 类地址。

（3）C 类 IP 地址。一个 C 类地址是由 3 个字节的网络地址和 1 个字节的主机地址组成，网络地址的最高位必须是"110"，即第一段数字范围为 192～223。C 类地址范围从 192.0.0.1 到 223.255.255.254。每个 C 类地址可连接 254 台主机，互联网有 2 097 150 个 C 类地址。

（4）D 类地址用于多点播送。D 类地址不分网络地址和主机地址。第一个字节以"1110"开始，第一个字节的数字范围为 224～239，是多点播送地址，用于多目的地信息的传输和作为备用。D 类地址范围从 224.0.0.0 到 239.255.255.255。

（5）E 类地址。E 类地址也不分网络地址和主机地址，它的第一个字节的前五位固定为 11110。E 类地址范围为 240.0.0.0 到 247.255.255.255。

【小知识】　　　　　　　　**特殊的 IP 地址**

一些特殊的 IP 地址用于专门的用途，一般在给网络中的主机分配 IP 地址时作为保留地址，不进行分配。

（1）0.0.0.0。用于启动以后不再使用的主机。它表示的是这样一个集合：所有不清楚的主机和目的网络。这里的"不清楚"是指在本机的路由表里没有特定条目指明如何到达。对本机来说，它就是一个"收容所"，所有不认识的"三无"人员，一律送进去。如果你在网络设置中设置了默认网关，那么 Windows 系统会自动产生一个目的地址为 0.0.0.0 的默认路由。

（2）255. 255. 255. 255。限制广播地址。对本机来说，这个地址指本网段内（同一广播域）的所有主机。如果翻译成汉语，应该是这样："这个房间里的所有人都注意了！"这个地址不能被路由器转发。

（3）127. 0. 0. 1。本机地址，主要用于回路测试。用汉语表示，就是"我自己"。在 Windows 系统中，这个地址有一个别名"Localhost"。发送到这个地址的分组不输出到线路上，他们被内部处理并当作输入分组。寻址这样一个地址，是不能把它发到网络接口的。除非出错，否则在传输介质上永远不应该出现目的地址为"127. 0. 0. 1"的数据包。

（4）169. 254. x. x。如果你的主机使用了 DHCP 功能自动获得一个 IP 地址，那么当你的 DHCP 服务器发生故障，或响应时间太长而超出了一个系统规定的时间，Windows 系统会为你分配这样一个地址。如果你发现你的主机 IP 地址是一个诸如此类的地址，很不幸，十有八九是你的网络不能正常运行了。

（5）10. x. x. x、172. 16. x. x ~ 172. 31. x. x、192. 168. x. x。私有地址，这些地址被大量用于企业内部网络中。一些宽带路由器，也往往使用 192. 168. 1. 1 作为默认地址。私有网络由于不与外部互联，因而可能使用随意的 IP 地址。保留这样的地址供其使用是为了避免以后接入公网时引起地址混乱。使用私有地址的私有网络在接入互联网时，要使用地址翻译（NAT），将私有地址翻译成公用合法地址。在互联网上，这类地址是不能出现的。

7. 2. 2 配置 IP 地址

1. 配置 IP 地址

通过局域网上网或 ADSL 等固定 IP 地址系统连接到互联网时，需要正确地配置 IP 地址。在配置 IP 地址前，需要在系统中正确安装网络连接设备（网卡、ADSL 调制解调器等），还要安装 TCP/IP 协议，并从网络管理员处获得分配给你的 IP 地址。有关设置 IP 地址的详细操作请参看 6. 3. 1 节。

2. 子网掩码

给出一个 IP 地址，如何确定这个 IP 地址哪些是网络号，哪些是主机号？这可以借助子网掩码来将某个 IP 地址划分成网络地址和主机地址两部分。

如果一个单位的网络有 100 台主机或更少，而申请了一个 C 类地址，就会有一半多的 IP 地址被浪费。因为互联网的 IP 地址资源十分紧张，遇到这种情况时，可把这个 C 类地址划分为更小的子网，分配给两个以上的单位网络使用，这时就要用到子网掩码（mask）。

子网掩码是一个 32 位的二进制的值，是划分子网的工具，可以和一个 IP 地址配合，从这个 IP 地址中分离出网络地址和主机地址，把一个网络划分为小的子网，同时确定一个子网中的所有计算机的 IP 地址范围。子网掩码的表示形式和 IP 地址类似，通常用四段用逗号隔开的十进制数字来表示。

将主机 IP 地址与子网掩码逐位进行按位与运算（全 1 得 1，有 0 得 0），得到的 32 位地址即该主机所在的网络地址。两个网络地址相同时，表示这两个主机在一个子网中。

如有 3 台主机 1、2、3 的 IP 地址分别是 211.84.115.5、211.84.115.35、211.84.115.75，子网掩码都是 255.255.255.192，可以进行下面的运算：

- 子网掩码：(11111111　11111111　11111111　11000000) 255.255.255.192
- IP 地址 1：(11010011　01010100　01110011　00000101) 211.84.115.5
- 网络地址：(11010011　01010100　01110011　00000000) 211.84.115.0
- 子网掩码：(11111111　11111111　11111111　11000000) 255.255.255.192
- IP 地址 2：(11010011　01010100　01110011　00100011) 211.84.115.35
- 网络地址：(11010011　01010100　01110011　00000000) 211.84.115.0
- 子网掩码：(11111111　11111111　11111111　11000000) 255.255.255.192
- IP 地址 3：(11010011　01010100　01110011　01001011) 211.84.115.75
- 网络地址：(11010011　01010100　01110011　01000000) 211.84.115.64

可以看出，同样在一个 C 类网络地址中，主机 1 和主机 2 在一个子网211.84.115.0 中，主机 3 在另一个子网 211.84.115.64 中。

B 类地址、A 类地址也可以进行类似的子网划分。

不进行子网划分时，A 类、B 类、C 类地址的标准子网掩码分别是 255.0.0.0、255.255.0.0、255.255.255.0。常用的两种子网掩码分别是 255.255.255.0 和255.255.0.0。子网掩码是 255.255.255.0 的网络，最后面一个数字可以在 0～255 范围内任意变化，实际上可用的 IP 地址数量是 256－2，即 254 个。因为主机号不能全是 0 或 1（主机号的所有位为 0 的地址留给网络本身，主机号所有位为 1 的地址用作广播地址）。子网掩码是 255.255.0.0 的网络，后面两个数字可以在 0～255 范围内任意变化，实际可用的 IP 地址是 $2^{16}-2$，即 65 534 个。

3. IP 网关

同一网络或者子网中的主机可以直接通信，进行数据包传送，不同网络中的主机要进行通信，必须通过路由器进行数据转发。网络内部各子网之间的通信通过内部路由器，所有子网与外部网络的通信需要通过外部路由器。

路由器一般是专门的硬件设备，也可以使用具有路由功能的第三层交换机。路由器又叫做 IP 网关，每个主机都有自己的网关。主机根据 IP 地址和子网掩码可以判断 IP 数据报报头指定的目的地址是否在同一子网中，如果是，则把数据报直接发送到目的地址；如果不是，则把数据报发送到网关地址，通过网关进行转发、查找路由，直到数据报到达目的地址。

为了和所有的子网通信，路由器需要在每个子网中都占用一个 IP 地址。网络中一个子网的计算机需要与其他子网中的计算机通信时，需将 IP 地址设置中的"默认网关"设置为路由器在本子网的 IP 地址。

7.2.3 域名和 DNS 服务器

在互联网上，对于众多的以数字表示的一长串 IP 地址，用户记忆起来是很困难的，为此，便引入了域名的概念。通过为每台主机建立 IP 地址与域名之间的映射关系，用户在网上可以避开难于记忆的 IP 地址，而使用域名来唯一标识网上的计算机。域名和 IP 地址之间的关系就像一个人的姓名和他的身份证号码之间的关系；显然记忆人的姓名要比记身份证号码要容易得多。

按照互联网上的域名管理系统规定，入网的计算机要具有类似于下列结构的域名：计算机主机名. 机构名. 网络名. 最高层域名。

同 IP 地址格式类似，域名的各部分之间也用"."隔开。如中国中央电视台主机的域名为：ww. cctv. com. cn，其中：

www 表示这台主机的名称；

cctv 表示中国中央电视台；

com 表示商业；

cn 表示中国。

互联网中域名系统管理范围是逐级扩大的，整个互联网结构类似于树形结构，如图 7-2 所示。其中最高级域名由互联网特定的网络信息中心进行登记和管理，常见的最高域名有：com（商业）、edu（教育）、mil（军队）、gov（政府）等。此外还有国别的最高层域名，如 cn（中国）、au（澳大利亚）、jp（日本）、uk（英国）等。凡是连入互联网的国家都将被分配一个唯一的国别最高层域名。

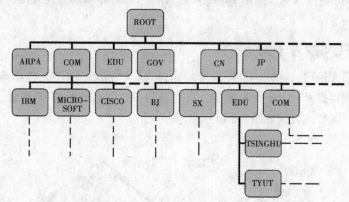

图 7-2 域名层次结构示意图

网上的每台主机都有域名，当以域名方式访问其他远程主机时，域名系统首先将域名"翻译"成对应的 IP 地址，通过 IP 地址与该主机联系，并且以后的所有通信都将用到这个 IP 地址。所以，当你使用 Telnet 在一台主机上登录时，既可以使用域名作为登录名，也可以使用其 IP 地址，二者的效果是一样的。

在互联网中，域名系统是一个分布式的主机信息数据库，采用客户机/服务器（Client/Server）机制。域名系统数据库是一种类似于 UNIX 文件系统的树状结构。互联网上的每个域名服务器中包括有整个数据库的一部分信息，负责注册该域内的所有主机，即建立本域中的主机名与 IP 地址的对照表，并供客户端查询。这样，当用户查询某个域名服务器时，首先向本地域名服务器查询地址，对于本域内未知的域名则回复没有找到相应的域名信息；而对于不属于本域的域名则转发给上级域名服务器去查找对应的 IP 地址，自上向下，逐级查找直到指定的目标服务器。

例如用户在查找一台域名为 arthur. es. purdue. edu 的主机时，由本地域名服务器开始，依次查询 edu、purdue. edu、es. purdue. edu、arthur. es. purdue. edu 各域名服务器并返回相应的地址信息指针，才最后找到。当找到该主机地址时，相应的地址信息将会存储在本地域名服务器中，供以后参考。当用户下次再查找该主机时，可以跳过某些查找过程，直接查到主机地址，大大缩短了查找时间，加快查询过程，同时也减轻了根域名服务器的查找负担。

【训练与练习】

1. 互联网上的 IP 地址有哪几类，各自在什么范围？
2. 域名的作用是什么，如何与 IP 地址建立联系？

7.3 互联网的接入方式

连入互联网的方法很多，常见的有以下七种：拨号上网方式、使用 ISDN 专线入网、使用 ADSL 宽带入网、使用 DDN 专线入网、Cable-Modem 方式入网、局域网接入以及无线接入等。

7.3.1 PSTN 拨号上网方式

公用电话交换网（published switched telephone network，PSTN）技术是利用 PSTN 通过调制解调器拨号和 ISP 主机相连，自动获得 ISP 动态分配的 IP 地址，实现用户接入的方式。其接入方式如图 7-3 所示。

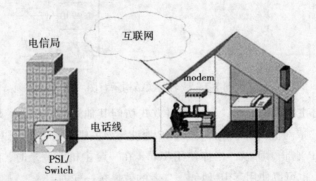

图 7-3　PSTN 拨号上网方式

拨号上网计算机和主机都使用一种专门的协议——串行互联网协议（serial line

IP，SLIP）或点对点协议（point to point protocol，PPP）。上网后计算机成为互联网物理上的一部分，并有自己的主机名和 IP 地址。SLIP 是这两个协议中较早使用的一个，功能比较简单。SLIP 的主要问题是不能进行任何错误检测和纠错工作，要到较高层才能检测和恢复丢失帧、损坏帧或紧急帧，另外也不能进行身份验证。最主要的是 SLIP 需要每个计算机使用固定的 IP 地址，不能使用动态分配。PPP 解决了 SLIP 的问题，可处理错误检测，支持多种协议，在连接时期允许动态分配 IP 地址，允许身份验证。目前的拨号网络连接都使用 PPP 协议。

PSTN 方式以公共电话网为基础，连入的设备比较简单，只需一台调制调解器（或一块调制解调卡）和一根电话线即可。把电话线接入 Modem 就可以直接上网，在上网之后会被动态地分配一个合法的 IP 地址，此类方式投资少，适合一般家庭及个人用户使用；但速度慢，因为受电话线及相关接入设备的硬件条件限制，一般在56K 左右。

7.3.2 ISDN 专线接入

综合业务数字网（integrated service digital network，ISDN）专线接入又称为一线通、窄带综合业务数字网业务（N-ISDN）。它是在现有电话网上开发的一种集语音、数据和图像通信于一体的综合业务形式。用户利用一对普通电话线即可得到综合电信服务：边上网边打电话、边上网边发传真、两台计算机同时上网、两部电话同时通话等，其接入方式如图 7-4 所示。

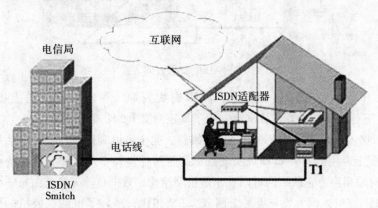

图 7-4 ISDN 拨号上网方式

ISDN 需要的终端设备主要由网络终端 NT1 和 ISDN 适配器组成。NT1 通过电话线路连接到电信局的 ISDN 交换机上，网络终端 NT1 就像有线电视上的用户接入盒一样必不可少，它为 ISDN 适配器提供接口和接入方式。ISDN 适配器和 Modem 一样又分为内置和外置两类：内置的 ISDN 适配器一般称为 ISDN 内置卡或 ISDN 适配卡；外置的 ISDN 适配器则称之为 TA。ISDN 的极限带宽为 128kbps，各种测试数据表明，双线上网速度并不能翻番，从发展趋势来看，窄带 ISDN 也不能满足高质量的 VOD 等宽带应用。

7.3.3 ADSL 宽带入网

非对称数字用户环路（asymmetrical digital subscriber line，ADSL）是在普通电话线上传输高速数字信号的技术。虽然传统的 Modem 也是使用电话线传输的，但只使用了 0~4kHz 的低频段，而电话线理论上有接近 2MHz 的带宽，ADSL 正是使用了 26kHz 以后的高频带才能提供高速的数据传输。经 ADSL 调制解调器编码后的信号通过电话线传到电信局后，通过 ADSL 交换机的信号识别/分离器，如果是语音信号就传到电话交换机上，如果是数字信号就接入互联网。

国内采用的 ADSL 连接有两种方式：专线上网方式和虚拟拨号方式。专线方式主要提供给单位用户使用；虚拟拨号方式主要提供给家庭和个人用户使用。

使用 ADSL 接入互联网需要在计算机上安装一块 10Mbps 或 10Mbps/100Mbps 自适应网卡，网卡通过网线连接到 ADSL 调制解调器上，ADSL 调制解调器和普通电话机通过电话线连接到信号分离器上，信号分离器最后通过电话线路连接到电信局的 ADSL 交换机上。其接入方式如图 7-5 所示。

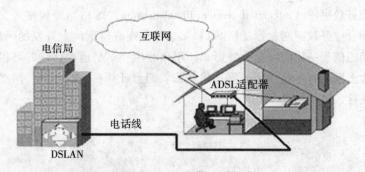

图 7-5　ADSL 宽带入网方式

ADSL 作为一种传输层的技术，利用铜线资源，在一对双绞线上提供上行 640kbps、下行 8Mbps 的宽带，从而实现了真正意义上的宽带接入。

ADSL 接入方案不需要改造信号传输线路，完全可以利用普通铜质电话线作为传输介质，配上专用的 Modem 即可实现数据高速传输。每个用户都有单独的一条线路与 ADSL 局端相连，它的结构可以看作是星型结构，数据传输带宽是由每一个用户独享的。ADSL 宽带入网方式与拨号上网或 ISDN 相比，减轻了电话交换机的负载，不需要拨号，属于专线上网。

7.3.4 DDN 专线入网

数字数据网（digital data network，DDN）是随着数据通信业务发展而迅速发展起来的一种新型网络。DDN 的主干网传输媒介有光纤、数字微波、卫星信道等，用户端多使用普通电缆和双绞线。DDN 将数字通信技术、计算机技术、光纤通信技术以及数字交叉连接技术有机地结合在一起，提供了高速度、高质量的通信环境，可以向用户提供点对点、点对多点透明传输的数据专线出租电路，为用户传输数据、图像、声音等信息。DDN 的通信速率可根据用户需要在 N×64kbps（N = 1～32）之间进行选择，当然速度越快租用费用也越高。由于 DDN 的租用费较贵，普通个人用户一般负担不起，DDN 主要面向集团公司等需要综合运用的单位。

7.3.5　Cable-Modem 方式入网

线缆调制解调器（Cable-Modem）是利用现成的有线电视（CATV）网进行数据传输的技术。

由于有线电视网采用的是模拟传输协议，因此网络需要用一个 Modem 来协助完成数字数据的转化。Cable-Modem 与以往的 Modem 在原理上都是将数据进行调制后在电缆（cable）的一个频率范围内传输，接收时进行解调，传输原理与普通 Modem 相同，不同之处在于它是通过有线电视的某个传输频带进行调制解调的。

Cable-Modem 连接方式可分为两种：对称速率型和非对称速率型。前者的数据上传速率和数据下载速率相同，都在 500kbps～2Mbps 之间；后者的数据上传速率在 500kbps～10Mbps 之间，数据下载速率为 2Mbps～40Mbps。

采用 Cable-Modem 上网的缺点是由于 Cable Modem 模式采用的是相对落后的总线型网络结构，这就意味着网络用户共同分享有限带宽；另外，购买 Cable-Modem 和初装费也都不算很便宜，这些都阻碍了 Cable-Modem 接入方式在国内的普及。但是，它的市场潜力是很大的，毕竟中国有线电视网已成为世界第一大有线电视网，其用户已达到 8000 多万。

随着有线电视网的发展壮大和人们生活质量的不断提高，通过 Cable-Modem 利用有线电视网访问互联网已成为越来越受业界关注的一种高速接入方式。

7.3.6　局域网接入

局域网连接就是把用户的计算机连接到一个与互联网直接相连的局域网 LAN 上，并且获得一个永久属于用户计算机的 IP 地址。不需要 Modem 和电话线，但是需要有网卡并安装相应的驱动程序。采用局域网方式接入可以充分利用小区局域网的资源优势，为居民提供 10Mbps 以上的共享带宽，这比现在拨号上网速度快 180 多倍，并可根据用户的需求升级到 100Mbps 以上。

7.3.7　无线接入技术

随着互联网以及无线通信技术的迅速普及，使用手机、移动电脑等随时随地上网已成为移动用户迫切的需求，随之而来的是各种使用无线通信线路上网技术的出现。

1. CDMA 接入技术

CDMA 是一种先进的无线数据通信技术。这项技术的重要特点是基于扩频技术，将需传送的具有一定信号带宽的信息数据，用一个带宽远大于信号带宽的高速伪随机码进行调制，使原数据信号的带宽被扩展，再经载波调制并发送出去。接收端使用完全相同的伪随机码，与接收的带宽信号作相关处理，把宽带信号换成原信息数据的窄带信号即解调，从而实现信息数据的通信。CDMA 突破了有限的频率带宽的限制，能在一个较宽的蜂窝频段上传输多路通话或数据，使多个用户可在同一频率上通话。

CDMA 数字网具有以下几个优势：CDMA 网话音清晰度高、不易中断、可达到有线电话的通信效果，而且保密性强、不易被烧机克隆。与相同容量的模拟移动电话系统相比，CDMA 通信容量可扩大 10 至 20 倍，与其他无线数字通信，如 TDMA 和 GSM 相比，系统容量也扩大 3 倍以上，而且所设基站数明显减少，组网成本低。CD-MA 系统采用的编码技术，其编码有 4.4 亿种数字排列，每部手机的编码还随时变化，使盗码只能成为理论上的可能，一部 CDMA 手机与其他手机并机的可能性是微乎其微的。

2. GSM 接入技术

GSM 技术是目前个人移动通信使用最广泛的技术，它起源于欧洲的移动通信技术标准，是第二代移动通信技术，使用的是窄带 TDMA，允许在一个射频（即"蜂窝"）同时进行 8 组通话。GSM 是 1991 年开始投入使用的，到 1997 年年底，已经在 100 多个国家运营，成为欧洲和亚洲实际上的标准。GSM 数字网也具有较强的保密性和抗干扰性，音质清晰，通话稳定，并具备容量大、频率资源利用率高、接口开放、功能强大等优点。

GSM 网络手机用户可以通过无线应用协议（wireless application protocol，WAP）上网。

3. GPRS 接入技术

相对原来 GSM 拨号方式的电路交换数据传送方式，GPRS 是分组交换技术。由于使用了"分组"的技术，用户上网可以免受断线的痛苦。此外，使用 GPRS 上网的方法与 WAP 并不同，用 WAP 上网就如在家中上网，先"拨号连接"，而上网后便不能同时使用该电话线，但 GPRS 就较为优越，下载资料和通话是可以同时进行的。从技术上来说，声音的传送（即通话）继续使用 GSM，而数据的传送便可使用 GPRS，这样，就把移动电话的应用提升到一个更高的层次，而且，发展 GPRS 技术也十分"经济"，只需沿用现有的 GSM 网络来发展即可。GPRS 的用途十分广泛，包括通过手机发送及接收电子邮件、在互联网上浏览网页信息等。目前的 GSM 移动通信网的传输速度为 9.6kbps，GPRS 手机在推出时已达到 56kbps 的传输速度，到现在更是达到了 115kbps。除了速度上的优势，GPRS 还有"永远在线"的特点，即用户随时与网络保持联系。

我国 GPRS（中国移动）和 CDMA（中国联通）都可以实现上网功能。

4. CDPD 接入技术

CDPD 是另一种专门用于数据网络的移动服务技术。它的传送速率一般可达19.2 kbps，它使用的是分组交换技术而不是电路交换技术。在通常的移动电话系统中，即使你当时没有说话，移动电话仍然不断地发送音频信号；而一个分组交换的移动电话则向基站发送单个的数据分组，然后断开连接。当然这需要快速地建立连接和断开连接的循环，但是它大大地节约了在普通电路交换电话中等待的空闲时间。

由于 CDPD 系统是基于 TCP/IP 协议的开放系统，因此我们可以很方便地接入互联网，所有基于 TCP/IP 协议的应用软件都可以无需修改直接使用；应用软件开发简便；移动终端通信编号直接使用 IP 地址。CDPD 系统还支持用户越区切换和全网漫游、广播和群呼，支持移动速度达 100km/h 的数据用户，可与公用有线数据网络互联互通。

CDPD 业务在美国应用比较普遍，在 50 个大城市中有 40 个应用了该业务。有几家运营商已达成 CDPD 互通协定，从而使具有漫游能力的 CDPD 用户能在 70 多个地区，以无线方式发送和接收数据。在我国，北京和上海等几个城市也有类似的服务。

5. 蓝牙技术

蓝牙（Bluetooth）技术，实际上是一种短距离无线电技术，它是以公元 10 世纪统一丹麦和瑞典的一位斯堪的纳维亚国王的名字命名的。蓝牙技术产品与互联网之间的通信，使家庭和办公室的设备不需要电缆也能够实现互通互联，大大提高办公和通信效率。因此，"蓝牙"技术成为目前无线网络通信中被广泛应用的技术。

"蓝牙"技术具有很多突出的优势：

（1）"蓝牙"产品采用的是跳频技术，能够抗信号衰落。

（2）采用快跳频和短分组技术，能够有效地减少同频干扰，提高通信的安全性。

（3）采用前向纠错编码技术，以便在远距离通信时减少随机噪声的干扰。

（4）采用 2.4GHz 的 ISM（即工业、科学、医学）频段，省去了申请专用许可证的麻烦。

（5）采用 FM 调制方式，使设备变得更为简单可靠。

（6）"蓝牙"技术产品一个跳频频率发送一个同步分组，每一个分组占用一个时隙，也可以增至 5 个时隙。

（7）"蓝牙"技术支持一个异步数据通道，或者 3 个并发的同步语音通道，或者一个同时传送异步数据和同步语音的通道。

"蓝牙"的每一个话音通道支持 64kbps 的同步话音，异步通道支持的最大速率为 721kbps、反向应答速率为 57.6kbps 的非对称连接，或者 432.6kbps 的对称连接。

6. 无线局域网技术

无线局域网（WirelessLAN，WLAN）是计算机网络与无线通信技术相结合的产物。它不受电缆束缚，可移动，能解决有线网布线困难等带来的问题，并且组网灵活，具有扩容方便、与多种网络标准兼容、应用广泛等优点。WLAN 既可满足各类便携机的入网要求，也可实现计算机局域网远端接入、图文传真、电子邮件等多种功能。

7. 3G 通信技术

3G 通信技术又称为国际移动电话 2000。该技术规定，移动终端以车速移动时，其传输数据速率为 144kbps，室外静止或步行时速率为 384kbps，而室内为 2Mbps。但这些要求并不意味着用户可用速率就可以达到 2Mbps，因为室内速率还将依赖于建筑物内详细的频率规划以及组织与运营商协作的紧密程度。然而，由于无线 LAN 一类的高速业务的速率已可达 54Mbps，在 3G 网络全面铺开时，人们很难预测 2Mbps 业务的市场需求将会如何。

8. 4G 通信技术

在 3G 技术还没有最终成型时，人们又开始提出了 4G 技术。该技术目前还只有一个主题概念，就是无线互联网技术，可以肯定的是，随着互联网高速发展 4G 也会继续高速发展；电脑日趋向小型化、简便化，最终将所有技术整合为一个类似 PDA 的产品；卫星通信和空间技术会成为常规技术。4G 技术与 3G 技术相比，除了通信速度大为提高之外，还可以借助 IP 进行通话。

【训练与练习】

有哪些方式可以把一台家庭计算机接入互联网？各自的优缺点分别是什么？

7.4 互联网的应用

互联网网上提供的服务种类繁多，传统的互联网信息服务主要有：电子邮件（E-mail）、新闻组（News Group）、远程登录（Telnet）、文件传输（FTP）、万维网（WWW）信息服务。随着多媒体技术的兴起，网络多媒体也日渐成为热点，通过该服务用户可以利用互联网打电话、欣赏音乐和点播影片等。

7. 4. 1 WWW 信息服务

万维网（word wide web，WWW）是 1990 年在互联网上出现的，其软件系统是由日内瓦欧洲核子研究中心（CERN）的研究人员开发的，最初是为满足该研究中心高能物理学家的信息需要而设计，以后逐渐发展成为一个包含各类信息、面向各种用户的信息系统。用户只需在自己的计算机上运行"浏览器"软件，软件系统就会根据用户的查询条件自动到全球各地的万维网服务器上查找信息，实现广泛的信息资源共享。由于万维网软件给用户提供了友好的信息查询界面，隐含了对一些查询细节和对主机域名、IP 地址、密码等数据的记忆要求，就是对计算机和网络不很熟悉的用户也很容易学会使用浏览器阅览查询结果。WWW 技术为互联网的普及扫除了技术障碍。也正是由于 WWW 的出现，才使互联网的发展得以如此之迅猛。

1. WWW 服务器与浏览器

WWW 采用客户机/服务器（C/S）模型，它的客户端软件通常被叫做浏览器

（Browser）。在进行 Web 网页浏览时，作为客户机的本地机首先与远程的一台 WWW 服务器建立连接，并向该服务器发出申请，请求发送过来一个网页文件。WWW 服务器负责存放和管理大量的网页文件信息，并负责监听和查看是否有从客户端过来的连接。一旦建立连接，当客户机发出一个请求，服务器就发回一个应答，然后断开连接。浏览器软件种类繁多。早期的浏览器是基于文本的，现在流行的多为图形窗口界面。最先流行的图形用户界面的浏览器软件是美国 NCSA（National Center for Supercomputer Application）开发的 Mosaic。目前在 Windows 环境下使用的浏览器主要有 Internet Explorer、Netscape Navigator、Mosaic 等专业浏览器以及一些以上述浏览器为内核的专用浏览器，其中使用最广泛的是 Microsoft 出品的 Internet Explorer（IE）。

2. 超级文本

超级文本（Hypertext）也叫超文本，它与传统文本有较大的区别。大家熟悉的书本和计算机文本属于传统文本，它们都是线性结构的，就是说，传统文本在阅读的时候只能顺序地读下去，没有什么选择的余地。而超文本不同，它是一种非线性的组织结构。制作超文本时可将写作素材按其内部的联系划分成不同的层次，不同关系的思想单元，然后通过创作工具或超文本语言将其组织成一个网形结构的文件集合。在超文本文件中，某些字、符号或短语起着"热链接"（Hotlink）的作用，即在显示时，其字体或颜色变化或标出下划线，区别于一般的正文，当鼠标器的光标移至其上时单击左键，显示便跳到该文件的另一处或另一个文件，超级文本中可能包含图形、图像，这些图像也可以设置成"热"的。这里，"热链接"所起的作用，很像我们熟悉的菜单项，但传统菜单的结构是树状的，这里的热链接是网状的。在阅读时，读者就可有选择地阅读自己感兴趣的部分，这个阅读过程是"跳跃"的、非线性的。一个真正的超文本系统应能保证用户自由地搜索和浏览信息，这个浏览过程类似于人类的联想式思维模式，可以提高人们获取知识和信息的效率，同时各种信息也能得到最充分的利用。

3. 超文本标记语言

超文本标记语言（hypertext markup language，HTML）是一种专门用于 WWW 的编程语言，用来描述如何将文本格式化。用 HTML 编写的文件存储在分布于世界各地的 WWW 服务器上，而传输协议（HTTP）能把这些文件从一台计算机传输到另一台计算机。HTML 文档包含文头（head）和文体（body）两部分，文头用来说明文档的总体信息，如标题等；文体是它的主要部分，包括文档的详细内容，有超媒体信息和超链接等。

4. 主页（homepage）与页面（page）

万维网中的文件信息被称作页面。每一个 WWW 服务器上存放着大量的页面文件信息，其中默认的封面文件称为主页。

5. 统一资源定位器

WWW 的路径名叫做统一资源定位器，即 URL（universal resource locator）。为了

访问 WWW 上的机器或资源，必须在 URL 中标出连接模式和服务器地址。

例如：http：//www. 21cn. com/index. html

URL 由 3 个部分组成：连接模式（如 Http）、WWW 服务器的 DNS 名（如 www. 21cn）和页面文件名（如 index. html），由特定的标点分隔各个部分。

当用户通过 URL 发出请求时，浏览器在域名服务器的帮助下，获取该远程服务器主机的 IP 地址，然后建立一条到该主机的连接。在此连接上，远程服务器使用指定的协议发送网页文件，最后，指定页面信息出现在本地机浏览器窗口中。

在 URL 中，除了 Http 以外，许多浏览器都能理解其他各种不同的常见协议的 URL，例如：

超文本 URL　　http：//www. cernet. edu. cn

文件传输（FTP）URL　　ftp：//ftp. pku. edu. cn

本地文件 URL　　/uer/liming/homework/word. doc

新闻组（news）URL　　news：comp. os. minox

Gopher URL　　gopher//gopher. tc. umn. edu/11/Libraries

发送电子邮件 URL　　mailto：liming@ 263. net

远程登录（Telnet）URL　　telnet：//bbs. tsinghua. edu. cn

6. IE 的基本使用

（1）浏览网页。在 IE 的地址栏输入要浏览的 URL 地址，就可以打开指定的网页。

打开地址栏的下拉菜单，最近已经访问过的地址会显示出来，可以直接选择，如图 7-6 所示，完成输入。

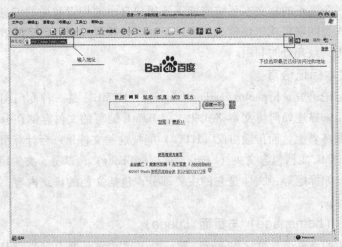

图 7-6　IE 的基本使用

IE 具有地址自动完成功能，当开始输入某一地址时，如果以前输入过与之匹配的地址，下拉列表就会自动打开并显示出所有匹配的地址，如果符合要求，用鼠标选中即可。

（2）主页、临时文件和历史记录。浏览器在打开时自动调入的网页称为"主页"，主页可以通过"工具"→"Internet 选项"打开 Internet 选项对话框，在"主页"选项卡来设置，如图 7-7 所示。

图 7-7　设置主页、临时文件、历史记录

选择"使用当前页"，把当前正在浏览的网页作为"主页"；选择"使用默认页"，如把百度的 IE 网站 http：//www. baidu. com 作为"主页"；选择"使用空白页"，IE 打开时不调入网页。

IE 会把上网过程中访问过的网页保存到临时文件夹中，使用菜单"文件"→"脱机浏览"进入脱机浏览状态，可以在不连接到因特网上时浏览已经访问过的网页。

通过"工具"→"Internet 选项"打开 Internet 选项对话框，在"临时文件"栏可设置临时文件夹的位置、大小等，也可删除已经保存过的临时文件，以增大磁盘空间，提高浏览速度。

IE 中提供了"历史"功能，它记录了一段时间内所访问过的网页。通过"工具"→"Internet 选项"打开 Internet 选项对话框，在"历史记录"栏可设置记录历史记录的天数，也可删除现有的历史记录。

单击工具栏上的"历史"按钮，在窗口中出现"历史记录"栏，此栏中列出已访问网页的标题，选择所访问过的标题，可以打开此网页，相当于在地址栏中输入网址。

（3）收藏夹的使用。收藏夹可以收藏自己经常访问的和喜爱的网址。不论是在网上浏览或脱机浏览，可以随时把所浏览的网页地址加入到收藏夹中。

使用菜单"收藏"→"添加到收藏夹"打开添加到收藏夹对话框，如图 7-8 所示，在"名称"框中输入所收藏网页的名字，在"创建到"处选择文件夹，再按"确定"按钮即可完成收藏。收藏夹中网页的名称默认为网页标题或网络地址，需要重新命名时才需输入名称。根据所收藏的网页性质的不同，把它们放到不同的文件夹中，可方便查找。单击"新建文件夹"可以创建新的收藏文件夹。

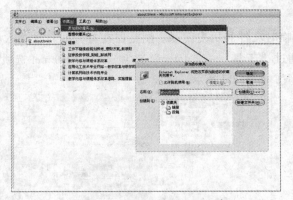

图 7-8　把网页添加到收藏夹

收藏到收藏夹的网页，以后要浏览时，不用输入网址，直接在收藏夹中选择即可。

长时间将许多网页收藏到收藏夹后，可能使收藏夹中的内容十分凌乱，可以使用菜单"收藏"→"整理收藏夹"打开收藏夹整理对话框，进行收藏夹中网页的移动、删除、改名及创建新文件夹等操作。

（4）关闭图片显示。在网络速度较慢时，不观看网页中的图片和其他多媒体内容可以得到更快的下载速度。通过"工具"→"Internet 选项"打开 Internet 选项对话框，在"高级"选项卡中可以对浏览器的工作方式进行设置，如图 7-9 所示。在多媒体部分可以选择是否显示图片、声音、视频、动画等。

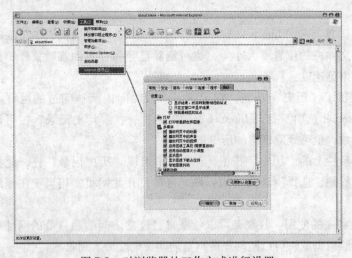

图 7-9　对浏览器的工作方式进行设置

在"高级"选项卡中常用的选项还有"关闭浏览器时清空临时文件夹"、"对FTP 站点启用文件夹视图"、"对 Web 地址使用自动完成功能"、"下载完成后发出通知"等。

（5）关闭自动完成功能。IE 中可以自动完成 URL 输入、网页表单的密码输入等功能，在方便使用的同时，也容易造成秘密泄露，在多人使用的计算机上，应该把自动完成功能关闭。通过"工具"→"Internet 选项"打开 Internet 选项对话框，在"内容"选项卡的"个人信息"部分单击"自动完成"按钮打开自动完成设置对话框，如图 7-10 所示。在此对话框中可打开或关闭 Web 地址、表单、表单密码的自动完成功能，还可以通过"清除自动完成历史记录"部分清除存储在本机中的已填写过的表单和 URL 记录。

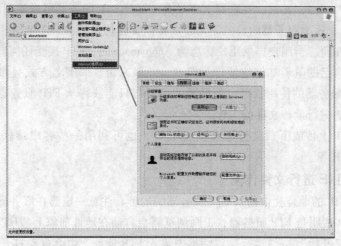

图 7-10 关闭自动完成功能

（6）对 IE 进行升级。网上经常有一些病毒或木马程序利用 IE 的某些漏洞对计算机系统进行破坏或造成信息泄露，另外，一些网页中的新技术也需要高版本浏览器的支持。所以要对 IE 进行升级，尤其要经常注意安装最新发布的补丁程序，补丁程序可以到 Microsoft 公司网站或其他网站下载。目前 IE 的版本已经升级到了 7.0。

（7）离线浏览。离线浏览就是把一个好的网站或其中的一个专栏完全保存到自己的计算机上，使得不在线时或原始网页被修改时还可以通过自己的计算机浏览网页内容。

常用的离线浏览下载软件工具有 Teleport Pro、WebZip 等，这些软件只要在下载向导中输入要保存的网站的开始页的地址，就可以自动把相关的所有页面保存起来。这些工具一般还具有多个线程、可以断点续传等功能，比直接使用浏览器浏览网页速度要快，还不怕中途掉线。

7.4.2 FTP 服务

文件传输协议（file trasfer protocol，FTP）服务把文件从一个计算机传送到另一个计算机。文件的传送既有从远程主机到本地主机的"下载"，也有从本地主机到远程主机的"上传"。FTP 提供了非常丰富、功能强大的命令集，其中最基本的是文件传送和文件管理。

FTP 是基于 C/S 模型设计的，远程机为信息服务的提供者，相当于一个大的文件仓库，客户和服务器之间利用 TCP 建立连接。为了实现文件传输，FTP 客户与服务器之间建立双重连接，即控制连接和数据连接。控制连接用于负责传送控制信息，如文件传送命令等，数据连接用于客户与服务器间的数据交换。客户每提出一个请求，服务器便与客户建立一个数据连接，进行实际的数据传输，一旦数据传输结束，数据连接随之撤销，但控制连接依然存在。

通常，用户使用 FTP 登录到远程主机时，远程主机要求用户提供用户标识（用户名）和用户口令。不过，互联网上有很大一部分 FTP 服务器可以使用匿名（Anonymons）登录，这类服务器的目的是向公众提供文件拷贝服务，不要求用户事先在该服务器进行注册。当用户提供用户标志为 Anonymons 时，FTP 接受任何口令，通常要求用户使用自己的电子邮件地址作为口令。一般来说，以匿名方式登录的用户对所访问的 FTP 服务器的使用权限也是最低的，通常只能获得从 FTP 服务器上下载文件的权限，不能进行上传文件的工作。

使用 FTP 上传或下载文件可直接使用 IE，也可利用一些客户端软件，如 Cute-FTP、LeafFTP 等。

1. 使用 IE 进行文件传输

（1）在 IE 的地址栏中输入 FTP 服务器的地址，注意一定要在服务器地址前加上"FTP：//"，表明是 FTP 服务器，否则浏览器会自动在地址前添上"HTTP：//"。在 Windows 的"开始"→"运行"对话框中输入 FTP 地址，也会自动打开 IE 进行 FTP 文件管理。

（2）确认输入的地址无误后按回车键，IE 会搜索服务器。连接到服务器后，IE 会提示输入用户名和密码，或者是以匿名用户登录。有些 FTP 站点匿名登录和使用账号登录的权限可能不同。在匿名打开的 IE 窗口中按鼠标右键，使用"登录"项可输入用户名、密码登录。

（3）登录了站点的用户确认 IE 窗口中会显示服务器上的文件和目录。这时就可以将硬盘上的文件上传到该 FTP 服务器上，但是一定要确认该站点是否对用户提供文件上传的权利。如果对该站点拥有完全的读写权利，就可以使用与"Windows 资源管理器"或"我的电脑"相同的方法进行文件上传或下载操作。

2. CuteFTP 的使用

CuteFTP 是一个使用容易且很受欢迎的 FTP 软件，下载文件支持续传、可下载或上传整个目录、具有不会因闲置过久而被站台踢出。可以上载下载队列、上载断点续传、整个目录覆盖和删除等。

（1）CuteFTP 的安装过程。从网站下载软件后即可进行安装，安装过程是向导式的，一般只需要点击下一步（Next）按钮即可以完成。安装完成后需要注册才可完全使用，否则将只有 30 天的使用期限。注册方法是在菜单栏上选择"Help"→"Enter a serial number"，这时注册向导将会出现，用户根据提示完成即可。完成注册后用户将得到最完整的服务。

（2）连接 FTP。打开 CuteFTP 后在菜单栏上选择 "File" → "Connect" → "Connection Wizard" 或者点击快捷键工具栏上的 ✏ 图标，系统弹出 CuteFTP Connection Wizard（连接向导），如图 7-11 所示。根据提示输入站点地址及用户名和密码进行连接，连接成功后还可以配置上下载的默认目录。

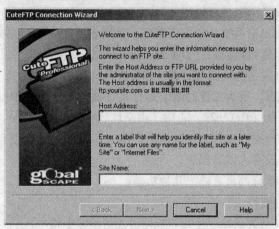

图 7-11　CuteFTP 连接向导

（3）上传与下载文件。登陆成功后，如果希望下载网站的资源可以参照图 7-12 所示进行操作。

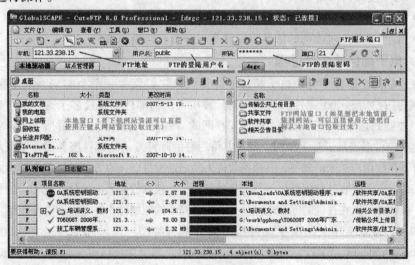

图 7-12　上传与下载文件

7.4.3　电子邮件服务

电子邮件可以说是计算机网络中"历史较为悠远"的信息服务之一，在它出现的 30 年"历史"中，电子邮件已成为使用最为广泛的基本信息服务，每天全世界有几千万人次在发送电子邮件，绝大多数互联网的用户对国际互联网的认识都是从收发电子邮件开始的。

第一个电子邮件系统仅仅由文件传输协议组成。按照惯例，每个消息文件的第一行是接收者的地址。随着时间的推移，这种办法的限制变得越来越明显。其中一些缺点表现为：

- 发送消息给一群人很不方便
- 发送者不知道消息是否到达
- 用户界面与传输系统的集成很糟糕。使用者要在完成消息文件的编辑后，退出编辑器，然后启动文件传输程序进行发送
- 不能创建和发送包括图像、声音和传真的消息文件

随着经验的积累，更为完善的电子邮件系统被推出。由一群计算机系的研究生创造的电子邮件系统（RFC 822）击败了由全球的电信部门以及许多国家政府和计算机工业的主要部门所强烈支持的正式国际标准（X. 400），原因是前者简单实用，后者过于复杂以至于没有人能驾驭它。

目前电子邮件系统都具有以下几种功能：

- 邮件制作与编辑
- 信件发送（可发送给一个用户或同时发送给多个用户）
- 收信通知（随时提示用户有信件）
- 信件阅读与检索（可按发信人、收信时间或信件标题检索已收到的信件，并可反复阅读来信）
- 信件回复与转发
- 信件管理（对收到的信件可以转存、分类归档或删除）

1. 电子邮件的工作过程

在互联网上有很多处理电子邮件的计算机，它们就像一个个邮局，采用存储转发方式为用户传递电子邮件。从用户的计算机发出的邮件要经过多个这样的"邮局"中转，才能到达最终的目的地。这些互联网的"邮局"称作电子邮件服务器。

电子邮件系统基于 C/S 结构，发送方将写好的邮件发送给邮件服务器，发送方的邮件服务器接收用户送来的邮件，并根据收件人的地址发送到接收方的邮件服务器中，接收方的邮件服务器接收其他邮件服务器发来的邮件，并根据收件人地址分发到相应的电子邮箱中，接收方可以在任何时间和地点从自己的邮箱中读取邮件，并对它们进行处理。

和用户最直接相关的电子邮件服务器有两种类型：简单邮件传送协议（simple mail tansfer protocol，SMTP）服务器用于发送邮件、邮局协议版本 3（post office protocol 3，POP3）服务器用于接收邮件。发送邮件时，发件人使用客户端邮件软件编辑好邮件，使用 SMTP 协议将邮件提交到 SMTP 服务器，SMTP 服务器根据邮件收件人的地址，把邮件传送到收件人的 POP3 服务器，POP3 服务器把邮件存储起来，收件人使用邮件客户端软件登录到此服务器后，立即使用 POP3 协议将邮件传送给收件人。

2. 电子邮件的地址

用户使用电子邮件的首要条件是要拥有一个电子邮箱，它是由提供电子邮政服

务的机构为用户建立的。每个电子邮箱都有一个唯一的电子邮件地址，其组成如下所示：

用户名@电子邮件服务器名

邮件服务器名一般是一个类似域名的名称，用户名是在此邮件服务器上唯一的名字，由用户自己命名，"@"是用户名和主机名的隔离符号，读作"at"。它表示以用户名命名的信箱是建立在符号"@"后面说明的电子邮件服务器上，该服务器就是向用户提供电子邮政服务的"邮局"。例如"zhangsan@126.com"。zhangsan 相当于传统邮政系统的信箱名，而126.com 则相当于信箱所在的邮局名称。

3. 电子邮件的收发

常用的邮件客户端程序有 Outlook Express、Outlook、Foxmail 等。下面，我们以电子邮件软件 Foxmail 6.0 为例，介绍如何使用软件工具收发邮件。

（1）账户设置。正确安装 Foxmail 应用程序后，第一次运行时，系统会自动启动向导程序，引导用户添加第一个邮件账户，如图7-13所示。向导中的红色项是必须填写的，其他项是可以选填的。在"电子邮件地址（A）"输入栏输入用户完整的电子邮件地址。在"密码（W）"输入栏输入邮箱的密码，可以不填写，但是这样在每次 Foxmail 开启后的第1次收邮件时就要输入密码。在"账户名称"输入栏输入该账户在 Foxmail 中显示的名称。可以按用户喜好随意填写。Foxmail 支持多个邮箱账户，通过这里的名称可以让用户更容易区分、管理它们。在"邮件中采用的名称"输入栏输入用户姓名或昵称。这一内容将用来在发送邮件时追加姓名，以便对方可以在不打开邮件的情况下知道是谁发来的邮件。如果不输入这一项，对方将只看到邮件地址。"邮箱路径"这一栏则是用来设置该账户邮件的存储路径。一般不需要设置，这样该账户的邮件将会存储在 Foxmail 所在目录的 mail 文件夹下，以用户名命名的文件夹中。如果您要将邮件存储在自己认为适合的位置，则可以点击"选择"按钮，

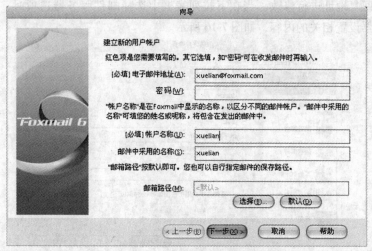

图7-13　账户添加向导

在弹出的目录树窗口中选择某个目录。

接着点击"下一步（X）"按钮。这时 Foxmail 会判断您的电子邮件地址是否属于互联网上比较常用的电子邮箱，如果是，Foxmail 会自动相应的设置，继而就可以完成账户的建立，如图 7-14 所示。用户就可以使用此邮件地址收发邮件了。

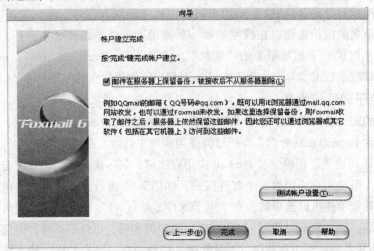

图 7-14　账户添加向导

在以后使用 Foxmail 时，可从菜单选择"邮箱"→"新建邮箱账户"命令打开此向导建立新用户。

在 Foxmail 中可以直接查看和修改用户账户。单击菜单选择"邮箱"→"修改邮箱账户属性"命令将出现邮箱账户设置对话框。如图 7-15。窗口中左边的下拉列表框显示了与邮件收发相关的分类信息，每单击一个选项，右边则会显示具体的内容。图 7-15 中显示的就是"个人信息"的设置内容，用户可对姓名、公司名称、电子邮件地址和回复地址进行修改。当在下拉列表框中选择邮件服务器选项时，会显示与邮件服务器设置相关的内容，如图 7-16 所示。

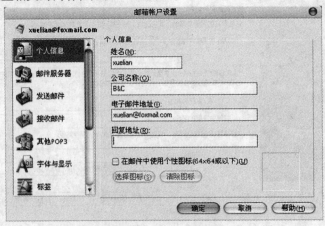

图 7-15　邮箱账户设置对话框

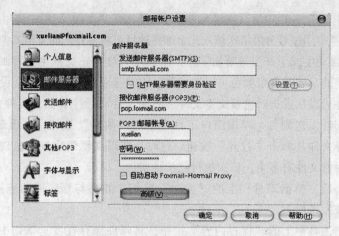

图 7-16　邮箱账户设置对话框

发送邮件服务器和接收邮件服务器是两个非常重要的选项。这两个地址应该由邮件服务器管理者提供。一般来说，它们都有相似的书写方式。即发送邮件服务器一般写为 smtp. 邮箱服务器地址。而接收邮件服务器一般写为 pop. 邮箱服务器地址。例如，用户的电子邮件地址是 xuelian@foxmail.com，那他的发送邮件服务器就是smtp.foxmail.com，他的接收邮件服务器地址就是 pop.foxmail.com。邮箱的账号和密码可重新设置和修改，当然它必须是邮件服务器所承认的账号和密码。

（2）编写、发送新邮件。单击工具栏上的"撰写"按钮，或者从菜单栏选择"邮件（M）"→"写新邮件"命令，打开邮件编辑器，如图 7-17 所示。

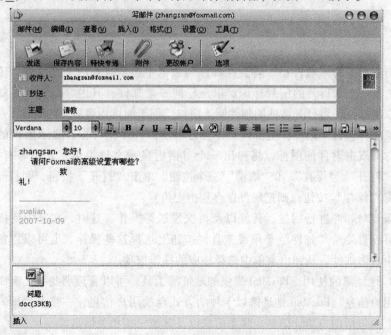

图 7-17　写邮件窗口

在"收件人:"一栏中填写收信人的邮件地址,在"主题:"栏中填写邮件的主题。在"抄送:"栏中用逗号分隔依次填入几个邮件地址可将邮件同时发给其他收件人。

FoxMail 自动生成了开头与落款字样,用户可直接在正文框中书写邮件正文。撰写模板和信笺的字体及背景颜色可以选择菜单的"选项/编辑器属性"设置。

电子邮件可以在发送时携带文本文件、图像文件和程序等独立文件,称为附件。如果需要随邮件发送附件,单击窗口工具栏上的"附件"按钮,在出现的"打开"对话框中选择文件并单击"打开"按钮。这时,在正文框的底端将出现附件文件的图标。如果附件文件有多个,依次执行此步骤增加。

邮件写好后,单击工具栏上的"发送"按钮。如果与互联网的连接已经建立,则邮件立刻被发送出去。

可以单击工具栏上的"保存内容"按钮,将邮件保存在发送队列中,等以后单击主界面工具栏上的"发送"按钮一起发送。

也可以单击"草稿"按钮将邮件作为草稿保存,供下次编辑。对大多数拨号上网的用户,一般选择离线编辑邮件,保存到发件箱中,等上网时一起发送。

(3)接收与发送邮件。单击 FoxMail 工具栏上的"收取"按钮,屏幕上将弹出接收邮件的消息框,如图7-18。收取当前账户所包含邮箱的邮件。收取完毕后,将出现一个对话框,告诉用户共收到多少封邮件。默认情况下,收到的邮件将放在"收件箱"中。

图 7-18 收取邮件消息框

单击账户下的"收件箱"将会在邮件列表框中显示收到的所有邮件。还未阅读的邮件前有一个未拆开的信封标识。单击任何一个邮件,其内容即显示在邮件阅读框中。双击邮件,将打开单独的邮件阅读窗口,便于阅读内容较多的邮件。

如果邮件包含了附件,主窗口上将会自动增加一个附件框,显示附件的文件图标和名称。双击附件的图标,将弹出一个对话框显示文件类型、大小等有关信息,并包含"打开"、"保存"和"取消"三个按钮。单击"打开"按钮,则打开附件文件;单击"保存"按钮,则把附件保存到指定位置。

若需要对邮件进行回复、转发以及再次发送等操作。这时,在选中待操作的邮件后,可以直接从"邮件"菜单或工具栏按钮上选择这些操作,也可以用鼠标在邮件列表中右击邮件,从弹出菜单中选择相应的操作选项。

(4)地址簿的使用。FoxMail 提供的地址簿工具,可以管理那些与之有邮件来往的其他用户信息。FoxMail 地址簿以卡片的方式存放用户信息,一张卡片即对应一个用户,上面包括用户地址信息、联系信息以及其他一些相关信息。

单击 FoxMail 工具栏上的"地址簿"按钮,将打开"地址簿"窗口,如图7-19所示，在窗口中用户可对联系人信息进行管理。例如追加、修改、删除联系人信息等。

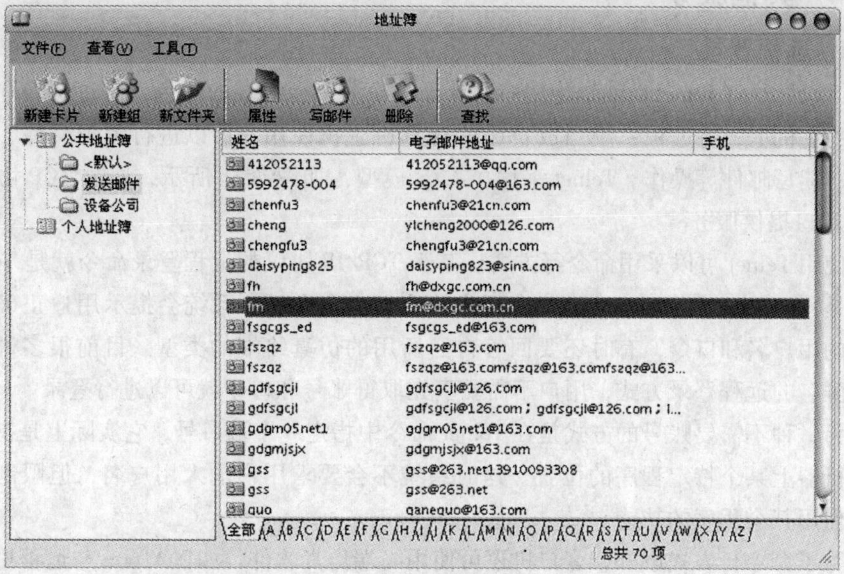

图 7-19　地址簿窗口

（5）多个邮箱的管理。如果用户有多个邮件账户，除了可以建立多个邮箱账户来分别管理之外，这里还提供了另外一种方式来进行管理。用户可以在此处将邮件服务器及账号信息录入，这样就可以用一个邮箱账户收取多个邮箱的邮件。

选中一个邮箱账户，单击菜单"邮箱"中的"修改邮箱账户属性"项，将打开"邮箱账户属性"窗口。选中"其他 POP3"选项，单击新建按钮，弹出"连接"对话框，如图 7-20 所示。在对话框中填入 POP3 的有关信息，然后确定。这里的设置项与邮件服务器的内容相似。

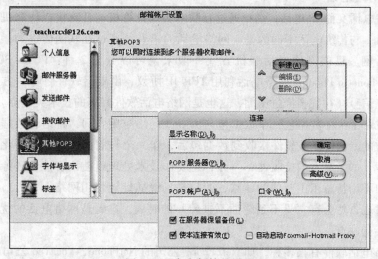

图 7-20　多个邮箱的设置

7.4.4 其他服务

1. 远程登录

远程登录（Telnet）就是让用户的计算机扮演一台终端的角色，通过网络登录到远程的主机上，将远程系统当成自己的计算机主机使用，可以进行编辑文件、管理文件、读写邮件等操作。Telnet 采用了 C/S 模型，如图 7-21 所示，通过 TCP 协议的 23 号端口提供服务。

使用 Telnet 可以采用命令行方式。基于 TCP/IP 协议的远程登录命令就是 Telnet，格式是：telnet < 主机名 >。在命令行中输入以上命令后，系统会提示用户正确输入自己的用户名和口令，有时还要回答自己所用的仿真终端的类型。目前很多机构都提供匿名的远程登录方式，用户不需要事先取得账号和口令就可以进行登录。

另一种不需要账号的方式是在 Telnet 命令中指定一个端口号，它实际上是指定了远程机器上某个特定程序的位置。这时系统不会要求用户输入用户名，但限制用户只能使用某个程序的功能。

除了命令行方式以外，客户机还可使用终端仿真软件，如 NetTerm 与远程机进行通信。

2. 电子公告板

电子公告板（bulletin board system，BBS）是一种交互性强、内容丰富而及时的互联网电子信息服务系统。用户可以通过 Modem 和电话线登录 BBS 站点。用户在 BBS 站点上可以获得各种信息服务：下载软件、发布信息、进行讨论、聊天等。BBS 站点的日常维护由 BBS 站长负责。BBS 基于 Telnet 的服务，一般要求在 Unix 主机上建立服务程序。

3. 网络电话

网络电话又称 IP 电话，是指通过互联网实现计算机与计算机或计算机与电话之间的通话。与传统电话不同的是，网络电话的语音是通过互联网传送的，而不是传统的电话网。目前网络电话联机方式一般来说可以分为 3 种：PC to PC 、PC to Phone、Phone to Phone。网络电话利用 TCP/IP 协议，由专门软件将呼叫方的话音转化成数字信号（往往再经过压缩，这也是网络电话软件好坏的技术关键点），然后打包，形成一个个小数据包，小数据包自由寻找网络空闲空间，将语音数据传输到对方，对方的专门设备或软件接收到数据包后，作一个与前面讲的语音转化成数据包的反过程，如果对方的接收器不一致，还要作技术处理以使语音能够还原。通话全程，用户不用特意租用专门的线路，而只是见缝插针地使用网络，大大节省通话费用，不过也自然会有"见不到缝插不进针"的时候，这既是网络电话的优点，也是网络电话的缺点。

网络电话软件有很多种，如 Net2Phone 公司的 NetPhone、VocaTec 公司的 Internet Phone 以及 Microsoft 公司的 NetMeeting 等。

随着科技的发展和社会的进步，电子商务、电子政务、远程教育、实时聊天、虚拟现实、网络游戏、软件出租、手机短信、远程医院等各种各样的互联网服务内容不断涌现。未来的网络应用和网络技术的发展肯定会超出人们的想象，成为现代社会最重要的支柱之一。

【训练与练习】

1. 什么是 HTML？什么是主页？
2. 什么是 FTP？
3. 什么是电子邮件？什么是 E-mail 地址？邮件系统的工作原理是什么？

学习指导

1. 学习建议

本章最大的特点就是实用性，因此在学习的过程中要注意理论联系实际，多上机实践。对于文中所提到的概念，要注重理解，不要死记硬背。

2. 学习重点与难点

重点掌握 IP 地址、域名系统、互联网接入方式和互联网的应用。

3. 核心概念

Internet、TCP/IP 协议集、IP 地址、子网掩码、域名和 DNS、WWW、FTP、E-Mail。

课后思考与练习

一、选择题

1. 以下对 FTP 服务叙述正确的是（　　　　）。

    A. FTP 只能传送文本文件　　　　B. FTP 只能传送二进制文件

    C. FTP 不能传送非二进制文件　　D. 以上述说都不正确

2. IP 地址是一个 32 位的二进制数，它通常采用点分（　　　　）。

    A. 二进制数表示　　　　　　　　B. 八进制数表示

    C. 十进制数表示　　　　　　　　D. 十六进制数表示

3. 用 E-Mail 发送信件时需知道对方的地址，下列表示中（　　　　）是合法、完整的 E-Mail 地址。

    A. zjtvu. edu. cn@ userl　　　　B. userl@ zjtvu. edu. cn

    C. userl. zjtvu. edu. cn　　　　D. userl ＄ zjtvu. edu. cn

4. 下述哪个不属于浏览器（　　　　）。

    A. Internet ExlpIorer　　　　　B. Netscape

    C. Opera　　　　　　　　　　　D. Outlook Express

5. 主机号码 01011010 00000011 01100000 00101100 的十进制表达式，应当是以

下哪项? (　　　　　)

A. 88. 3. 78. 36　　　　　　　　　　B. 90. 3. 96. 44

C. 76. 3. 94. 42　　　　　　　　　　D. 80. 3. 78. 44

6. 系统对 WWW 网页存储的默认格式是 (　　　　　)。

A. PPT　　　　　B. HTML　　　　　C. XML　　　　　D. DOC

7. 下面的合法 IP 地址是 (　　　　　)。

A. 210, 33, 119, 120　　　　　　　B. 210. 33. 119. 120

C. 210. 33. 350. 120　　　　　　　D. 210. 33 . 119

8. 关于域名正确的说法是 (　　　　　)。

A. 有域名主机不可能上网　　　　　B. 一个 IP 地址只能对应一个域名

C. 一个域名只能对应一个 IP 地址　　D. 可随便取, 但不得和其他主机同名

9. 为了连入互联网, 以下哪项是不必要的? (　　　　　)

A. 一条电话线　　　　　　　　　　B. 一个调制解调器

C. 一个互联网账号　　　　　　　　D. 一台打印机

10. 互联网上各种网络和各种不同计算机间相互通信的基础是 (　　　　　)
协议。

A. IPX　　　　　B. HTTP　　　　　C. TCP/IP　　　　　D. X. 25

11. 与 Web 站点和 Web 页面密切相关的一个概念称为 "URL" 它的中文意
思是 (　　　　　)

A. 用户申请语言　　　　　　　　　B. 超文本置标语言

C. 超级资源连接　　　　　　　　　D. 统一资源定位器

二、填空题

1. 万维网是互联网最新、最普遍、使用最简单、功能最丰富的一种信息服务,
通常被称作 (　　　　　), 它是一种基于 (　　　　　) 技术的交互式信息浏
览检索工具。

2. 统一资源定位符 (器) 的英文缩写为 (　　　　　)。

3. IP 地址由 32 位二进制位组成, 通常分成 (　　　　　) 地址和 (　　　　　)
地址两部分。

4. FTP 采用了 (　　　　　) 工作模式。FTP 在传输文件时, 要在客户程序和服务
进程之间建立两个 TCP 连接, 它们分别是 (　　　　　) 连接和 (　　　　　)
连接。

5. 网络掩码的作用, 是使计算机能够自动地从 IP 地址中分离出相应的 (　　　　　)。

三、判断题

1. 物理地址是指安装在主机上的网卡的地址。　　　　　　　　　　(　　　　)

2. 对等网可以名改为客户/服务器。　　　　　　　　　　　　　　(　　　　)

3. 互联网就是 WWW。　　　　　　　　　　　　　　　　　　　(　　　　)

4. 互联网其实就是一台提供特定服务的计算机。 （　　）

5. 互联网中，IP 地址表示形式是彼此之间用圆点分隔的 4 个十进制数，每个数的取值范围为 0~200。 （　　）

6. CuteFTP 是 FTP 的一种常用的服务器程序。 （　　）

7. 一旦计算机关机后，别人就不能给你发电子邮件了。 （　　）

8. 计算机网络产生的基本条件是通信技术与计算机技术的结合。 （　　）

9. 域名系统就是把 IP 地址转换成域名。 （　　）

10. 浏览器只能用来浏览网页，不能通过浏览器使用 FTP 服务。 （　　）

四、简答题

1. 解释 IP 地址和域名，并说明它们之间有何关系。

2. 为什么说互联网的出现，是当今世界发展的大势所趋?

3. 将个人计算机连到互联网需要有哪些硬件设备?

4. 简述使用 IE6.0 在互联网上查找资料的操作步骤。

5. 你认为连入互联网有哪些主要用途?

五、综合题

自选题材和内容，进行网上信息的采集、整理和分析操作。并简单说明处理的过程。

 ## 实训应用

实训项目　互联网技术的应用。

实训目的　掌握 IP 地址、网关地址、DNS 的设置方法，掌握 IE、CuteFTP、Foxmail 的使用方法。

实训指导　根据网络管理员提供的设置数据，配置局域网中计算机的 IP 地址和网关地址、DNS 服务器，使之连接到互联网，并学会使用 IE 上网、设置 IE，使用 CuteFTP 上传和下载文件，使用 Foxmail 收发电子邮件。

　　1. 正确理解 IP 地址和网关地址、DNS 服务器的概念。掌握配置方法。

　　2. 通过实验熟悉 IE 的使用和配置方法。

　　3. 熟悉常用软件 CuteFtp 和 Foxmail 的使用方法。

实训组织　个人独立完成。

实训考核　1. 按要求完成实训任务，现场演示。（占总成绩的60%）

　　　　　　2. 撰写实训报告（占总成绩的40%）

第 8 章

网络管理与网络安全技术

学习目标

1. 网络管理概述
2. 网络管理协议的组成及应用
3. 网络安全的因素和网络安全对策
4. 数据加密的基本概念、常用的加密方法和鉴别技术的应用
5. 网络防火墙的概念、技术和应用。

案例导入

统一网络管理，提供信息安全

随着计算机网络技术的发展，计算机网络已经呈现四大特点：

1. 网络系统规模不断扩大、复杂度不断增加，这主要体现在网络系统内部节点数增加以及在地理覆盖范围的扩大；网络内所应用的协议越来越多，组网的产品也越来越丰富。

2. 网络经常会集成了多个计算机和网络厂家的产品，导致了网络管理及其操作的难度。用户希望能有一个网络管理系统，不但能够保证整个网络不间断的正常运行，而且能够智能管理各个厂家的设备。

3. 互联网本身具有跨国界、无主管、不设防、开发、自由、缺少法律约束等特点，它在带来机遇的同时也带来了巨大的风险，网络安全自然成为了影响网络使用的重要问题。

4. 随着网络计算机运算能力的大幅提升，以前的加密算法安全性受到质疑，发明新的加密算法、加密体制是有必要的。

5. 防火墙是网络安全中的重要产品，目前市场上防火墙产品众多，如何选择合适的防火墙产品以及如何根据实际需求选择合适的网络安全方案都值得探讨。

问题引入

1. 网络管理包含主要功能？
2. 前流行的网络管理系统有哪些主要协议？这些协议各有何优缺点？
3. 如何保证信息安全？网络安全都包含哪些技术？
4. 目前的主流加密算法有哪些？
5. 防火墙的基本原理是什么？

8.1 网络管理

8.1.1 网络管理概念

随着计算机和通信技术的飞速发展，网络管理技术已成为重要的前沿技术。网络管理通常指实时监控网络，以便在不利的条件下（如过载、故障）使网络的性能达到最佳。网络管理功能可概括为 OAMP，即网络的运行（Operation）、处理（Administration）、维护（Maintenance）、服务提供（Provisioning）等所需要的各种活动。网络管理常用的术语：

1. 网络元素（network element）

网络中具体的通信设备或逻辑实体。

2. 对象（object）

通信和信息处理范畴里可标识的拥有一定信息特性的资源。要注意的是，这里所用的"对象"与面向对象系统中所定义的对象不完全一样。

3. 被管理对象（managed object）

被管理对象指可使用管理协议进行管理和控制的网络资源的抽象表示。例如，一个层的实体或一个连接。

4. 面向对象（object-oriented，OO）

面向对象本来是一种程序设计思想，它和程序设计本身所使用的语言无关。将面向对象思想用于网络管理可以带来很大的灵活性。

5. 综合网络管理 INM

综合网络管理是指用一种统一的方法，在一个异构网络中，管理多厂商生产的计算机软、硬件资源。OSI 很早就在 OSI 的总体标准中提出了网络管理标准的框架，即 ISO 7498-4。ITU-T 在网络管理方面紧密地和 ISO 合作，制定了与 ISO 7498-4 相对应的 X. 700 系列建议书。

ISO 和 ITU-T 制订的两个重要标准是：

- ISO 9595　　　ITU-T X. 710　　　公共管理信息服务定义 CMIS
- ISO 9596　　　ITU-T X. 711　　　公共管理信息协议规格说明 CMIP

8.1.2　网络管理功能

在 OSI 管理标准中，将开放系统的管理功能划分为五个功能域：配置管理、性能管理、故障管理、安全管理和计费管理。

1. 配置管理

配置管理是网络管理最基本的功能之一。一个计算机网络系统是由多种多样的设备连接而成的，这些设备组成了网络的各种物理结构和逻辑结构，这些结构中的设备有许多参数、状态和名字等至关重要的信息。配置管理负责初始化网络并且配置网络，以使其提供网络服务。配置管理包含网络实际配置和配置数据管理两部分。

2. 性能管理

性能管理是指估计系统资源的运行情况及通信效率情况。在网络运行过程中，性能管理的一个很重要的工作就是对网络硬件、软件及介质的性能测量。网络中的所有部件都有可能成为网络通信的瓶颈，管理人员必须及时知道并确定当前网络中哪些部件的性能正在下降或已经下降、哪些部分过载、哪些部分负荷不满等，以便做出及时调整。这需要性能管理系统能够收集统计数据，对这些数据应用一定的算法进行分析以获得对性能参数的定量评价，主要包括整体的吞吐量、使用率、误码率、时延、拥塞、平均无故障时间等。利用这些性能数据，管理人员就可以分析网络瓶颈、调整网络带宽等，从而达到提高网络整体性能的目的。性能管理主要包含性能数据的采集和存储、性能门限的管理、性能数据的显示和采集等功能。

3. 故障管理

故障管理也是网络管理中很重要的一个功能。用户都希望有一个可靠的计算机网络，当网络中某个部件出现问题时，网络管理员必须迅速找到故障并及时排除。在大型网络系统中，出现故障时往往不能具体确定故障所在的具体位置。有时所出现的故障是随机性的，需要经过很长时间的跟踪和分析，才能找到其产生的原因，这就需要有一个故障管理系统，科学地管理网络所发现的所有故障，具体记录每一个故障的产生、跟踪分析，以至最后确定并改正故障的全过程。因此，发现问题、隔离问题、解决问题是故障管理系统要解决的问题。故障管理主要包含故障的检测、故障诊断、故障修复和故障记录等功能。

4. 安全管理

安全性一直是网络的薄弱环节之一，而用户对网络安全的要求又相当高。由于网络上存在着大量的敏感数据，为禁止非授权用户的访问，就要对网络用户进行一些访问权限的设置，同时尽可能地发现某些"黑客"，阻止对网络资源的非法访问及尝试。

网络安全管理的主要功能有：

（1）支持身份鉴别、规定身份鉴别的过程。

（2）控制和维护访问权限。

（3）支持密钥管理。

（4）维护和检查安全日志。

5. 计费管理

计费管理负责记录用户使用网络业务的情况，以及确定使用这些业务的费用。通过本项功能可以收集计费记录和建立各种服务的记账参数。用户的网络使用费用可以有不同的计算方法，如不同的资源、不同的服务质量、不同的时段、不同级别的用户都可以有不同的费率。

在大多数专用网中，如校园网、企业网，内部用户使用网络资源可能并不需要付费。此时，计费管理系统可以使网管人员了解网络用户对网络资源的使用情况，以便及时调整资源分配策略，保证每个用户的服务质量，同时也可以禁止或许可某些用户对特定资源的访问。

【训练与练习】

1. 为什么要提出网络管理？

2. 网络功能管理有哪些部分，每部分的功能分别是什么？

8.2 网络管理协议的组成及应用

常见的网络管理协议标准有两个：一个是用于互联网的简单网络管理协议，简称 SNMP；另一个是公共管理信息协议，简称 CMIP。SNMP 是基于 TCP/IP 的，而 CMIP 主要是基于 ISO/OSI 七层模型的。当前实现网络管理协议的厂商基本都支持 SNMP，而很少有支持 CMIP 的产品出现。因此，SNMP 已经成为网络管理领域中事实上的工业标准，在企业网络中得到广泛的支持和应用。

8.2.1 SNMP

1. SNMP 简介

SNMP（simple network management protocol）的前身是 1987 年发布的简单网关监控协议（SGMP）。1990 年 5 月，RFC 1157 定义了 SNMP 的第一个版本 SNMPv1。SNMP 在 20 世纪 90 年代初得到了迅猛发展，同时也暴露出了明显的不足，如难以实现大量的数据传输、缺少身份验证（Authentication）和加密（Privacy）机制等。因此，1993 年发布了 SNMPv2，它具有以下特点：

（1）尽可能降低管理代理的软件成本和资源要求。

（2）提供较远的远程管理功能，以适应对互联网网络资源的管理。

（3）体系结构具备可扩充性，以适应网络系统的发展。

（4）管理协议本身具有较强的独立性，不依赖于任何厂商任何型号的计算机、网络和网络传输协议。

(5) 增加了集合处理功能。

(6) 加强了数据定义语言。

2. SNMP 模型

SNMP 模型由 4 个部分组成：网络管理站（管理进行）、被管理站（管理代理）、管理信息库（MIB）和网络管理协议（SNMP），如图 8-1 所示。

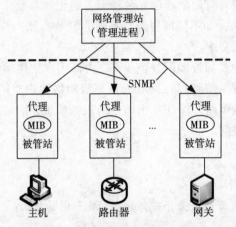

图 8-1 SNMP 模型

(1) 网络管理站。网络管理站是一种具有运行网络管理协议 SNMP（可提供网络管理的控制与通信机制）、运行网络管理支持工具和网络管理应用软件（可提供相应的管理策略、方法和用户界面）功能的主机。一个网络中至少有一台这样的主机，它运行特殊的网络管理软件（管理进程）。管理进程完成各种网络管理功能，通过各设备中的管理代理对网络内部的各种设备、设施和资源实施监测和控制。另外，操作人员通过管理进程对全网进行管理。因而管理进程也经常配有图形用户界面，以容易操作的方式显示各种网络信息，如给出网络中各管理代理的配置图等。有时管理进程也会对各管理代理中的数据集中存档，以备事后分析。

(2) 被管理站。被管理站（管理代理）包括主机、网关、服务器、路由器交换机等网络设备。管理代理是一种软件，运行在被管理的网络设备中，负责执行管理进程的管理操作。管理代理直接操作本地信息库（MIB），如果管理进程需要，它可以根据要求改变本地信息库或提取数据传回到管理进程。每个管理代理拥有自己的本地 MIB，一个管理代理管理本地的 MIB 不一定具有互联网的全部内容，而只需要包括与本地设备或实施有关的管理对象。管理代理有两个基本功能：一是在 MIB 中读取各种变量值；另一个是在 MIB 中修改各种变量值。

(3) 管理信息库。管理信息库是一个概念上的数据库，由管理对象组成，每个管理代理管理 MIB 中属于本地的管理对象，各管理代理控制的管理对象共同构成全网的管理信息库。MIB 包括报文分组计数、出错计数、用户访问计数、路由器中的

IP 路由选择表等。MIB 分为 MIB Ⅰ（通用管理信息库）和 MIB Ⅱ（专用管理信息库）两类，后者由各厂商自行定义。

8.2.2　CMIP

CMIP 协议是在 OSI 制定的网络管理框架中提出的网络管理协议。这个体系包含以下组成部分：一套用于描述协议的模型；一组用于描述被管对象的注册、标识和定义的管理信息结构，被管对象的详细说明以及用于远程管理的原语和服务。CMIP 与 SNMP 一样，也是由被管代理和管理者、管理协议与管理信息库组成。

CMIP 管理模型可以用三种模型进行描述：组织模型用于描述管理任务如何分配；功能模型描述了各种网络管理功能和它们之间的关系；信息模型提供了描述被管对象和相关管理信息的准则。从组织模型来说，所有 CMIP 的管理者和被管代理者存在于一个或多个域中，域是网络管理的基本单元。从功能模型来说，CMIP 主要实现失效管理、配置管理、性能管理、记账管理和安全性管理。每种管理均由一个特殊管理功能领域（special management functional area，SMFA）负责完成。从信息模型来说，CMIP 的 MIB 库是面向对象的数据存储结构，每一个功能领域以对象为 MIB 库的存储单元。

CMIP 的优点在于：

（1）它的每个变量不仅传递信息，而且还完成一定的网络管理任务，这在 SNMP 中是不可能的。这样可减少管理者的负担并减少网络负载。

（2）完全安全性。它拥有验证、访问控制和安全日志等一整套安全管理方法。

但是，CMIP 的缺点也同样明显：

（1）它是一个大而全的协议，所以使用时，其资源占用量是 SNMP 的数十倍，同时它对硬件设备的要求比较高。

（2）由于它在网络代理上要运行一定数量的进程，很大程度增加了网络代理的负担。

（3）它的 MIB 库过于复杂，难以实现。

8.2.3　SNMP 与 CMIP 的比较

SNMP 与 CMIP 是网络界最主要的两种网络管理协议。在未来的网络管理中，究竟哪一种将占据优势，一直是业界争论的话题。

总的来说，SNMP 和 CMIP 两者的管理目标、基本组成部分都相同。在 MIB 库的结构方面，很多厂商将 SNMP 的 MIB 扩展成与 CMIP 的 MIB 结构相类似，而且两种协议的定义都采用相同的抽象语法符号。

不同之处，首先，SNMP 面向单项信息检索，而 CMIP 则面向组合项信息检索；其次，在信息获得方面，SNMP 主要基于轮询方式，而 CMIP 主要采用报告方式；再次，在传送层支持方面，SNMP 基于无连接的 UDP，而 CMIP 倾向于有连接的数据传送。

SNMP 和 CMIP 是目前应用广泛的两个主要的网络管理协议，它们都是针对如何有效对网络进行管理而出现的，两者既有联系，又有区别。关于 SNMP 和 CIMP 的特点比较见表 8-1。

表 8-1　SNMP 和 CMIP 的特点比较

比较项目	SNMP	CIMP
国际标准	一个为互联网设计的工业标准	ISO 指定的公共管理信息协议
传输要求	无连接服务	面向连接的传输
优　点	简单，系统开销小，技术成熟，易于实现	管理者和代理之间的传输可靠
缺　点	没有端到端的错误确认，尤其是陷阱信息可能丢失	复杂，系统开销大
运行机制	轮询机制	报告机制

8.2.4　网络管理协议的前景

除 SNMP、SNMP v2、CMIP 以外，现在正兴起一些新的网络管理协议和环境。其中，以分布式计算环境（distributed management environment，DME）最为著名。

DME 代表了一种结构。在这种结构中，管理系统和网络可以很好地结合。它可以构成分布式系统管理的基础，并保持与现有网络管理方案的结合。DME 的结构有许多新颖之处。以前，无论是网络管理还是系统管理，管理员通过修改与一个资源或服务相关的数据或通过对一些服务和数据进行操作来进行管理。而在 DME 环境下，信息和操作都被划分为对象。DME 以对象为单位对系统进行管理。所有 DME 管理操作有一个一致的界面和风格：通过与对象通信进行处理。这种设计的很大好处是模块性很强，完全是一种面向对象的管理方式，系统易于管理和开发。

DME 有两个关键概念：应用程序服务和框架（framework）。应用程序服务提供一些最重要的系统管理功能，而框架则提供开发系统管理应用程序所用的构造模块（building block）。这种设计提供了与现有解决方案的一致性，并可在多厂商分布式网络环境中进行互操作。DME 应用程序服务包括软件管理（software management）、许可权管理（license management）、打印服务（printing services）和事件管理（event management）。它们以一组模块和 API 的形式提供，有一致的用户界面。DME 还提供机制，使开发商可以很容易地加入新的服务。DME 框架由一组功能全面的构造模块组成，使新网管应用程序的开发变得简单。

8.2.5　常见网络管理系统

1. HP OpenView

OpenView 是 HP 公司开发的优秀的网管软件，OpenView 集成了网络管理和系统管理各自的优点，形成一个单一而完整的管理系统。OpenView 解决方案实现了网络运作从被动无序到主动控制的过渡，使 IT 部门及时了解整个网络当前的真实状况，实现主动控制，而且 OpenView 解决方案的预防式管理工具——临界值设定与趋势分析报表，可以让 IT 部门采取更具预防性的措施，管理网络的健全状态。OpenView 解决方案是从用户网络系统的关键性能入手，帮其迅速地控制网络，然后还可以根据需要增加其他的解决方案。在 E-Services 的大主题下，OpenView 系列产品包括了统一管理平台、全面的服务和资产管理、网络安全、服务质量保障、故障自动监测和处理、设备搜索、网络存储、智能代理、互联网环境的开放式服务等丰富的功能特性。

目前该产品主要应用在金融、电信、交通、政府、公用事业、制造业等领域。

HP OpenView 存储区域管理软件包是可扩展、易于部署的存储管理产品的全面集成，可以大幅度提高对存储资源的控制。它具有自动发现、拓扑结构图、性能监控、通过中央控制台对存储容量进行评估和管理等特性，是目前市场上先进的网络管理解决方案。配合惠普磁带和磁盘存储硬件，HP OpenView 存储区域管理软件包可以确保最大限度地解除客户的后顾之忧。

HP OpenView Storage Node Manager 将存储设备管理工具统一在一起，通过一个界面提供综合的集中式存储区域网络（storage area network，SAN）管理功能，连续不间断的运行状况监控和自动发现功能，包括添加、删除或修改存储配置，以及跟踪数据中心环境的变化，使设备可用性实现了最大化。方方面面的 SAN 状态信息都可以轻松地从图解式的设备图上获得，由于设备应用程序直接从管理控制台上启动，因此最大程度地减少了故障排除的时间。

主要特性与优点：

（1）自动发现网络结构图。它的自动发现网络结构的功能具有很强的智能性，当 OpenView 启动时，默认的网段就能被自动检测，网段中的路由器和网关、子网以图标的形式显示在图形上，其中的连接关系也自动显示。

（2）快速、轻松的重新配置。通过一个界面添加、删除或修改存储配置、跟踪数据中心环境的变化。由于设备应用程序直接从管理站启动，因此故障排除和重新配置都可以更快地实现。

（3）故障警告。可通过图形用户界面来进行警告配置。网络中任何支持 SNMP-Trap 协议的 SNMP 设备都能受到警告。

（4）自动发现。SAN 中的任何改变都可以立即识别并绘出图形，确保系统达到最高的可用性。

（5）图解式的设备图。SAN 的状态，例如设备之间的冗余连接，以一种易于解释的形象化格式表示。

（6）多厂商支持。任何厂商的 MIB 定义都能在运行状态集成到 OpenView 中。

2. Cisco Works

Cisco Works for Windows 网络管理软件主要应用在中小型企业的网络环境。它是一个综合的、经济有效、功能强大的网络管理工具，能够对交换机路由器、访问服务器、集线器等网络设备进行有效的管理。Cisco Works for Windows 网络管理软件可以安装在 Windows95/98/NT 等操作系统上。这个网络管理软件最多可以管理数百个节点。

采用同一厂商的网管能够对设备进行更为详尽细致的管理，Cisco Works for Windows 拥有思科全套产品的数据库，能够调出各种产品的直观视图，深入到每个物理端口去查询状态信息，其主要功能包括：

(1) 自动发现和显示网络的拓扑结构和设备。

(2) 生成和修改网络设备配置参数。

(3) 网络状态监控。

(4) 设备视图管理。

(5) Cisco Works Windows 基于流行的 Windows 操作平台，界面友好、易于掌握，能够满足校园网对网管的功能全面而又要方便操作的要求。

【训练与练习】

1. SNMP 模型有哪些组成部分？SNMP 和 CMIP 各有何优缺点？

2. 当前有哪些流行的网络管理系统，各有何特点？

8.3 网络安全

8.3.1 网络安全技术概述

网络安全是一门涉及计算机科学、网络技术、通信技术、密码技术、信息安全技术、应用数学、数论、信息论等多种学科的综合性学科。

网络安全是指网络系统的硬件、软件及其系统中的数据受到保护，不受偶然的或者恶意的攻击而遭到破坏、更改、泄露，系统连续可靠正常地运行，网络服务不中断。网络安全从其本质上来讲就是网络上的信息安全。从广义来说，凡是涉及网络上信息的保密性、完整性、可用性、真实性和可控性的相关技术和理论都是网络安全的研究领域。

8.3.2 网络安全面临的威胁

计算机网络所面临的威胁大体可分为两种：一是对网络中信息的威胁；二是对网络中设备的威胁。影响计算机网络的因素很多，有些因素可能是有意的，也可能是无意的；可能是人为的，也可能是非人为的；还可能是外来黑客对网络系统资源的非法使有。归结起来，针对网络安全的威胁主要有以下几种。

1. 自然灾难

计算机信息系统仅仅是一个智能的机器，易受自然灾难及环境（温度、湿度、振动、冲击、污染）的影响。目前，不少计算机机房并没有防震、防火、防水、避雷、防电磁泄漏或干扰等安全防护措施，接地系统也疏于周到考虑，抵御自然灾难和意外事故的能力较差。

2. 人为的无意失误

如操作员安全配置不当造成的安全漏洞、用户安全意识不强、用户口令选择不慎、用户将自己的账号随意转借他人或与别人共享等都会对网络安全带来威胁。

3. 人为的恶意攻击

这是计算机网络所面临的最大威胁，敌手的攻击和计算机犯罪就属于这一类。此类攻击又可以分为以下两种：一种是主动攻击，它以各种方式有选择地破坏信息的有效性和完整性；另一类是被动攻击，它是在不影响网络正常工作的情况下，进行截获、窃取、破译以获得重要机密信息。这两种攻击均可对计算机网络安全造成极大的危害，并导致机密数据的泄漏。

4. 网络软件的漏洞和"后门"

网络软件不可能是百分之百的无缺陷和无漏洞的，然而，这些漏洞和缺陷恰恰是黑客进行攻击的首选目标，曾经出现过的黑客攻入网络内部的事件，这些事件的大部分就是因为安全措施不完善所招致的。另外，软件的"后门"都是软件公司的设计编程人员为了自便而设置的，一般不为外人所知，但一旦"后门"洞开，其造成的后果将不堪设想。

5. 计算机病毒

20 世纪 90 年代，出现了曾引起世界性恐慌的"计算机病毒"，其蔓延范围广，增长速度惊人，损失难以估计。它像灰色的幽灵一样将自己附在其他程序上，在这些程序运行时进入到系统中进行扩散。计算机感染上病毒后，轻则系统工作效率下降，重则造成系统死机或毁坏，使部分文件或全部数据丢失，甚至造成计算机主板等部件的损坏。

6. 信息战的严重威胁

信息战，即为了国家的军事战略而采取行动，取得信息优势，干扰敌方的信息和信息系统，同时保卫自己的信息和信息系统。这种对抗形式的目标，不是集中打击敌方的人员或战斗技术装备，而是集中打击敌方的计算机信息系统，使其神经中枢的指挥系统瘫痪。

8.3.3 解决网络安全的策略

1. 物理安全策略

物理安全策略的目的：

（1）保护计算机系统、网络服务器、打印机等硬件实体和通信链路免受自然灾害、人为破坏和搭线攻击。

（2）验证用户的身份和使用权限、防止用户越权操作。

（3）确保计算机系统有一个良好的电磁兼容工作环境。

（4）建立完备的安全管理制度，防止非法进入计算机控制室和各种偷窃、破坏活动的发生。

抑制和防止电磁泄漏（即 TEMPEST 技术）是物理安全策略的一个主要问题。目前主要防护措施有两类：一类是对传导发射的防护，主要采取对电源线和信号线加装性能良好的滤波器，减小传输阻抗和导线间的交叉耦合。另一类是对辐射的防护，这类防护措施又可分为两种，一是采用各种电磁屏蔽措施，如对设备的金属屏蔽和各种接插件的屏蔽，同时对机房的下水管、暖气管和金属门窗进行屏蔽和隔离；二是干扰的防护措施，即在计算机系统工作的同时，利用干扰装置产生一种与计算机系统辐射相关的伪噪声向空间辐射来掩盖计算机系统的工作频率和信息特征。

2. 访问控制策略

访问控制是网络安全防范和保护的主要策略，它的主要任务是保证网络资源不被非法使用和非正常访问。它也是维护网络系统安全、保护网络资源的重要手段。各种安全策略必须相互配合才能真正起到保护作用，但访问控制可以说是保证网络安全最重要的核心策略之一。具体方法包括：

（1）身份认证。身份认证是对用户入网访问时进行身份识别，它为网络访问提供了第一层访问控制。它控制哪些用户能够登录到服务器并获取网络资源，控制准许用户入网的时间和准许他们在哪台工作站入网。

（2）权限控制。权限控制是针对网络非法操作所提出的一种安全保护措施。用户和用户组被赋予一定的权限，只能进行相应权限允许范围内的操作。

3. 数据加密

对网络系统内的数据，包括文件、口令和控制信息等进行加密，能有效地防止数据被截取者截获后失密。数据加密过程是由形形色色的加密算法来具体实施，它以很小的代价提供很大的安全保护。在多数情况下，数据加密是保证数据机密性的唯一方法，数据加密技术是保证网络安全的重要手段。

4. 防火墙控制

防火墙是网络安全的屏障，配置防火墙是实现网络安全最基本、最经济、最有效的安全措施之一。防火墙由软件或和硬件设备组合而成，处于企业或网络群体计算机与外界通道之间，限制外界用户对内部网络访问及治理内部用户访问外界网络的权限。

以上介绍的各种安全策略必须相互配合才能真正起到保护作用。具体实施时，应根据实际情况加以综合考虑。

【训练与练习】

1. 根据自己的理解说说网络安全的重要性。

2. 要解决网络安全，目前有哪些策略？

8.4 数据加密技术

8.4.1 数据加密技术概述

在保障信息安全各种功能特性的诸多技术中，密码技术是信息安全的核心和关键技术，通过数据加密技术，可以在一定程度上提高数据传输的安全性，并保证传输数据的完整性。数据加密系统用于将"明文"（原始信息）混乱或加密成"密文"（混乱的信息），算法对明文使用密匙，密文保持在混乱状态，不能转换成明文。数据的加密、解密过程如图 8-2 所示。

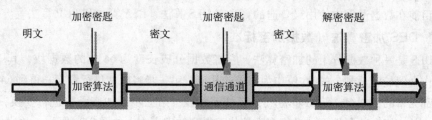

图 8-2　数据的加密、解密原理

8.4.2 数据加密技术

数据加密技术主要分为数据传输加密和数据存储加密。

数据传输加密技术主要是对传输中的数据流进行加密，常用的有链路加密、节点加密和端到端加密三种方式。

链路加密是传输数据仅在物理层前的数据链路层进行加密，不考虑信源和信宿，它用于保护通信节点间的数据，接收方是传送路径上的各台节点机，信息在每台节点机内都要被解密和再加密，依次进行，直至到达目的地。

节点加密方法与链路加密类似，是在节点处采用一个与节点机相连的密码装置，密文在该装置中被解密并被重新加密，明文不通过节点机，避免了链路加密节点处易受攻击的缺点。

端到端加密是为数据从一端到另一端提供的加密方式。数据在发送端被加密，在接收端解密，中间节点处不以明文的形式出现。端到端加密是在应用层完成的。在端到端加密中，除报头外的报文均以密文的形式贯穿于全部传输过程，只是在发送端和接收端才有加、解密设备，而在中间任何节点报文均不解密，因此，不需要有密码设备，同链路加密相比，可减少密码设备的数量。另一方面，信息是由报头和报文组成的，报文为要传送的信息，报头为路由选择信息，由于网络传输中要涉及到路由选择，在链路加密时，报文和报头两者均须加密。而在端到端加密时，由于通道上的每一个中间节点虽不对报文解密，但为将报文传送到目的地，必须检查路由选择信息，因此，只能加密报文，而不能对报头加密，这样就容易被某些通信分析发觉，而从中获取某些敏感信息。

链路加密对用户来说比较容易，使用的密钥较少，而端到端加密比较灵活，对用户可见。在对链路加密中各节点安全状况不放心的情况下也可使用端到端加密方式。

8.4.3 数据加密算法

数据加密算法有很多种。按照发展进程来分，经历了古典密码、对称密钥密码和公开密钥密码阶段。古典密码算法有替代加密、置换加密；对称加密算法包括DES和AES；非对称加密算法包括RSA、背包密码、McEliece密码、Rabin、椭圆曲线、EIGamal D_H等。

目前在数据通信中使用最普遍的算法有DES算法、RSA算法和PGP算法等。

1. DES加密算法（数据加密标准）

DES是一种数据分组的加密算法，它将数据分成长度为64位的数据块，其中8位用作奇偶校验，剩余的56位作为密码的长度。第一步将原文进行置换，得到64位的杂乱无章的数据组；第二步将其分成均等两段；第三步用加密函数进行变换，并在给定的密钥参数条件下，进行多次迭代而得到加密密文，如图8-3所示。

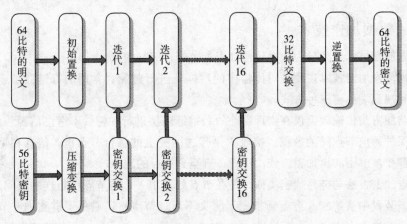

图8-3　DES加密过程

DES算法的初始置换过程为：明文按64位进行分组，将分组后的明文进行重组，并把输出分为左右两部分，每部分各32位。迭代前，先对64位密匙进行变化，密匙经过去掉其第8、16、24…64位减至56位，去掉的8位被视为奇偶校验位。所以实际密匙长度为56位。

DES算法的解密过程是一样的，区别仅仅在于最后一次迭代过程之后，所得的左右两部分不再交换。这样就可以使加密和解密使用同一算法。

DES算法具有极高安全性，到目前为止，除了用穷举搜索法对DES算法进行攻击外，还没有发现更有效的办法。而56位长的密钥的穷举空间为2^{56}，这意味着如果一台计算机的速度是每秒钟检测 100 万个密钥，则它搜索完全部密钥就需要将近 2285 年的时间，可见，这是难以实现的，当然，随着科学技术的发展，当出现超高速计算机后，我们可考虑把 DES 密钥的长度再增长一些，以此来达到更高的保密程度。

【小知识】　　　　　　　　　　**互联网的超级计算能力**

1997 年 1 月 28 日，美国 RSA 数据安全公司在互联网上开展了一项"秘密密钥挑战"的竞赛，悬赏一万美元，破解一段 DES 密文。计划公布后，得到了许多网络用户的强力响应。科罗拉州的程序员 R. Verser 设计了一个可以通过互联网分段运行的密钥搜索程序，组织了一个称为 DESCHALL 的搜索行动，成千上万的志愿者加入到计划中。

第 96 天，即竞赛公布后的第 140 天，1997 年 6 月 17 日晚上 10 点 39 分，美国盐湖城 Inetz 公司职员桑德斯成功地找到了密钥，解密出明文：The unknown Message is："stronge cryptography makes the word a safer place"（高强度密码技术使世界更安全）。互联网仅仅利用闲散资源，毫无代价就破译了 DES 密码，这是对密码方法的挑战，显示了互联网超级计算能力。

---

2. RSA 算法

RSA 算法是第一个能同时用于加密和数字签名的算法，也易于理解和操作。RSA 是被研究得最广泛的公钥算法，从提出到现在已近二十年，经历了各种攻击的考验，逐渐为人们接受，普遍认为是目前最优秀的公钥方案之一。RSA 的安全性依赖于大数的因子分解，但并没有从理论上证明破译 RSA 的难度与大数分解难度等价，即 RSA 的重大缺陷是无法从理论上把握它的保密性能到底怎样，而且密码学界多数人士倾向于因子分解不是 NPC 问题。

RSA 基本算法如下：

①生成两个大素数 p 和 q（保密）；

②计算这两个素数的乘积 $n = p \cdot q$（公开）；

③计算小于 n 并且与 n 互素的整数的个数，即欧拉函数 $\phi(n) = (p-1) \cdot (q-1)$（保密）；

④选取一个随机整数 e 满足 $1 < e < \phi(n)$，并且 e 和 $\phi(n)$ 互素，即 $\gcd(e, \phi(n)) = 1$（公开）；

⑤计算 d，满足 $d \cdot e = 1 \bmod \phi(n)$（保密）；

设 $p = 101$，$q = 113$，$n = pq = 11413$

$\phi(n) = (p-1) \cdot (q-1) = 100 \times 112 = 11200$

$a = 6597$，$b = 3533$，$x = 9726$

加密：

$y = x^b = 97263533 = 5761 \bmod 11413$

解密：

$x = y^a = 57616597 = 9726 \bmod 11413$

RSA 算法的优点是密钥空间大，缺点是加密速度慢。如果 RSA 和 DES 结合使用，则正好弥补 RSA 的缺点，即 DES 用于明文加密，RSA 用于 DES 密钥的加密。由于 DES 加密速度快，适合加密较长的报文；而 RSA 可解决 DES 密钥分配的问题。

【训练与练习】

1. 密匙在加密算法中有何作用？
2. DES 加密算法采用了哪些原理？

8.5　认证技术

8.5.1　身份认证

随着网络技术的发展，如何辨识网络另一端的用户身份成为一个很迫切的问题。在许多情况下都有对身份识别认证的要求，例如使用 6 位密码在自动柜员机（ATM）上取钱；通过计算机网络登录远程计算机，必须给出用户名和口令；保密通信双方交换密钥时需要确保对方的身份等。

身份认证（Identification and Authentication）可以定义为：为了使某些授予许可权限的权威机构、组织和个人满意，而提供所要求的证明自己身份的过程。身份认证的方法主要包括以下几种。

1. 你知道什么（What you know）

在互联网和计算机领域中最常用的认证方法是密码认证，当登录计算机网络时它需要输入密码，计算机把它的认证建立在密码之上，如果你把密码告诉了其他人，则计算机也将给予那个人相同的访问权限，因此身份认证是建立在密码之上的，这并不是计算机的失误，而是用户本身造成的，当然这只是一种模式的认证。

2. 你有什么（What you have）

这种方法稍好一些，因为用户需要一些物理原件，例如，一张楼宇通行卡，只有在扫描器上划过卡的人才能进入大楼，这里认证是建立在这张卡上，当然别人也可以拿着这张卡进入大楼，因此，如果希望能够创建一个更加精密的认证系统，可以要求不仅有通行证而且还要有密码认证。

3. 你是谁（Who you are）

这种过程通常也需要一些物理因素，如基因或其他一些不能被复制的个人特征，这种方法也被认为是生物测定学。例如这种方法包括指纹、面部扫描器，视网膜扫描器和语音分析等。

4. 你在哪里 (Where you are)

这种策略可以根据用户的位置来决定用户的身份，例如，Unix 的 rlogin 和 rsh 程序通过源 IP 地址来验证一个用户、主机或执行过程，反向 DNS 查询不是一个很严谨的认证实施，但它至少在允许访问前企图判断传输的源位置。

以密码技术为基础的认证技术提供了辨认真假机制，在计算机系统、网络环境中得到了广泛的应用，为网络与信息的安全发挥着日益重要的作用。

8.5.2 数字证书

数字证书是网络环境中的一种身份证，用于证明某一用户的身份以及其公开密钥的合法性。在公开密钥体制环境中，必须有一个来自第三方的可信机构，对任何一个公开用户的公开密钥进行公证，证明用户的身份以及他与公开密钥的匹配关系。

数字证书是由权威公正的第三方机构即 CA 中心签发的，以数字证书为核心的加密技术可以对网络上传输的信息进行加密和解密、数字签名和签名验证，确保网上传递信息的机密性、完整性，以及交易实体身份的真实性、签名信息的不可否认性，从而保障网络应用的安全性。

数字证书可用于发送安全电子邮件、访问安全站点、网上证券、网上招标采购、网上签约、网上办公、网上缴费、网上税务等网上安全电子事务处理和安全电子交易活动。以数字证书为核心的身份认证、数字签名、数字信封等数字加密技术是目前通用可行的安全问题解决方案，其主要作用有以下几点。

1. 信息的保密性

交易中的商务信息均有保密的要求，如信用卡的账号和用户名被人知悉，就可能被盗用；订货和付款的信息被竞争对手获悉，就可能丧失商机，因此在电子商务的信息传输过程中一般均有加密的要求。

2. 交易者身份的确定性

网上交易的双方很可能素昧平生，相隔千里，要使交易成功首先要能确认对方的身份，对商家要考虑客户不能是骗子，而客户也会担心网上的商店是不是一个玩弄欺诈的黑店，因此能方便而可靠地确认对方身份是交易的前提。对于为顾客或用户开展服务的银行、信用卡公司和销售商店，为了做到安全、保密、可靠地开展服务活动，都要进行身份认证的工作。对有关的销售商店来说，他们对顾客所用的信用卡的号码是不知道的，商店只能把信用卡的确认工作完全交给银行来完成。银行和信用卡公司可以采用各种保密与识别方法，确认顾客的身份是否合法，同时还要防止发生拒付款问题以及确认订货和订货收据信息等。

3. 不可否认性

由于商情的千变万化，交易一旦达成是不能被否认的，否则，必然会损害一方的利益，例如订购黄金，订货时金价较低，但供货单位收到订单后，金价上涨了，如收单方能否认收到订单的实际时间，甚至否认收到订单的事实，则订货方就会蒙受损失。因此电子交易通信过程的各个环节都必须是不可否认的。

4. 不可修改性

交易的文件是不可被修改的，如上例所举的订购黄金，供货单位在收到订单后，发现价格大幅上涨了，如其能改动文件内容，将订购数1吨改为1克，则可大幅受益，那么订货单位可能就会因此而蒙受损失。因此电子交易文件也要能做到不可修改，以保障交易的严肃和公正。

使用数字证书，通过运用对称或非对称密码体制等密码技术建立起一套严密的身份认证系统，从而保证：①信息除发送方和接收方外不被其他人窃取；②信息在传输过程中不被篡改；③发送方能够通过数字证书来确认接收方的身份；④发送方对于自己的信息不能抵赖。

8.5.3 数字签名

数字签名机制提供了一种身份鉴别方法，以解决伪造、抵赖、冒充和篡改等问题。数字签名一般采用非对称加密技术（如RSA），通过对整个明文进行某种变换，得到一个值作为核实签名。接收者使用发送者提供的公开密钥对签名进行解密运算，如能正确解密，则签名有效，证明对方的身份是真实的。在实际应用中，一般是对传送的数据包中的一个IP包进行一次签名验证，以提高网络的运行效率。当然签名也可以采用多种方式。例如，将签名附在明文之后。数字签名普遍用于银行、电子贸易等中。

数字签名采用一定的数据交换协议，使得双方能够满足两个条件：

（1）接收方能够鉴别发送方所宣称的身份。

（2）发送方以后不能否认他发送的数据这一事实。

数字签名不同于手写签字，数字签名随文本的变化而变化；手写签字反映某个人个性特征，是不变的；手写签名与数字签名的另外一个区别是一个数字签名的拷贝是与原来的签名相同的，而签名的纸质文件的拷贝通常与原来的签名文件作用不同。这个特点意味着必须防止签名的数字信息被再一次使用，例如在签名中包含一些时间信息等，可以防止签名的再次使用。

8.5.4 PKI体系结构

公开密钥基础设施（PKI）是跟随电子商务一同发展起来的网络安全技术，是目前网络安全建设的基础与核心，是电子商务安全实施的基本保障，其价值在于使用户能够方便地使用加密、数字签名等安全服务。

PKI是以公开密钥密码学为理论技术基础的一整套网络信息安全技术设施与服务，典型的PKI架构如图8-4所示。PKI的内容包括认证机构、证书和证书库、密匙备份及恢复、密匙和证书的更新、证书历史档案、客户端和服务器端软件、扩展接口等。

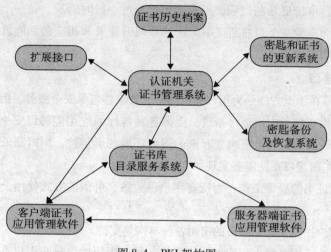

图8-4 PKI 架构图

1. 认证机构

认证机构（CA）是数字证书的签发机构，是 PKI 的核心。CA 是保证电子商务、电子政务、网上银行、网上证券等交易的权威性、可信任性和公正性的第三方机构。从广义上讲，认证中心还包括证书申请注册机构（registration authority，RA），它是数字证书的申请注册、证书签发和管理机构。RA 系统是 CA 的证书发放、管理的延伸，是整个 CA 中心不可缺少的一部分。

2. 证书和证书库

证书是数字证书或电子证书的简称，它符合 X.509 的标准，是网上实体身份的证明。证书是由具备权威性、可信任性和公正性的第三方机构签发的，因此，它是权威性的电子文档。

3. 密钥备份及恢复系统

如果用户丢失了用于解密数据的密钥，密文数据将无法解密，造成数据丢失。为避免出现这种情况，PKI 应该提供备份与恢复解密密钥的机制。密钥的备份与恢复由可信的 CA 机构来完成。当用户证书生成时，加密密钥即被 CA 备份存储；当需要恢复密钥时，用户只需向 CA 提出申请，CA 就会为用户自动进行恢复。

4. 密钥和证书的更新系统

一个证书的有效期是有限的，这种规定在理论上是基于当前非对称算法和密匙长度的可破译性分析；在实际应用中是由于长期使用同一个密匙有被破译的危险，因此，为了保证安全，证书和密匙必须有一定的更新频度。为此，PKI 对已发的证书有一个更换措施，这个过程称为"密匙更新或证书更新"。证书更新一般由 PKI 系统自动完成，不需要用户干预。

5. 证书历史档案

从以上密匙申请更新的过程，不难看出，经过一段时间后，每一个用户都会形成多个旧证书和至少一个当前新证书。这一系列旧证书和相应的私匙就组成了用户密匙和证书的历史档案。

6. 扩展接口

PKI 的价值在于能方便地为用户提供加密、数字签名等安全服务。因此一个完整的 PKI 必须提供良好的应用接口系统，使得各种各样的应用能够以安全、一致、可信的方式与 PKI 通信，确保所建立起来的网络环境的可信性，同时降低管理维护成本。PKI 应用扩展接口系统需要实现如下一些功能：

（1）完成证书的验证工作，为所有用户以一致、可信的方式使用公开密钥证书提供支持。

（2）为用户提供安全、统一的密钥备份与恢复支持。

（3）在所有应用系统中，确保用户的签名私人密钥始终只在用户本人的控制之下，阻止备份签名私人密钥的行为。

（4）根据安全策略自动为用户更换密钥，实现密钥更换的自动、透明与一致。

（5）为方便用户访问加密的历史数据，向用户提供历史密钥的安全管理服务。

（6）为所有用户访问统一的公用证书库提供支持。

（7）向所有用户提供统一的证书作废处理服务。

（8）完成交叉证书的验证工作，为所有用户提供统一模式的交叉验证支持。交叉验证是指每个 CA 只可能覆盖一定的作用范围，即 CA 的领域，不同的企业往往有各自的 CA，它们颁发的证书都只在企业范围内有效。当隶属于不同 CA 的用户需要交换信息时，就需要引入交叉证书和交叉验证。

（9）支持多种密钥存放介质，包括 IC 卡、PC 卡、安全文件等。

【小案例】　　　　**PKI 体系结构在电子政务方面的应用**

通过分析电子政务信息安全的需求，与安全中间件技术的结合，可以提出 PKI + AA（Authorization Authority）解决方案。

PKI + AA 解决方案是电子政务业务系统的统一应用安全平台，提供安全服务的中间件，独立于应用系统，位于应用系统的客户端和服务器之间。服务端发出的任何请求都要经过 PKI + AA 平台的安全过滤：通过检查，则到达相应的应用服务器；否则就被拒绝并返回客户端。应用服务器返回的结果也要经过该安全平台的保护。可以看出，统一应用安全平台构建了一个安全域，凡是完全纳入该安全域的资源，都受到它的保护，如图 8-5 所示。

在结构上，统一应用安全平台由安全认证服务器、安全控制服务器、安全管理服务器和安全管理控制台及用户注册数据库和访问授权数据库组成，如图 8-6 所示。

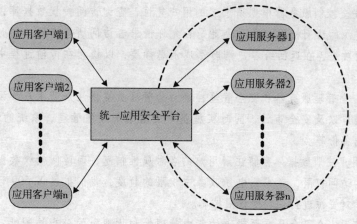

图 8-5　统一安全平台架构图

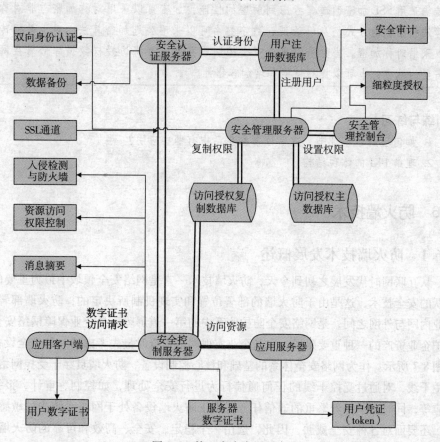

图 8-6　统一安全应用平台

（1）安全认证服务器根据请求者的数字证书和服务器的数字证书，查询用户注册数据库，完成双向身份认证，并为请求者发放一个用户凭证（token），在双向认证中防止用户针对 CRL 的攻击。

（2）安全控制服务器根据请求者的用户凭证，查询访问授权数据库，获得请求者对所需资源的访问权限，进而决定是否允许请求者访问所需资源，同时也要防止用户的恶意攻击，在返回给客户端时形成消息摘要，以检测在传输过程中数据是否被篡改。

（3）安全管理服务器和安全管理控制台为管理员提供注册新用户和设置访问权限的操作接口以及安全审计，同时实施整个应用系统权限管理、系统的注册数据、权限数据的备份等。

（4）用户注册数据库存储注册用户的各种属性信息，而访问授权数据库存储用户对资源的访问权限，考虑到电子政务中权限的粒度，我们扩展 X.509 证书，发放属性证书，对资源进行细粒度权限控制。

统一应用安全平台具有逻辑上的集中管理性和物理上的分布控制性，所有的数据传输采用 SSL 加密通道。考虑到解密的性能，加密可以采用对称加密与非对称加密算法相结合的方式，身份认证、数字签名可以采用公匙加密算法，对于数据传输可以采用对称加密。当然采用多个安全控制服务器或者将访授权数据库部署在网络中需要的地方，也可以提高性能和增加容错性。

【训练与练习】

1. 如何理解数字证书，数字证书在生活中有哪些应用？
2. 理解 PKI 的体现结构。

8.6　防火墙技术

8.6.1　防火墙技术发展概述

从互联网时代发展之初到今天，防火墙技术一直是网络安全领域中最为重要的、活跃的安全技术，这是由于防火墙的部署位置和实现机制所决定的，防火墙部署在企业内网与外网之间，是网络安全防护体系中的第一道屏障，是企业保障网络安全、保护企业资产的一种重要手段，也是企业实现网络安全时最先考虑的一种安全设备，如图 8-7 所示。作为网络安全体系的基础和核心控制设备，防火墙贯穿于受控网络通信主干线，对通过受控干线的任何通信行为进行安全处理，如控制、审计、报警、反应等，同时也承担着繁重的通信任务。由于防火墙设备处于网络系统中的敏感位置，还要面对各种安全威胁，因此，选用一个稳定、安全、高效和可靠的防火墙产品，是尤其重要的。

8.6.2　防火墙的几种技术

防火墙有很多种形式，有以软件形式运行在普通计算机之上的，也有以固件形式设计在路由器之中的。总的来说体现在包过滤技术、应用级网关和状态检测器三方面。

图 8-7　防火墙示意图

1. 防火墙的包过滤技术

一些防火墙厂商把在 AAA（身份验证 Authentication、授权 Authorization 和统计 Accounting）系统上运用的用户认证及其服务扩展到防火墙中，使其拥有可以支持基于用户角色的安全策略功能。该功能在无线网络应用中非常必要。包过滤防火墙的优点是它对于用户来说是透明的，处理速度快而且易于维护，通常作为第一道防线。具有用户身份验证的防火墙通常是采用应用级网关技术的，包过滤技术的防火墙不具有。用户身份验证功能越强，它的安全级别越高，但它给网络通信带来的负面影响也越大，因为用户身份验证需要时间，特别是加密型的一些用户身份验证。包过滤路由器通常没有用户的使用记录，这样用户就不能得到入侵者的攻击记录，而攻破一个单纯的包过滤式防火墙对黑客来说还是比较容易的。

2. 应用级网关技术（也称代理防火墙）

应用级网关（application level gateways）是在网络应用层上建立协议实现过滤和转发功能。它针对特定的网络应用服务协议使用指定的数据过滤逻辑，并在过滤的同时，对数据包进行必要的分析、登记和统计，形成报告，实际中的应用网关通常安装在专用工作站系统上。

代理服务（proxy service）也称链路级网关或 TCP 通道（circuit level gateways 或 TCP Tunnels），也有的分类将它分在应用级网关一类，代理服务器通常运行在两个网络之间，它对于客户来说像是一台真的服务器，而对于外界的服务器来说，它又是一台客户机。代理服务也对过往的数据包进行分析、注册登记，形成报告，同时当发现被攻击迹象时会向网络管理员发出警报，并保留攻击痕迹。代理防火墙工作原理如图 8-8 所示。应用级网关需要对每一个特定的互联网服务安装相应的代理服务软件，用户不能使用未被服务器支持的服务，对每一类服务要使用特殊的客户端软件，但是，并不是所有的互联网应用软件都可以使用代理服务器。

3. 状态检测器

基于状态检测技术（stateful-inspection）的防火墙是工作在网络层和传输层的，具有非常强大的功能。我们知道，互联网上传输的数据都必须遵循 TCP/IP 协议，根据 TCP/IP 协议，每个可靠连接的建立需要经过"客户端同步请求"、"服务器应答"、"客户端再应答"三个阶段，用户最常用到的 Web 浏览、文件下载、收发邮件等都要经过这三个阶段。这反映出数据包的传输并不是独立的，而是前后之间有着密切的状态联系，基于这种状态变化，引出了状态检测技术。

图 8-8　代理防火墙工作原理

与前两种防火墙不同，当用户访问请求到达网关的操作系统前，状态监视器要抽取有关数据进行分析，结合网络配置和安全规定作出接纳、拒绝、身份认证、报警或给该通信加密等处理动作。一旦某个访问违反安全规定，就会拒绝该访问，并报告有关状态作日志记录。状态监测防火墙的另一个优点是它会监测无连接状态的远程过程调用（RPC）和用户数据报（UDP）之类的端口信息，而包过滤和应用网关防火墙都不支持此类应用。这种防火墙无疑是非常坚固的，但它会降低网络的速度，而且配置也比较复杂。好在防火墙厂商已注意到这一问题，如 CheckPoint 公司的防火墙产品 Firewall-1，它所有的安全策略规则都是通过面向对象的图形用户界面（GUI）来定义，以简化配置过程。

从 2000 年开始，国内的著名防火墙公司，如北京天融信等公司，都开始采用这一最新的体系架构，并在此基础上，天融信 NGFW4000 创新推出了了核检测技术，在操作系统内核模拟出典型的应用层协议，在内核实现对应用层协议的过滤，在实现安全目标的同时可以得到极高的性能。

8.6.3　分布式防火墙

传统的防火墙如包过滤型和代理型，它们都有各自的缺点与局限性。随着计算机安全技术的发展和用户对防火墙功能要求的提高，目前出现一种新型防火墙，那就是"分布式防火墙"，英文名为"distributed firewalls"，它是在传统的边界式防火墙基础上开发的。由于其优越的安全防护体系，符合未来的发展趋势，所以这一技术一出现便得到许多用户的认可和接受。下面重点介绍这种新型的防火墙技术。

1. 分布式防火墙的产生

因为传统的防火墙设置在网络边界，处于内、外部计算机网络之间，所以也称为"边界防火墙"。随着人们对网络安全防护要求的提高，边界防火墙明显已不能满足需求，因为给网络带来安全威胁的不仅是外部网络，更多的是来自内部网络。但边界防火墙无法对内部网络实现有效地保护，除非对每一台主机都安装防火墙，这是不可能的。基于这种需求，一种新型的防火墙技术即分布式防火墙（distributed firewalls）技术产生了。它可以很好地解决边界防火墙的不足，不用为每台主机安装防火墙而能够把防火墙的安全防护系统延伸到网络中各台主机。一方面有效地保证了用户的投资不会很高，另一方面给网络带来了非常全面的安全防护。

分布式防火墙负责对网络边界、各子网和网络内部各节点之间的安全防护，所以"分布式防火墙"是一个完整的系统，而不是单一的产品。根据其所需完成的功能，新的防火墙体系结构包含如下部分。

（1）网络防火墙（network firewall）。网络防火墙是用于内部网与外部网之间，以及内部网各子网之间的防护产品。与传统边界防火墙相比，它多了一种用于对内部子网之间的安全防护层，这样整个网络间的安全防护体系就显得更加安全可靠。

（2）主机防火墙（host firewall）。主机防火墙驻留在主机中，负责策略的实施。它对网络中的服务器和桌面机进行防护，这些主机的物理位置可能在内部网中，也可能在内部网外。这样防火墙的作用不仅是用于内部与外部网之间的防护，还可应用于内部网各子网之间、同一子网内部工作站与服务器之间。可以说达到了应用层的安全防护，比起网络层更加彻底。

（3）中心管理（central managerment）。中心管理服务器负责安全策略的制定、管理、分发及日志的汇总，中心策略是分布式防火墙系统的核心和重要特征之一。这是一个防火墙服务器管理软件，负责总体安全策略的策划、管理、分发及日志的汇总。这是以前传统边界防火墙所不具有的新的防火墙的管理功能。这样防火墙就可进行智能管理，提高了防火墙的安全防护灵活性，具备可管理性。

2. 分布式防火墙的主要特点

综合起来这种新的防火墙技术具有以下几个主要特点：

（1）保护全面性。分布式防火墙把互联网和内部网络均视为"不友好的"，它们对个人计算机进行保护的方式如同边界防火墙对整个网络进行保护一样。对于 Web 服务器来说，分布式防火墙进行配置后能够阻止一些非必要的协议，如 HTTP 和 HTTPS 之外的协议通过，从而阻止了非法入侵的发生，同时还具有入侵检测及防护功能。

（2）适用于服务器托管。不同的托管用户有不同数量的服务器在数据中心托管，服务器上也有不同的应用。对于安装了中心管理系统的管理终端，数据中心安全服务部门的技术人员可以对所有在数据中心委托安全服务的服务器的安全状况进行监控，并提供有关的安全日志记录。对于这类用户，他们通常所采用的防火墙方案是采用虚拟防火墙方案，但这种配置相当复杂，非一般网管人员能胜任。而针对服务器的主机防火墙解决方案则是其一个典型应用。对于纯软件式的分布式防火墙，用户只需在该服务器上安装上主机防火墙软件，并根据该服务器的应用设置安全策略即可，还可以利用中心管理软件对该服务器进行远程监控，不需任何额外租用新的空间放置边界防火墙。对于硬件式的分布式防火墙因其通常采用 PCI 卡式的，通常兼顾网卡作用，所以可以直接插在服务器机箱里面，也就无需单独的空间托管费了，对于企业来说更加实惠。

在新的安全体系结构下，分布式防火墙代表新一代防火墙技术的潮流，它可以在计算机网络的任何交界和节点处设置屏障，从而形成了一个多层次、多协议、内外皆防的全方位安全体系，在增强系统安全性、提高系统性能、系统扩展性等方面都有着很好的优势。

【训练与练习】

1. 理解防火墙的重要性，关于防火墙当前有哪些商业产品？
2. 当今流行的防火墙都采用了哪些技术？

学习指导

1. 学习建议

本章主要介绍关于网络管理以及网络安全的一些基本概念，分析了当今主流的网络安全技术。鉴于篇幅，网络管理、数字签名等技术都介绍的比较简单。在学习的过程中要注意多上网查查其他资料，了解更多关于网络安全和网络管理的核心技术。有兴趣的同学也可以多查阅找关于密码学以及数字签名的资料。

2. 学习重点与难点

重点掌握网络管理的功能、DES 加密算法、认证技术、防火墙技术。

3. 核心概念

网络管理、网络安全、数据加密、数字证书（CA）、PKI 体系结构、分布式防火墙。

课后思考与练习

一、填空题

1. 在 OSI 管理标准中，将开放系统的管理功能划分为五个功能域：（　　　　　）、（　　　　　）、（　　　　　）、（　　　　　）和（　　　　　）。

2. 常见的网络管理协议标准有两个：一个是用于互联网的简单网络管理协议，简称（　　　　　）；另一个是公共管理信息协议，简称（　　　　　）。

3. 归结起来，针对网络安全的威胁主要有以下几种（　　　　　）、（　　　　　）、（　　　　　）、（　　　　　）和（　　　　　）。

4. 数据传输加密技术主要是对传输中的数据流进行加密，常用的有（　　　　　）、（　　　　　）和（　　　　　）这三种方式。

5. DES 加密算法是基于（　　　　　）原理。

6. 防火墙主要由（　　　　　）、（　　　　　）和（　　　　　）三方面来体现。

二、判断题

1. 网络管理的功能仅仅是监控网络的使用。　　　　　　　　　　　　（　　　）

2. SNMP 是一种面向连接的传输。 （　　）

3. 防火墙是网络安全的屏障，配置防火墙是实现网络安全最基本、最经济、最
有效的安全措施之一。 （　　）

4. RSA 算法是一种能同时用于加密和数字签名的算法。 （　　）

5. 基于状态检测技术（Stateful-inspection）的防火墙是工作在网络层和应用
层的。 （　　）

三、简答题

1. 网络安全的内涵有哪些？

2. 影响网络安全的因素有哪些？

3. 数字签名的功能是什么？

4. 简述 PKI 的体系结构。

5. 试从技术的角度分析目前网络安全所涉及的内容及需要解决的难题。

6. 描述 DES 加密算法的原理，并说明该算法的优缺点。

7. 列举目前流行的几种加密机制，并分析这些加密机制的实现原理及其适用
范围。

8. 为什么网络通信中要进行身份验证和数字签名？这两种技术有何特点？

9. 防火墙使用在什么场合？它是一种什么性质的安全措施？

10. 通常有哪几种防火墙技术？各技术的主要内涵是什么？

11. 防火墙有几种体系结构？

12. 描述 RSA 算法，并说明该算法的优缺点。

 ## 实训应用

实训项目　企业网络安全设计方案。

实训目的　1. 掌握企业级防火墙、数据加密、网络管理的原理及其相关协议。

　　　　　　2. 了解企业网络安全需求，了解一般企业网络安全的实施过程及其方案。

实训指导　根据大型企业的实际需求，选择合适的网络管理软件以及硬件防火墙或者
软件防火墙等产品，设计企业资源访问权限，构建企业认证中心，实施企
业网络安全方案。

　　　　　　1. 熟悉配置典型的防火墙。

　　　　　　2. 熟悉 OpenView 的配置，并能读懂网络拓扑图。

　　　　　　3. 了解加密算法的加密强度。

实训组织　团队合作完成或者到企业参观。

实训考核　1. 按要求完成实训任务，现场演示。（占总成绩的60%）。

　　　　　　2. 撰写实训报告（占总成绩的40%）。

第 9 章

网络规划与设计

学习目标

知识的掌握

1. 掌握网络规划与设计的意义和内容
2. 掌握网络需求分析方法
3. 掌握网络总体目标设计原则
4. 掌握网络拓扑结构设计方法
5. 掌握网络设备选型的一般原则
6. 掌握局域网设计的一般方法

技能的提高

1. 对计算机网络的认识得到进一步提高
2. 掌握计算机局域网组网技术，初步具备网络规划与设计的能力

案例导入

信息化——企业管理趋势

随着我国市场经济的快速发展，市场竞争的压力越来越大，企业也正面临着持续多变的全球化市场竞争压力。要在竞争激烈的市场环境中生存下来，企业就必须在管理体制、运行机制、产品结构、组织形式等方面进行不断的改革和创新，而企业信息化建设就是这种改革和创新的重要手段之一。

所谓企业管理信息化，就是企业利用现代信息技术，通过信息资源的深入开发和广泛利用，不断提高生产、经营、管理、决策的效率，借以提高企业经济效益以及企业核心竞争力的过程。具体到一个企业，企业管理信息化就是要实现企业生产

过程的自动化、管理方式的网络化、决策支持的智能化、商务运营的电子化，这"四化"综合起来就是企业管理信息化的内涵。因此作为企业信息化建设的基础——企业内部网络（Intranet）的建设自然就成为当务之急。要建设好一个企业内部网络，首要任务就是做好网络的规划与设计。那么，怎样合理地规划、设计一个企业内部网络？在学习了计算机网络的基本知识的基础上，本章将学习网络规划与设计的一般方法、局域网的组网技术等，并通过几个案例的分析，对局域网的设计与组网方法进行一个综合的回顾与训练。

问题引入

1. 什么是网络规划？为什么要进行网络规划？
2. 建设一个企业网络的一般步骤是什么？

9.1 网络规划与设计概述

9.1.1 网络规划与设计的意义

网络规划就是在用户需求分析和系统可行性论证的基础上确定网络的总体方案和网络体系结构的过程。网络设计则是在网络规划的基础上，对网络体系结构、子网划分、接入网、网络互联、网络设备选型、网络安全及网络实施等进行工程化设计的过程。

网络规划与设计是网络工程或网络系统集成中一个的重要阶段，它涉及的知识面广，要求有较强的专业技术，通过采用系统工程的方法，综合运用计算机网络知识，根据用户应用的需求，将计算机硬件平台、网络设备、软件系统等集成为具有优良性能的计算机网络及应用系统。网络规划的好坏直接影响到网络的性能，它是网络系统建设中的重要一环。一个好的网络规划能够保证网络系统具有完善的功能、较高的可靠性和安全性，并具有良好的可扩展性和灵活的升级能力，以便将来能根据发展需求扩大网络的应用范围，及时提升网络的性能，使网络系统的先进性能保持最长的周期。相反，一个规划不善的网络系统，不仅浪费资源，而且可能无法发挥应有的作用，甚至完全不能使用，给国家和企业造成巨大的损失。因此，在网络系统建设之前，应正确地了解用户的需求，有针对性地进行可行性研究，通过正确的分析，做出恰当的规划与设计。

9.1.2 网络规划与设计的内容

网络规划与设计的内容随着项目不同而异，一般都应包括下面几个方面的内容：

（1）需求分析。了解用户建网需求或对原有网络升级改造的要求，主要包括应用类型、地理分布结构、带宽要求及流量特征分析等。

（2）网络规划。为将要建立的网络系统提出一套完整的设想和方案，其中包括需求分析与网络系统的可行性研究、网络软硬件的选择、网络系统的设计、网络结构的确定、投资估算等，网络规划对建立一个功能完善、安全可靠、性能先进的网络系统至关重要。

（3）产品选型。根据技术方案进行设备选型，包括网络设备、服务器设备、软件产品等的选型。

（4）网络系统设计。在网络规划的基础上，结合产品选型进行网络拓扑结构的设计、确定网络主干和分支采用的网络技术、系统的结构化布线、网络管理与网络操作系统的选型、应用软件的集成与开发计划等。

在网络规划与设计结束后，就可以开始进行实际网络系统实施、系统测试、用户培训、项目验收及系统维护等工作。

【训练与练习】

网络规划与设计有什么意义？它包括哪些内容？

【小知识】 **Intranet 是什么意思**

很多人都误以为 Intranet 拼写错了，应该是 Internet。其实，与 Internet 一样，Intranet 也是一个合成词，"Intra" 的意思是 "内部的"，"net" 是 "network" 的缩写，是指网络，合起来就是 "内部网络"，由于它主要是指企业内部的计算机网络，所以也称 "企业内部网"。

与 Internet 相比，可以说 Internet 是面向全球的网络，而 Intranet 则是 Internet 技术在企业机构内部的实现，它能够以极少的成本和时间将一个企业内部的大量信息资源高效合理地传递到每个人。Intranet 为企业提供了一种能充分利用通信线路、经济而有效地建立企业内联网的方案，应用 Intranet，企业可以有效地进行财务管理、供应链管理、进销存管理、客户关系管理，等等。

9.2 网络需求分析

需求分析是从软件工程和管理信息系统引入的概念，是任何一个工程实施的第一个环节，也是关系一个网络系统成功与否最重要的砝码。如果网络系统需求分析做得透彻，网络系统方案的设计就会赢得用户方青睐，同时网络系统体系结构就可能架构得好，网络工程实施及网络应用实施就相对容易得多。反之，如果网络系统设计方没有对用户方的需求进行充分的调研，不能与用户方达成共识，那么随意需求就会贯穿整个工程项目的始终并破坏工程项目的计划和预算。

需求分析阶段主要完成用户方关于网络系统需求的调查，了解用户方建设网络的各项要求，或用户方对原有网络升级改造的要求，为下一步制定适合用户方需求的网络系统方案打好基础。需求分析是整个网络系统设计过程中的难点，需要由经验丰富的系统分析员来完成。一般应从以下几个方面入手。

1. 网络需求调研

网络需求调研的目的是从用户方网络建设的需求出发，通过对用户方现场实地调研，了解用户方的要求、现场的地理环境、网络应用及工程预计投资等情况，使网络工程设计方获得对整个工程的总体认识，为系统总体规划设计打下基础。一般地，网络需求调研包括以下几个方面。

（1）网络用户调查。网络用户调查就是与网络的未来用户进行交流，了解用户希望通过组建网络解决的问题、提供的应用与服务等。具体来讲，可以把用户方的需求归纳为以下几个方面，可以通过填表方式来完成：

- 建网的目的
- 用户数量
- 网络延迟与可预测响应时间
- 可靠性/可用性，即系统（包含路由器、核心层交换机、汇聚层交换机等设备）不停机运行
- 伸缩性，网络系统能否适应用户不断增长的需求
- 高安全性，保护用户信息和物理资源的完整性，包括数据备份、灾难恢复等
- 网络负载估计
- 用户设备需求及现有设备情况
- 其他情况

（2）网络应用调查。网络应用调查就是要弄清用户建设网络的真正目的，是一般的网络应用、企事业的 OA 系统、人事档案及工资管理，或者是企事业的 MIS 系统、ERP（企业资源规划）等，或者是文件信息资源共享、Intranet/Internet 信息服务（www、E-mail、FTP 等），或者是数据流、多媒体的音频、视频多媒体流传输应用等。只有对用户的实际需求进行细致深入的调查，并从中得出用户的应用类型、数据量的大小、数据源的重要程度、网络应用的安全性及可靠性、实时性等要求，才能设计出适合用户实际需要的网络系统方案。网络应用调查通常也采用填表的方式来完成，以充分反映用户的需求。

（3）网络系统综合布线调查。网络系统综合布线调查主要是了解用户建筑楼群的地理环境与几何中心、建筑楼内的布线环境与几何中心，由此来确定网络的规模、网络拓扑结构、综合布线系统设计。主要应包括以下几项内容：

- 用户的数量及其位置
- 建筑楼内局域网布线规划

（4）用户前期培训。网络需求分析离不开用户的参与。网络系统设计者要为企事业用户提供网络应用一揽子解决方案，就应该了解企事业网络应用各方面的需求。

但是，网络系统设计者不一定是行业领域专家，不可能真正理解每个企事业的某些特殊需求，有些应用设计与现有管理模式不匹配是难免的。企事业各部门业务人员习惯性的思维方式以及权力和利益的再分配等问题，都有可能对提出的系统需求产生影响。在大多数企事业中，信息化建设中遇到的更多的不是技术问题，而是在业务流程合理化调整方面带来的困扰。只有用户方 IT（信息技术）人员也能积极参与，双方才能建立交流的基础，使做出来的网络需求分析真正满足用户的需要。所以，应该充分利用企业 IT 人员自身的有利条件，使他们在精通计算机、网络技术的同时成为业务管理的能手。如果不能以合理的方式让用户方的 IT 人员参与系统集成项目，那么即使企业信息系统得以实施，其应用效果也不会理想。

2. 综合布线需求

通过对实施综合布线的相关建筑物进行实地考察，根据用户提供的建筑工程图，了解相关建筑结构，分析施工难易程度，并估算大致费用。需了解的其他数据还包括：中心机房的位置、信息点数、信息点与中心机房的最远距离、电力系统状况、建筑楼情况等。具体来说，综合布线需求分析主要包括以下三个方面：

（1）根据造价、建筑物距离和带宽要求确定线缆的类型。如双绞线的类型、光缆的芯数和种类等。

（2）根据建筑楼群间距离、马路隔离情况、电线杆、地沟和道路状况，对建筑楼群间光缆的敷设方式进行分析，可分为架空、直埋或是地下管道敷设等。

（3）对各建筑楼的信息点数进行统计，用以确定室内布线方式和配线间的位置。建筑物楼层较低、规模较小、点数不多时，只要所有的信息点距设备间的距离均在 90 米以内，信息点布线可直通配线间。建筑物楼层较高、规模较大、点数较多时，即有些信息点距主配线间的距离超过 90 米时，可采用信息点到中间配线间、中间配线间到主配线间的分布式布线。

3. 网络安全、可靠性分析

（1）网络可用性，可靠性需求。证券、金融、铁路、民航、校园网等行业对网络系统可用性要求很高，若网络系统发生崩溃或数据丢失，将会造成巨大的损失。可用性要求相应的网络具有高可用性设计来保障，如服务器采用磁盘镜像（RAID 1）或磁盘容错（RAID 5）、双机容错、异地备份等措施。另外，还可采用大中小型 UNIX 主机（如 IBM、SUN 和富士通）。

（2）网络安全性需求。一个完整的网络系统应该渗透到用户方业务的各个方面，其中包括比较重要的业务应用和关键的数据服务器，公共互联网出口或 Modem 拨号上网，这就使得网络在安全方面有着普遍的强烈需求。安全需求分析具体表现在以下几个方面：

- 分析存在弱点、漏洞与不当的系统配置
- 分析网络系统阻止外部攻击行为和防止内部员工违规操作行为的策略
- 划定网络安全边界，使园区网络系统和外界的网络系统能安全隔离

- 确保租用电路和无线链路的通信安全
- 分析如何监控园区网络的敏感信息，包括技术专利等信息
- 分析工作桌面系统的安全

为了全面满足以上安全系统的需求，必须制定统一的安全策略，使用可靠的安全机制与安全技术。安全不单纯是技术问题，而是策略、技术与管理的有机结合。

4. 网络系统预算分析

首先要弄清用户的投资规模。一般情况下，用户的投资规模与网络系统的规模及工程应达到的目标是一致的。但同样的网络系统规模和建设目标，采用国际名牌产品和采用国内一般品牌产品，其价格相差较大。就网络系统项目而言，用户都希望经济方面最省、工程质量最好、网络应用效果最佳。但实际上，即使竞争再激烈，系统集成商都必须赚钱，因此，应该让用户懂得降价是以网络性能、工程质量和服务为代价的，一味地降低成本投入往往最终吃亏的还是用户。用户在选择合作者时，要对系统集成商的工程方案、工程质量、工程效率、工程服务、工程价格等，进行全面、综合的考虑。

网络系统项目费用主要包括以下方面：

- 网络通信设备：包括交换机、路由器、拨号访问服务器、集线器、网卡等
- 服务器及客户设备：包括服务器群、网络存储设备、网络打印机、客户机等
- 网络基础设施：包括 UPS 电源、机房装修、综合布线系统及器材等
- 软件：包括网络操作系统、网管系统、数据库、网络安全与防病毒软件等
- 远程通信线路或电信租用线路费用
- 系统集成费用：包括网络设计、网络工程项目集成和布线工程施工费用
- 培训费和网络维护费

只有知道用户方对网络投入的底线，才能据此确定网络硬件设备和系统集成服务的"档次"，产生与此相配的网络设计方案。

【训练与练习】

什么是网络需求分析？它包括哪些内容？

9.3 网络系统方案设计

完成需求分析后，应产生成文的需求分析报告。有了完善的需求分析报告，就可以进入网络系统方案设计阶段。这个阶段主要包括确定网络总体目标、网络方案设计原则、网络总体设计、网络拓扑结构、网络设备选型和网络安全设计等。

9.3.1 网络总体目标和设计原则

1. 确定网络总体实现目标

网络建设的总体目标主要是明确采用哪些网络技术、网络标准以及构建网络的

规模，满足哪些应用。如果网络工程分期实施，还应明确分期工程的目标、建设内容、所需费用、时间和进度计划等。

2. 网络系统设计原则

一般在网络系统设计时，应遵循下列原则：

（1）开放性原则。网络系统应采用符合国际或公认的工业标准，具备开放功能，便于不同网络产品的互联，考虑设备在技术上的扩充性和兼容性。

（2）可扩展性原则。网络的覆盖范围、传输速率、支持的最大节点数不仅要满足目前系统的要求，而且要考虑今后发展的需要，在网络设计时要充分考虑网络的扩展性。同时，要保护用户现有投资，充分利用现有计算机资源及其他设备资源。

（3）先进性与实用性兼顾原则。计算机设备、服务器设备和网络设备在技术性能逐步提升的同时，其价格却在逐年下降。因此，不可能也没有必要实现所谓"一步到位"。所以，网络系统设计时，应把握"够用"和"实用"原则。应尽可能地采用先进而成熟的技术，采用先进的设计思想、先进的软硬件设备和先进的开发工具。同时注重实用性，使网络系统获得较高的性价比。

（4）安全性与可靠性原则。网络的可靠性、安全性应优先考虑。选择适当的冗余，保证网络在故障情况下能正常运行。设置各种安全措施，达到从网络用户到数据传输各环节的安全。

（5）可维护性原则。有充分的网络管理手段，可维护性好。

9.3.2 网络拓扑结构的设计

网络的拓扑结构是整个网络系统方案设计的基础，拓扑结构的选择往往和地理环境分布、传输介质、介质访问控制方法，甚至网络设备选型等因素紧密相关。选择拓扑结构时，应该充分考虑费用、灵活性和可靠性等因素的影响。

在快速交换以太网和千兆以太网占主导地位的今天，计算机局域网和城域网一般采用星型或树型拓扑结构及其变种。网络拓扑结构的设计与网络规模息息相关，一个规模较小的星型局域网没有主干网和外围网之分，规模较大的网络通常呈倒树状分层拓扑结构，如图9-1所示。在这个层次化的网络拓扑结构设计中引入了三个关键层的概念，这三个层次分别是：核心层、汇聚层和接入层。

（1）核心层就是主干网络。核心层主要是由高端路由器、交换机组成的网络中心，用以连接服务器群、建筑群到网络中心，或在一个较大型建筑物内连接多个交换机管理间到网络中心设备间。主干网技术的选择，要根据需求分析中的地理距离、信息流量和数据负载的轻重而定。主干网可能会容纳网络上 40% ~ 60% 信息流，是网络的大动脉。连接建筑群的主干网一般以光缆作传输介质，典型的主干网技术主要有千兆以太网、100-Base-FX、ATM 和 FDDI 等。从易用性、先进性和可扩展性的角度考虑。采用千兆以太网是目前通行的做法。

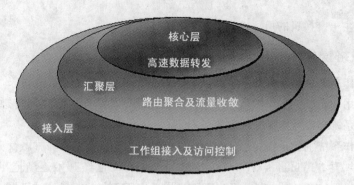

图 9-1　层次化网络拓扑结构

（2）汇聚层是核心层和终端用户接入层的分界面。汇聚层网络组件完成了数据包处理、过滤、寻址、策略增强和其他数据处理的任务。在进行网络设计时是否需要汇聚层，取决于外围网采用的扩充互联方法。当建筑物内信息点较多，超出一台交换机所能容纳的端口密度，不得不增加交换机扩充端口密度时，如果交换机采用级连方式，则需要汇聚层，若采用多个交换机并行堆叠的方式，则没有汇聚层。

（3）接入层主要由 HUB、交换机和其他设备组成，使终端用户能接入网络，同时优先级设定和带宽交换、接入控制等优化网络资源的设置也在接入层完成。

汇聚层/接入层一般采用 100-Base-T（X）快速（交换式）以太网。采用 10/100Mbps 自适应传输速率到桌面计算机，传输介质基本采用双绞线。

分层设计的好处是可以有效地将全局通信问题分解考虑，如同软件工程中的结构化程序设计一样，同时分层还有助于分配和规划带宽。

9.3.3　网络设备选型

由于设备选型涉及到对具体设备的优劣分析，在此仅讨论网络设备选型的原则。

（1）厂商的选择。所有网络设备尽可能选取同一厂家的产品，这样在设备可互联性、协议互操作性、技术支持、价格等方面都更具有优势。从这个角度来看，产品线齐全、技术认证队伍力量雄厚、产品市场占有率高的厂商是网络设备品牌的首选。

（2）扩展性考虑。在网络的层次结构中，主干设备应预留一定的扩展能力，而低端设备则够用即可，因为低端设备更新较快，且易于扩展。

（3）根据方案实际需要选型。主要是在参照整体网络设计要求的基础上，根据网络实际带宽性能要求、端口类型和端口密度选型。如果是旧网改造项目，应尽可能保留并延长用户对原有网络设备的投资，减少在资金投入方面的浪费。

（4）选择性能价格比高、质量过硬的产品。为使资金的投入产出达到最大值，能以较低的成本、较少的人员投入来维持系统运转，必须选择质量可靠的产品；同时网络开通后，会运行许多关键业务，因此也要求系统具有较高的可靠性。整个系统的可靠性主要体现在网络设备的可靠性，尤其是体现在千兆以太网（gigabit ethernet，GBE）主干交换机的可靠性以及线路的可靠性上。

9.3.4 网络操作系统的选择

网络操作系统是网络中的一个重要部分，它与网络的应用紧密相关，既要能够满足网络应用的需求，又要能适应日益发展的网络。那么如何选择网络操作系统呢？在选择操作系统时要考虑哪些因素呢？

网络操作系统主要是指运行在各种服务器上的操作系统。目前比较流行的服务器操作系统主要有 Windows NT/2000/2003 Server（NT 已经开始逐渐退出）、UNIX、Novell Netware、LINUX。这四种系列网络操作系统所面向的服务领域不同，在很多方面有较大的差异，用户可以结合网络系统的需求适当选择。

1. 选择网络操作系统的准则

选择网络操作系统的准则随着市场、技术及生产厂商的变化而变化，所以，这里所谈的准则也不是一成不变的，在许多情况下，仍要根据实际情况决定。选择网络操作系统，既要分析原有系统的情况，又要分析网络操作系统的情况。对原有系统的分析，着重在两个方面：一是需要实现的目标，即要建立具有什么功能的网络；二是现有系统的配置、实现的难易程度、技术配备等。

在对原系统进行分析后，再考察网络操作系统的状况，主要考察点有：

（1）该网络操作系统的主要功能、优势及配置，看看能否与用户需求达成基本一致。

（2）该网络操作系统的生命周期。谁都希望少花钱、多办事，因而希望网络操作系统正常发挥作用的周期越长越好，这就需要了解一下其技术主流、技术支持及服务等方面的情况。

（3）分析该网络操作系统能否顺应网络计算的潮流。当前的潮流是分布式计算环境，因此，选择网络操作系统，当然最好考察这个方向。

（4）对市场进行客观的分析。也就是说，对当前市场流行的网络操作系统平台的性能和品质，如速度、可靠性、安装与配置的难易程度等方面，进行列表分析，综合比较，选择性能价格比最优者。

2. 常用的网络操作系统

（1）NetWare。NetWare 是通用性很强的网络操作系统软件，其内置的 NDS（novell directory server）提供了一个跨平台、跨地域的目录服务，可以在单台服务器或多台服务器上管理所有的网络资源，能为各种不同的客户端提供很好的支持。NetWare 具有出色的容错特性，提供一、二、三级容错，整体系统的保密性、安全性较好。

现在 NetWare 操作系统虽然远不如早几年那么风光了，在局域网中早已失去了当年雄霸一方的气势，但是 NetWare 操作系统仍以对网络硬件的要求较低（工作站只要是 286 机就可以了）而受到一些设备比较落后的中、小型企业、学校等的青睐。用户除了一时还忘不了它在无盘工作站组建方面的优势，还忘不了它那毫无过分需求的大度，并且因为它兼容 DOS 命令，其应用环境与 DOS 相似，经过长时间的发展，具有相当丰富的应用软件支持，技术完善、可靠。NetWare 服务器对无盘站和游戏的支持较好，常用于教学网和游戏厅。目前这种操作系统的市场占有率呈下降趋势，这部分的市场主要被 Windows NT/2000 和 Linux 系统瓜分了。

（2）Windows NT/2000/2003 Server。这类操作系统是全球最大的软件开发商——微软（Microsoft）公司开发的。微软公司的 Windows 系统不仅在个人操作系统中占有绝对优势，它在网络操作系统中也具有非常强劲的竞争力。这类操作系统配置在整个局域网配置中是最常见的。但由于它对服务器的硬件要求较高，且稳定性能不是很高，所以微软的网络操作系统一般只是用在中低档服务器中，高端服务器通常采用 Unix、Linux 等非 Windows 操作系统。在局域网中，微软的网络操作系统主要有：Windows NT 4.0 Server、Windows 2000 Server/Advance Server，以及最新的 Windows 2003 Server/ Advance Server 等，工作站系统可以采用任一 Windows 或非 Windows 操作系统，包括个人操作系统，如 Windows 9x/ME/XP 等。

在整个 Windows 网络操作系统中最为成功的还是 Windows NT 4.0 这一套系统，它几乎成为中、小型企业局域网的标准操作系统。原因之一是它继承了 Windows 家族统一的界面，使用户学习、使用起来更加容易；其次，它的功能也的确比较强大，基本上能满足所有中小型企业的各项网络要求。该系统虽然相比 Windows 2000/2003 Server 系统来说在功能上要逊色许多，但它对服务器的硬件配置要求要低许多，可以更大程度上满足许多中、小企业的 PC 服务器配置需求。

（3）Unix。Unix 是一个通用、多用户、分时网络操作系统，提供了所有互联网服务。Unix 最主要的特点是具有开放性和很强的可移植性，支持网络文件系统服务，提供数据等应用，功能强大。这种网络操作系统稳定和安全性能非常好，但由于它多数是以命令行方式来进行操作的，不容易掌握，特别是对于初级用户。正因如此，Unix 一般用于大型的网站或大型的企、事业局域网中，在大型网络操作系统中几乎是“独霸天下”。小型局域网则基本不使用 Unix 作为网络操作系统。

（4）Linux。这是一种新型的网络操作系统，它的最大的特点就是源代码开放，可以免费得到许多应用程序，因此，它的二次开发性很强，能够让人们在开发过程中“各取所需”。目前也有中文版本的 Linux，在国内得到了用户充分的肯定，主要体现在它的安全性和稳定性方面，它与 Unix 有许多类似之处。目前这类操作系统主要应用于中、高档服务器中。

选择一个什么样的网络操作系统，取决于组织对企业网络系统的总体性能要求和功能要求，也取决于整个系统的规模，当然最重要的还是要和用户自己的网络环境相结合起来。如中小型企业及网站建设中，多选用 Windows NT/2000/2003 Server；做网站的服务器和邮件服务器时多选用 Linux；而在工业控制、生产企业、证券系统的环境中，多选用 Novell Netware；而在安全性要求很高的情况下，如金融、银行、军事及大型企业网络上，则推荐选用 Unix。

【训练与练习】

1. 网络系统方案设计包括哪些内容？
2. 网络系统总体目标和设计原则是什么？
3. 常用的网络操作系统有哪些？怎样选择？

9.4 局域网设计综合案例分析

按照网络的规模，局域网可以划分为小型、中型和大型三类。在实际工作中，通常将信息点在100点以下的网络称为小型网络，信息点在100点～500点的网络称为中型网络，信息点在500点以上的网络称为大型网络。

9.4.1 中小规模校园网设计方案实例分析

1. 校园网概述

校园网是各种类型网络中的一大分支，有着非常广泛的应用。作为新技术的发祥地，学校尤其是高等学校，和网络的关系十分密切，网络最初是在校园里进行实验并获得成功的，许多网络新技术也是首先在校园网中获得成功，进而才推向社会的。另一方面，作为"高新技术孵化器"的学校，知识、人才的资源十分丰富，比其他行业更渴求信息，希望能有渠道获得各种各样的信息来促进自身在研究、学术上的进步。

我国从1994年开始启动中国教育科研计算机网CERNET的建设，现已基本完成了国内绝大部分重点高校的连接。目前，在国家教委"211工程"的支持下，全国各大专院校基本上都有了自己的校园网，同时，地方所属的专业/职业院校和中小学校的校园网建设正在如火如荼地进行。

对于校园网建设来说，其应用是核心，网络环境是基础，网络教学资源是根本，而利用网络的人是关键。评价一个校园网的成功与否，可从四个环节来考虑：网络基础平台是否满足通信需要；网络应用系统是否成功实施；网络教学资源是否丰富以及教育科研信息活动对网络依赖到什么程度。

校园网是一个宽带具有交互功能和专业性很强的局域网络。教学管理系统、多媒体教室、教育视频点播系统、电子阅览室以及教学、考试资料库等都可以通过网络运行。但对于各个校园网，由于其在经费、规模、技术水平、应用、建设内容上有很大不同，加上各个校园网的需求是各不一样的。因此，在进行校园网方案设计时必须根据各个校园网的具体情况进行规划。

2. 校园网应用需求

中小规模的校园网主要应用于大中专院校，应用规模多在200至500个用户，信息点主要集中在多媒体教室、电子阅览室、网络教室、教研室和计算机中心，辐射到管理办公区和公寓宿舍区。校园网要跨越多栋建筑物，而且要整体接入互联网。

其应用需求主要包括：

（1）网络多媒体教学。将计算机辅助教学手段引入课堂，声音、图像、动画的普遍采用可以大大提高教学效果，使每一节课都能够得到有效利用。

（2）个性化教学。个性化教学是指针对不同的学生提供不同的教学内容、采取不同的教育手段，主要采用视频点播（video on demand，VOD）、基于 WWW 的课件、光盘软件来实现，学生可以根据自己的需要自由选择所需内容。

（3）电子音像图书馆。基于 Web 的图书音像资料可以供学生随时阅读，并且由于与互联网的接轨，使校园图书馆得到进一步拓展，使学生能够得到近乎无限的网上资源。

（4）电子邮件。电子邮件是互联网上一个最重要的应用，校园网可以为每一位学生开设一个电子邮件账号，学生利用电子邮件可以和家长、老师、同学进行交流，同时也可以和其他学校的学生进行交流。

（5）电子公告牌。校园内部的 BBS，提供各种专题讨论区，学生之间可以互相交流学习。

（6）办公自动化。主要是机关行政日常的办公自动化和管理系统的信息网络化等应用，可以提高机关的办公工作效率。

3. 校园网方案设计

（1）设计的一般原则。校园网是一个满足数字、语音、图形图像等多媒体信息，以及综合科研信息等各类信息传输和处理需要的综合数字网，并能符合多种网络协议，体系结构符合国际标准或事实上的国际工业标准（如 TCP/IP），同时能兼容已有的网络环境。校园网络系统应满足：

1）先进性。技术上的先进性将保证处理数据的高效率、系统工作的灵活性以及网络的可靠性，技术上的先进性也会使系统的扩充和维护变得十分简单。

2）可靠性。网络骨干线路的冗余备份、网络核心设备的冗余备份和电源冗余备份等方面保证校园网的可靠性。

3）开放性和可扩充性。通过主干网络设备的选型及其模块、插槽个数、管理软件和网络整体结构，以及技术的开放性和对相关协议的支持等方面，来保证网络系统的开放性和扩充性。

4）可管理性。校园网的网络管理基于 SNMP，并支持 RMON、RMON2 以及标准的 MIB。利用图形化的管理界面和简洁的操作方式，合理的网络规划策略，可以提供强大的网络管理功能。一体化的网络管理使网络日常的维护和操作变得直观、便捷和高效。

5）安全性。校园网内部网络之间、内部网络与外部公共网之间的互联，利用 VLAN/ELAN、防火墙等对访问进行控制，确保网络的安全。

6）实用性。校园网的网络系统设计在性能价格比方面要充分体现系统的实用性，既要采用先进的技术，又能在经费允许的条件下实现建网目标。

（2）主干网络的设计。从目前校园网应用的情况来看，校园网的性能主要受到交换机数据包交换能力的影响。从网络传输性能来看，ATM 应用还不够成熟，而快速以太网和千兆位以太网因其具有性能可靠、符合国际标准、可支持设备多、易扩充等特点，因此采用 100/1000Mbps 以太网作为校园网光纤主干是性能/价格比最高的选择。为了充分发挥校园网主服务器群的作用，采用高速线路与服务器连接（千兆位以太网），从而保证了服务器具有足够的带宽为网络上的用户提供良好的服务性能。

由于校园网的主干网承担了整个学校的网络包交换、子网划分、网络管理等重要任务，因此主干网交换机采用具有三层路由功能、包交换性能高的交换机作为主干网的节点机，以便使网络系统的中心交换能力有可靠保证。

本实例中，主干网络采用联想新推出的 LS-5608G 智能型 8 联机箱式千兆以太网交换机作为校园网的中心交换机，它提供 8 个插槽，可选插 8 联的 10/100Base-TX、2 联的 100Base-FX 或 1 联的千兆以太网模块，适用于大型主干网络和高速率、高端口密度、多端口类型的复杂网络。同时可以选择 MS-5103 千兆位以太网模块（SX/MM/850nm、0～350m）或 MS-5104 千兆以太网模块（LX/SM/1310nm、0～6km）与下面的各个子网通过千兆位的链路相连。

校园网与互联网的互联，推荐采用局域网专线接入方式，这种方式需要配备路由器等设备，租用专线 DDN 或帧中继，也可申请 ISDN 专线并向 CERNET 管理部门申请 IP 地址及注册域名，以专线方式连入互联网，并提供防火墙、计费管理等功能。

本实例选用联想的 LR-2501 路由器，具有一个局域网（LAN）、两个广域网（WAN）和一个控制台，支持帧中继、X.25、PPP、HDLC 协议。

（3）教学子网的设计。校园网建网的目的之一，是利用网络实现多媒体教学，如交互式多媒体课堂、电子阅览室、教师培训等。多媒体教学的难点在于实现视频信号的传送（如视频点播）。目前在局域网上实时传送高质量的视频数据技术还未成熟，但传送压缩后的视频数据确是可行的。根据教学子网对传输速度要求较高的特点，可以采用联想 LS-5625 智能型 24＋1 和 10/100Mbps 自适应以太网交换机，它提供 24 个 10/100Mbps 交换式端口和一个扩展插槽，可选插 1 个 8 联的 10/100Base-TX、1 个 2 联的 100Base-FX 或 1 个 1 联的千兆以太网模块。但实际上大量用户（指超过 60 个流）的视频传输的瓶颈在于存储介质的外部传输速率，因此可选用多通道的磁盘阵列接多台主机的方式提高访问的总线带宽。

（4）办公子网的设计。办公子网主要面向学校的各级领导及各职能部门，能够实现对网络数据的查询、修改、添加、删除等操作，同时，应该能够满足支持视频传送的要求。鉴于此，办公子网采用联想 LH-262724＋3 的 10/100Mbps 自适应集线器或 LH-261312＋1 的 10/100Mbps 自适应集线器，这两款集线器除具备普通双速集线器功能外，还专门提供了交换式端口，能够为连接在该端口上的设备提供独享的 10/100Mbps 带宽，极大地提高数据传输速率，解决服务器瓶颈问题。

（5）图书馆子网的设计。图书馆是一个相对独立的系统，采用联想 LS-301616 的 10/100Mbps 自适应以太网交换机，它提供了优良的每端口性能价格比，并支持基于端口的 VLAN 划分。

（6）宿舍区子网及后勤子网等的设计。宿舍区子网即在学生宿舍内部连网，用以直接浏览学校发布的信息及查阅一些电子文档资料；后勤子网覆盖范围较大，主要用途有食堂 IC 卡计费系统等。由于宿舍区子网及后勤子网对带宽的要求并不高，因此我们选用联想 LH-201616 的 10/100Mbps 自适应集线器，提供 16 个双速集线器端口，能够自动适应所接设备的速度（10/100Mbps），每台 LH-2016 背面都有 2 个堆叠口、利用这两个堆叠口最多可堆叠 6 台集线器，最大可用端口数为 96 个。

根据以上设计的校园网拓扑结构图如图 9-2 所示。

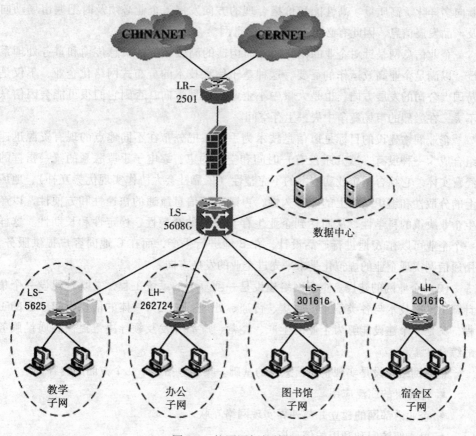

图 9-2　校园网拓扑结构图

【训练与练习】

校园网设计的一般步骤是什么？

9.4.2　企业网网络方案设计

1. 企业网网络概述

企业网网络是指连接一个或若干个企业并具有一定规模的网络系统，它可以是单座建筑物内的局域网，也可以是覆盖一个园区的园区网，还可以是跨地区的广域网，其覆盖范围可以是几公里、几十公里、几百公里，甚至更广。狭义的企业网主要指大型的工业、商业、金融、交通企业等各类公司和企业的计算机网络；广义的企业网则包括各种科研、教育部门和政府部门专有的信息网络。

企业网用户可以共享本单位其他部门、办公室以及总部的信息，相互传递相关信息或电子邮件，也可以访问中心主机，还可以申请企业网的其他服务。

（1）企业网的意义。企业网络是市场经济发展与激烈市场竞争的产物。为应付瞬息万变的市场需求，企业要不断加速产品的更新换代，而顾客对产品的需求在不断向多样化、高质量、高性能和价格合理的方向发展，企业必须及时把握市场动向及产品发展信息，因此有必要构建企业信息网。

企业信息网是针对企业的特殊要求而构造的高效经济的信息传输和事务处理系统，以满足企业高效运作的需要。这种基于信息技术的分布式网络化企业，不仅是跨国大公司的发展方向，也是大量中小企业的发展方向，否则它们很可能会因信息不灵，在激烈的市场竞争中失去生存空间。

企业网络建设的目标是以信息技术为手段，把分布在不同地点的现有资源迅速组合成为一种没有（或几乎没有）时间和空间约束、靠电子手段联系的统一指挥的经营实体。它综合了企业功能上的不完整性（依靠社会大协作实现优势互补）、地域上的分散性和组织结构上的非永久性，再赋予其信息流通的快速性和方便性，以产生企业决策的科学性，从而达到企业生存和发展的高效性、稳定性和长期性。这样一个企业可以在 A 地进行产品设计，在 B 地进行生产，而在 C 地向客户提供服务，用通信网实现企业的虚拟化是未来先进企业的发展方向。

（2）企业网的建设。企业网络建设是一项复杂的系统工程，它既是建设一个集计算机网络技术与各类信息的收集、传递、处理、加工为一体的信息枢纽中心的工程，又是一个建设能够为企业的生产、经营、产品开发及领导决策提供高质量服务的综合性工程。

企业网络建设是实现企业信息化的基础。具体包括以下几个方面的内容：

- 计算机的广泛应用
- 企业内部网的建立并与外界实现网络互联
- 可方便访问和利用的信息资源
- 生产过程控制方面的信息技术应用
- 用于新产品设计的计算机辅助设计
- 企业生产、流通或服务信息系统有效运转并利用信息网络等手段与外界进行商务往来
- 建立企业综合管理信息系统
- 建设一支企业信息化人才队伍
- 制定、实施企业信息化标准规范及规章制度

企业信息网络建设一般有两大任务：一是企业信息网络支撑平台建设；二是网上信息的组织管理。

信息网络支撑平台的建设要从技术和经济两方面来考虑。应该以当前最流行的协议为网络组建协议，由网络服务器、通信设备、网络安全设备等组成；应用网间互联、路由、网络交换、网络管理、互联网技术、防火墙以及虚拟专用网等技术；同时包容现有网络应用支撑系统，支持上网应用软件的运行，建立起先进、安全、可靠、稳固和开放的网络应用平台。

企业信息网络的最佳支撑平台应采用浏览器/服务器（B/S）体系结构，并采用防火墙技术与互联网连接，建立企业防火墙之内的局域网。信息网络支撑平台建设的完成并不意味着整个企业信息网络建设的完成。如果网络支撑平台管理不好，网络系统就无法正常运行，就无法保证信息应用平台。因此，当硬件基础设施完成后，企业信息化的重点就应该从硬件建设转移到软件开发和信息资源的收集、组织、处理等信息管理工作上来。网络信息组织管理不好，就会形成高速公路上跑空车现象。软件建设和硬件建设，两者缺一不可，相辅相成。

2. 企业网网络的特点

企业网具有如下特点：

- 标准的企业内网、外网建设和互联网接入
- 不可避免地要考虑面向企业的 PDM、MRP/ERP 管理系统
- 面向数据/语音/视频"二网合一"的应用模式
- 一般采用 100Mbps/1000Mbps 主干以太网、10Mbps/100Mbps 以太网桌面接入，或 155Mbps/622Mbps 主干 ATM 网 + 10Mbps/100Mbps 以太网到桌面
- 广域网窄带或宽带接入
- 多种网络操作系统和平台并存
- 采用铜缆/光纤/无线相结合的结构化网络方案
- 具有大量特定的网络应用

3. 企业网网络需求分析

在企业联网工程中，需求分析作为建网的第一阶段，它的基本任务是准备回答"企业网络必须做什么"，并不需要回答"企业网络将如何工作"。

计算机网络系统是整个应用系统的支撑环境，它应符合整个业务系统的功能要求，能够按照信息流的情况，合理地分配网络带宽，避免或减少网络的阻塞，使整个系统运转自如，能够合理配置网络资源设施，系统地组织网络信息系统。

（1）分析企业的基本情况。通过调研进行企业应用分析，包括：

- 企业的总体情况和机构设置
- 企业中各部门的业务活动情况
- 部门中各小组的业务活动情况
- 企业已有的网络及其外部通信环境

可以得到以下几个统计图表和设计图：

- 基本业务流程图
- 数据流程和数据流向图
- 园区内机构和工作组级地域分布图
- 业务部门内部和部门之间的相互关联图

阶段成果：形成初步网络设计草案。

（2）分析企业的应用特点。

- 应用系统需求，包括数据库系统、第三方软件、企业基础服务平台要求等
- 安全性和保密性要求
- 多媒体应用需求，包括音频/视频流媒体播放（组播）、会议电视等
- 实时性的需求，如实时采样、工业控制、股票交易等

阶段成果：结合不同的网络硬件和软件技术，进一步完善网络设计方案。

（3）权衡以下几个因素。

- 网络环境的总体目标
- 企业的中长期发展目标
- 企业现阶段的需求

阶段成果：从整体上确定网络设计方案。

4. 企业网网络方案设计

根据企业的需求，把网络设计成有层次、有结构的统一体，即结构化网络。依据企业的应用层次，即工作组级、部门级、园区级以至企业级，设计相对应的接入层、分布层、核心层网络和网间网（私有专网、VPN 或互联网）。每个层次上网络结构是明确的。这样的网络结构性强、层次清晰，整个系统的运行和应用既有各自的相对独立性，又具有合理的数据流向，组成具有层次性和结构化特征的统一体。按照客户端/服务器(C/S)或浏览器/服务器（B/S）体系结构建立各层次的网络应用。企业网结构化设计有助于网络升级扩展和分级管理。

图 9-3 是一个通用的企业网模型，这也是在系统集成中最常见的网络层次化结构方案。从图中可以看到，企业网被防火墙设备分割成两段。

（1）企业网外网（Extranet）。Extranet 是位于防火墙外直接与互联网相连的区域，即企业网外网。因为防火墙的主要作用是把互联网上的网络用户挡在墙外，外面的用户无法进入企业。Extranet 为网络提供了一个"缓冲地带"，其作用是提供企业网对外交流的渠道，建立企业面向互联网的电子商务服务体系，主要包括 Web、DNS、DB、CA 认证、E-mail 等服务。

（2）企业网内网（Intranet）。在防火墙内的部分为 Intranet，即企业网内网，也是企业网建设的重点。本方案中采用的是容错度较高的双星结构，即配置两台核心交换机，用以连接二级交换设备、企业服务器、网络存储设备等，组成网络主干。其主干采用千兆以太网，10 兆～100 兆交换到桌面。对于零散的对网络带宽要求不

高的远程用户，或不值得去专门布线的工作点，宜采用远程访问服务器，PSTN 电话网拨号模拟接入。

（3）企业网互联。大型集团公司或跨国公司往往距离遥远，而其企业业务流和财务信息流往往是一体化的。企业网互联主要用来为集团公司或跨国公司的总部与分支机构之间提供网络互联，其实现途径有很多。如果两地不足 20 公里，可以考虑用微波无线网连接，如果属于城际互联，则必须利用电信公网，可选公网有 DDN（ChinaDDN）、帧中继（FR）、X.25（ChinaPAC），或采用 ADSL 或 ISDN 分别接入等方式。企业网通过公网互联一定要采取链路安全设计，一般采用 VPN 虚拟专网技术来屏蔽外部信息包。

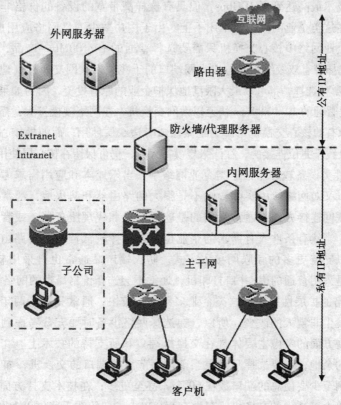

图 9-3　通用企业网络模型

9.4.3　小型企业网络方案的设计

小型局域网的网络规模通常在 100 个节点以内，是一种结构简单、应用较为单一的小型局域网。如小型 SOHO 办公室、小型企业办公网络就属于这类网络。据统计，目前我国工商登记的中小企业占全部注册企业数的 99%，因此，这类小型网络在国内非常之多（不是指企业中的员工数，而是指企业网络中的电脑用户数）。在做出方案设计前，要结合这类企业网络的通用特点分析当前企业网络的实际需求，同时，还要充分考虑到网络方案的投资成本，力求能够使所做的方案经济、高效和实用。

1. 网络应用需求与特点

（1）技术要求。目前，大部分用户的桌面系统均采用百兆到桌面。桌面的速度已经提升到百兆位，主干部分基本上都需要采用千兆位以太网络。与以前的局域网络技术相比，千兆位网络具备简单、高效、建设成本低等显著的优势。尤其是基于铜缆双绞线的千兆位以太网络技术产品的推出，使千兆位网络的建设成本进一步降低，千兆位网络无疑已经成为中小型企业网络核心建设的最佳之选。在这一类网络中，出于成本和实际应用需求考虑，不必刻意追求高、新技术，只需采用当前最普通的双绞线千兆位核心服务器连接、百兆位到桌面的以太网接入技术即可。虽然现在的以太网技术最高达到了10Gbps，但具有这样高带宽的设备的价格非常昂贵，同时，实际上在这类企业网络中根本用不上。由于用户数少而且网络应用也比较简单，所以在这类企业网络中核心交换机只需要选择普通的10/100Mbps产品，有条件和需求的企业可选择带有双绞线千兆位以太网端口的千兆位以太网交换机（建议选择此方案）。但无论哪种选择，都可以最大限度地保护企业的原有投资，因为如果核心层交换机选择的仅是普通的10/100Mbps快速以太网交换机，在网络规模扩大，需要用到千兆位连接时，原有的核心交换机可降为汇聚层或者边缘层使用；而如果核心交换机选择的是支持双绞线千兆位连接的，在网络规模扩大时，仍可保留在核心层使用。

（2）软件类设备较多。在这类企业网络中，出于成本和应用需求考虑，对于那些价格昂贵，又对网络应用实际影响不是很大的路由器和防火墙，通常是采用软件类型。与互联网连接方面，通常采用的是软件网关和代理服务器，或者廉价的宽带路由器方案。当然有条件或有需求的企业也可以选择较低档的边界路由器方案，这类路由器可以支持更多的互联网接入方式。防火墙产品通常也是采用软件防火墙。打印机也只是采用普通的串/并口打印机，通常不会选择价格昂贵的网络打印机。

（3）网络的扩展性要求。这类企业多数成长较快，通常只需一两年，网络规模和应用都将发生非常大的改变，所以，在选择网络设备时要充分考虑到网络的扩展性。网络扩展方面的考虑主要体现在交换机端口和所支持的技术上。在端口方面要留有一定量的余地，不要选择只满足当前网络节点数端口的交换机，如目前只有50个用户的，则至少要使总的端口数在60个，甚至更多；在技术支持方面，最好选择支持千兆位以太网技术的交换机，至少有两个以上的双绞线千兆位以太网端口。

（4）投资成本要求。由于这类企业自身的经济实力一般较差，所以在网络上的成本投资一般比较低。这就要求在进行方案设计时要充分考虑到方案投资成本，在满足企业网络应用和未来发展的前提下，尽可能降低成本，使所选方案具有较高的性价比。

2. 网络方案设计

（1）确定网络设备总数。这是整个网络拓扑结构设计的基础，因为一个网络设备至少需要连接一个端口，设备数一旦确定，所需交换机的端口总数也就确定下来了。这里所指的网络设备包括工作站、服务器、网络打印机、路由器和防火墙等所有需要与交换机连接的设备。

（2）确定交换机端口类型和端口数。一般中档二层交换机都会提供两种或以上类型的端口，如10/100Mbps端口和10/100/1000Mbps端口，有的还提供各种光纤接口。之所以要提供这么多不同类型的端口就是为了满足不同类型设备网络连接的带宽需求。一般来说，在网络中的服务器、边界路由器、下级交换机、网络打印机、特殊用户工作站等所需的网络带宽较高，所以通常连接在交换机的高带宽端口，其他设备的带宽需求不是很明显（宽带路由器目前的出口带宽受连接线路限制，一般在10Mbps以内，所以在局域网端口方面就没必要连接高带宽端口了，其他企业级路由器就不一样了），只需连接在普通的10/100Mbps快速自适应端口即可。

（3）保留一定的网络扩展所需端口。交换机的网络扩展主要体现在两个方面：一是用于与下级交换机连接的端口，另一个是用于连接后续添加的工作站用户。与下级交换机连接方面，一般是通过高带宽端口进行的，毕竟下级交换机所连用户都是通过这个端口进行的。如果交换机提供了级联（Uplink）端口，则直接用这个端口即可，因为它本身就是一个经过特殊处理的端口，可利用的背板带宽比一般的端口宽。但如果没有级联端口，则只能通过普通端口进行了，这时为了确保下级交换机所连用户的连接性能，最好选择一个较高带宽的端口。如留一个千兆位端口用于扩展连接，当然在实际工作中，这个高带宽端口还是可以得到充分利用的，只是到需要时能重新空余下来即可。

3. 网络拓扑结构

这类企业网络通常是由少数几台交换机（通常在3台以内，而且现在已基本上不再用集线器了）组成一个包括核心交换机和边缘层（接入层）交换机的双层网络结构，没有中间的骨干层和汇聚层，如图9-4所示，有的还可能是一个没有层次结构的单交换机网络，如图9-5所示。

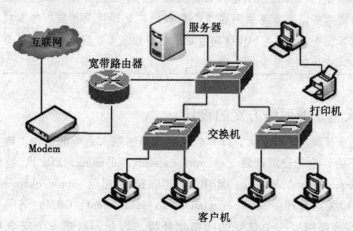

图9-4　双层交换结构的小型局域网

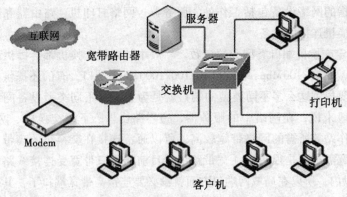

图 9-5　单交换的小型局域网

【小知识】　　　　　　　　　**SOHO 一族**

　　SOHO 是英文 Small Office and Home Office 的缩写，直译就是家庭办公室、小型办公室的意思，实际上就是自由职业或自由职业者的意思。当然，SOHO 也代表了一种更为自由、开放、弹性的工作方式。SOHO 起源于美国 20 世纪 80 年代中后期，然后迅速风靡全球经济发达地区。1998 年，美国"在家办公 SOHO 一族"为 840 万，但市场分析家普遍认可的数字是 2100 万~3000 万，占美国劳动力市场的 40% 左右。造成这两个数字差异的原因是，美国劳工局未能把大量存在的既受雇于某家公司又在家里办公的 SOHO 族计算在内。在国内特别是大中城市已拥有相当一部分中青年追"新"族们加入 SOHO 的世界。仅上海的"在家办公 SOHO 一族"就有 70 万。在北京，"在家办公 SOHO 一族"已经超过 100 万。

　　网络时代的到来，使得 SOHO 成为人们争相追逐的时髦词汇之一，专门为 SOHO族设计的房屋、家具、用品也成为商家的新卖点。几年前，人们所说的 SOHO 一族还大多指那些专门的自由职业者：自由撰稿人、平面设计师、工艺品设计人员、艺术家等。而近两年，随着互联网在各个领域的广泛运用及电脑、传真机、打印机等办公设备在家庭中的普及，SOHO 成为越来越多的人可以尝试的一种工作方式，而它的内涵与形式也在发生着变化。

9.4.4　大型企业网络方案的设计

　　随着企业规模的不断扩大，计算机网络越来越融入企业的运作。现代化的管理模式层出不穷，企业资源计划（enterprise resource planning，ERP）、物料需求计划（materiel requirements planning，MRP）、供应链管理（supply chain management，SCM）、客户关系管理（customer relationship management，CRM）等等这些新的管理模式的实施都需要一个良好的网络化环境。因此，构建一个安全可靠、性能卓越、管理方便的高品质大型企业网络就成为这些企业信息化建设成功的关键。

与小型企业网络相比，由于大型企业网络的规模比较大，信息点较为密集，并且可能包括多个子网，可以是不同公司的网络，也可以是同一集团公司内部不同分公司的网络。所以，在设计网络方案时必须对这些特点加以充分考虑。

1. 网络应用需求与特点

（1）园区化分布。这类大型网络通常不再是同一楼层，或者少数一两栋楼可以承载的，而是分布在一个大型的园区中，如大型企业网络、大型校园网等。总体网络结构一般也是：核心层、骨干层、汇聚层和边缘层4层。正因为这种分布特点，所以这种网络中，不同建筑物之间可能相距较远，而且基本上都不会在同一交换网中，而是采用多个子网的方式连接，各子网、各办公大楼之间采用高性能、高可靠的光纤进行连接，子网之间通过高性能的三层交换机进行连接。

在这种结构中，在中心网络中仅部署两台核心层交换机，用来连接中心服务器和各大楼或者各子网的核心交换机（相当于总网络中的"骨干层交换机"），并且是GE链路聚合或者10Gbps高性能连接。而且各大楼或子网核心层交换机与中心网络核心层交换机之间采用冗余链路，以提高网络核心层的可用性。在各大楼或子网的核心交换层与下面的汇聚层，以及汇聚层与边缘层交换机的连接均采用千兆位连接，可根据需要选择光纤或者双绞线传输介质，也可以选择使用GE链路聚合技术，以进一步提高传输性能。

（2）更高的带宽和性能需求。随着计算机技术的高速发展，基于网络的各种应用日益增多，今天的企业网络已经发展成为一个多业务承载平台，它不仅要继续承载企业的办公自动化和Web浏览等简单的数据业务，还要承载涉及企业生产运营的各种业务应用系统数据，以及带宽和时延都要求很高的IP电话、视频会议等多媒体业务，因此数据流量将大大增加，尤其是对核心网络的数据交换能力提出前所未有的要求。另外，随着千兆端口的成本持续下降，千兆到桌面的应用会在不久的将来成为企业网的主流。从2004年全球交换机市场分析可以看到，增长最迅速的就是10Gbps级别机箱式交换机，由此可见，万兆的大规模应用已经真正开始。所以今天的企业网络已经不能再用"百兆到桌面，千兆骨干"来作为建网的标准，它的核心层及骨干层必须具有万兆级带宽和处理性能，才能构筑一个畅通无阻的"高品质"大型企业网，从而适应网络规模持续扩大、业务量日益增长的需要。

（3）高可靠网络配置。随着企业各种业务应用逐渐转移到计算机网络上来，网络通信的无中断运行已经成为保证企业正常的生产运营的关键。现代大型企业网络的可靠性设计主要应从三方面考虑：首先是设备级的可靠性设计，这里不仅要考察网络设备是否实现了关键部件的冗余备份，还要从网络设备整体设计架构、处理引擎种类等多方面去考察；其次是业务的可靠性设计，要注意网络设备在故障倒换过程中是否对业务的正常运行有影响；再次是链路的可靠性设计，以太网的链路安全来自于它的多路径选择，所以在企业网络建设时要考虑网络设备是否能够提供有效的链路自愈手段和快速重路由协议的支持。

（4）完善的端到端 QoS 保障。随着大型企业网络承载业务的不断增多，单纯提高带宽并不能够有效地保障数据交换的畅通无阻，正如八车道的长安街也经常堵车一样，所以今天的大型企业网络建设必须要考虑到网络应能够智能的识别应用事件的紧急和重要程度，如视频、音频、数据流（MIS、ERP、OA、备份数据），同时能够调度网络中的资源，保证重要和紧急业务的带宽、时延、优先级和无阻塞的传送，实现对业务的合理调度才是一个大型企业网络提供"高品质"服务的保障。

（5）完善的网络安全。传统企业网络的安全措施主要是通过部署防火墙、IDS、杀毒软件以及配合交换机或路由器的 ACL 来实现对于病毒和黑客攻击的防御，但实践证明这些被动的防御措施并不能真正有效地解决企业网络的安全问题。在企业网络已经成为公司生产运营的重要组成部分的今天，现代企业网络必须要有一整套从用户接入控制、病毒报文识别到主动抑制的安全控制手段，才能有效地保证企业网络的稳定运行。

（6）智能化的网络管理。当前的网络已经发展成为"以应用为中心"的信息基础平台，网络管理能力的要求已经上升到了业务层次，传统网络设备的智能已经不能有效支持网络管理需求的发展。比如，网络调试期间最消耗人力与物力的线缆故障定位工作，网络运行期间对不同用户灵活的服务策略部署、访问权限控制以及网络日志审计和病毒控制能力等方面的管理工作，由于受网络设备功能本身的限制，都还属于费时、费力的工作，有时甚至是不可能完成的任务，所以现代的大型企业网络迫切需要网络设备具备支撑"以应用为中心"的智能网络运营维护的能力，并能够有一套智能化的管理软件，将网络管理人员从繁重的工作中解脱出来。

（7）良好的网络扩展性。这类大型网络的可扩展性能要求非常高，因为可能会在短时间内添加大量的节点。这种网络的扩展性可以通过如下方式来保障：①核心层通常是采用多插槽的机箱式结构，这样可以安装多种模块和提供多种接口；②在骨干层通常是采用模块化结构的交换机；③在汇聚层和边缘层通常是采用堆叠方式，一方面可以提高每个端口实际可用的带宽，另一方面同样为可扩展性提供了保障。

2. 网络方案设计

（1）核心层网络设计。核心层是网络的高速主干。它的功能主要是实现骨干网络之间的优化传输，对协调通信至关重要，因此，可采用万兆核心交换式路由器组建高性能的核心网络平台。核心层需要完成汇聚节点之间的互联和数据的高速交换转发，所以核心层需要拥有以下特点：高可靠性、高冗余度、高可管理性、故障隔离、迅速适应网络升级、避免过滤器及其他因素引起的转发延迟。

高可靠性是核心层的内在要求，高冗余度是实现高可靠性的主要手段。核心层主要冗余方式包括：设备冗余、设备电源、模块冗余、拓扑链路冗余等。设备冗余主要通过采用双核心设计以及双机热备份的方式实现。拓扑链路冗余主要通过网状连接实现，确保任何设备之间都存在连接链路，或者使用环状连接，即使环断裂，仍然能够维持设备之间的连接。迅速适应网络升级也是对核心层的要求，核心层需要保持稳定性，不可能像其他层一样进行短时间内的升级，这就要求核心层一开始就具有较大的容量，以适应未来网络扩容的需要。核心层负责数据包的高速转发，不能有任何的因素增加网络延迟。在核心层并不需要放置过滤器进行访问控制，这些工作由汇聚层完成。

根据上面的讨论，在这类大型企业网络中，核心层常采用两台万兆核心交换机，两台万兆交换机通过 2GE 链路捆绑相连。核心万兆交换机应具备足够的业务槽位、较高的背板交换能力，以及满足所有接口线速转发的交换能力和与之相匹配的多层包转发能力。同时核心万兆交换机应具有良好的扩展性，还应具备良好的业务支持，如组播、MPLS VPN、IPv6、WEBSWTITCH、IDS 和 RPR 等。因此可以根据企业网的发展增加相应的接口板和交换引擎，以保证核心层的高性能。

（2）汇聚层网络设计。汇聚层是网络接入层和核心层之间的分界，负责将各种接入业务集中起来，除了进行局部的数据交换以外，还通过和核心层之间的高速接口将数据转发到核心层，以便在更大的范围内进行路由转发。汇聚层的主要功能有：网络策略、访问控制、广播域定义、VLAN 间路由选择、介质翻译、路由重分布、地址转换等。

网络策略一般包括：目的地址过滤、路由信息过滤、策略路由选择、QoS 服务质量机制、路由信息过滤、向外部网络隐藏内部网络细节等。策略路由应用广泛，可以提高网络性能和安全性，比如制定路由策略，来自内部网络的敏感信息不通过某一网络传递。QoS 机制在企业网络融合中扮演了重要的角色，保证不同的应用获取不同的网络资源。

访问控制是汇聚层需要完成的重要功能，和接入层共同完成网络的安全访问控制。

路由重分布是因为核心层和接入层使用不同的路由协议，需要在两种路由协议之间交换路由信息。因为核心层和接入层的特点不同，所以接入层经常使用 EIGRP 或者 RIP 路由协议，而核心层经常使用 OSPF 和 IS-IS 路由协议。路由重分布保证两种不同的路由协议共享路由信息。

地址和介质转换也是汇聚层所要完成的工作。地址转换负责把内部私有 IP 地址转换为公共网络上可以路由的 IP 地址。介质转换则对不同的二层传输协议进行了转变。接入层一般使用以太网协议，而核心层使用的技术众多，有 ATM、FrameRelay、SDH 等。汇聚层设备通过重写二层报头的办法进行介质转换。

选择合适的汇聚设备对于企业网来说意义重大。因为，一台高性能的汇聚设备不仅可以分担核心设备的压力，更能提高其所覆盖网络用户的数据交换效率，保证企业网的畅通无阻。在这类大型企业网络中，汇聚层交换机一般选择全千兆（可扩展至万兆）或百兆智能三层交换机。通过提供高密度的 GE/FE 端口，为园区网提供 GE/FE 接口的汇聚和收敛功能。汇聚交换机不仅可以保证各园区内办公楼宇和相关单位的数据畅通无阻的交换，同时还可以通过特有的安全技术、流控技术、认证技术提高网络的质量，更好地提供网络服务。千兆汇聚交换机还可扩展至万兆接口，实现园区网在将来可从千兆骨干平滑过渡到万兆骨干，从而有效地保护了原有设备投资。

（3）接入层网络设计。接入层为用户提供对于本地网络的访问，接入层设备提供各种标准接口将数据接入到网络，完成基本业务系统之间的隔离和安全控制、认证管理等功能。接入层对可靠性要求并不高，要求为用户提供一种廉价安全而且快速的接入方式，而以太网技术恰好满足了这样的要求。现代接入层一般使用交换以太网技术，通过不同的 VLAN 划分从而达到隔离不同的业务系统，进行有效的安全控制。

以往传统企业网络接入层的建设中并不关注于安全控制和 QoS 提供能力，而将网络的安全防御措施和 QoS 保障依赖于网络的汇聚层设备，这给汇聚层设备带来了巨大的压力，往往内网病毒泛滥成灾后导致汇聚层设备瘫机，使网络没有 QoS 服务质量保障。现在很多网络设备商为了满足高安全、多业务承载、高性能的网络环境开发了新一代二层智能交换机，它除了具备传统二层交换机大容量、高性能等优点外，同时还具有领先的安全特性，进一步加强了企业网络对边缘接入层面的安全控制能力。用户可以根据需要来订制自身的安全策略并部署在这些交换机上。这些交换机上往往还预先设定了很多安全功能，如 CPU 防攻击能力、防流量攻击病毒的能力、防组播、广播攻击的能力，使交换机能够智能地自动阻断或隔离内外部的攻击和网络病毒。除此之外，这些交换机还具备多个专用堆叠接口，可以满足楼层、楼宇内多个交换机高性能汇聚的需要。

3. 网络拓扑结构

图 9-6 是一个大型企业网络拓扑结构。网络核心层部署两台锐捷网络的高性能多业务万兆交换机 RG-S6810E，通过万兆进行互联，同时采用千兆进行分流和相互冗余备份。汇聚层同样采用了锐捷网络的高性能万兆交换机 RG-S6806E，支持万兆数据的线速转发，在每台汇聚到两台核心之间分别采取万兆链路上联。这种双核心的网络设计架构，既保障了网络带宽和网络性能的要求，保证多种业务数据在汇聚层和核心层转发不会出现瓶颈，又提供了具有高稳定性的网络结构，保证了企业网络能够 7×24 小时高速稳定的数据传输，为企业提供健壮的数据传输神经中枢。

锐捷网络的 RG-S6800E 系列交换机还提供了强大的网络病毒攻击防护、设备管理安全、设备接入安全等，提供基于 SPOH 技术的 ACL、支持防源 IP 地址欺骗、防 DOS/DDOS 攻击、防 IP 扫描、SSH 加密登陆功能、SNMPv3 等一系列安全技术，并且应用大量的硬件技术，保证网络核心的安全稳定。

随着信息化时代的来临，实现企业的信息化是推动企业体制创新、技术创新、管理创新并且增强企业核心竞争力的重要手段和必由之路。基于万兆平台设计的大型企业园区网解决方案，以电信级的可靠性设计、完善的网络安全解决方案、更高的数据交换处理性能和更便捷的网络管理，满足了大型企业集团对企业信息化多种业务的需求，为未来的业务和信息化发展留下了发展空间，从而全面增强了企业的竞争实力。

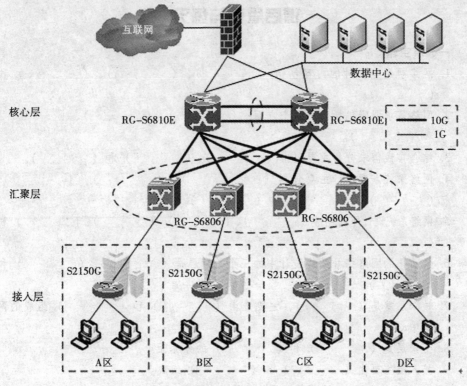

图9-6　大型企业网络拓扑结构

【训练与练习】

1. 企业网设计的一般步骤是什么？
2. 小型企业网与大型企业网设计有哪些主要区别？

学习指导

1. 学习建议

本章主要讲述了网络规划与设计的一般方法，并通过几个案例分析，对局域网的设计与组网方法进行了一个综合的回顾与训练。由于本章是计算机网络知识的一个综合应用，因此，在学习过程中要紧密联系前面章节的内容，对一些不熟悉的概念、知识，及时查阅前面各相关章节。同时要注意理论联系实际，可安排参观校园网络中心，或参观大型企业网络中心，以进一步加深对网络规划与设计的理解。

2. 学习重点与难点

计算机网络需求分析的方法、网络规划与设计的一般方法。

3. 核心概念

网络规划、网络设计、网络需求分析、网络设计目标、校园网、企业网。

课后思考与练习

一、填空题

1. 网络规划与设计的内容包括（ ）、（ ）、（ ）和（ ）。

2. 网络需求调研包括以下几个方面：（ ）、（ ）、（ ）和（ ）。

3. 综合布线需求分析主要包括（ ）、（ ）和（ ）。

4. 网络系统方案设计主要包括（ ）、（ ）、（ ）、（ ）、（ ）和（ ）。

5. 网络系统设计原则包括（ ）、（ ）、（ ）、（ ）和（ ）。

6. 层次化的网络拓扑结构设计中的三个关键层是（ ）、（ ）和（ ）。

7. 核心层就是（ ），主要是由（ ）和（ ）组成的网络中心。

8. 汇聚层是（ ）和（ ）的分界面。

9. 接入层主要由（ ）和（ ）组成。

10. 目前比较流行的服务器操作系统主要有（ ）、（ ）、（ ）和（ ）。

11. 通常将信息点在（ ）以下的网络称为小型网络，信息点在（ ）的网络称为中型网络，信息点在（ ）以上的网络称为大型网络。

二、简答题

1. 什么是网络需求分析，它包括哪几方面的内容？

2. 网络设计的一般原则是什么？

3. 什么是层次化的网络结构设计？它一般包括哪几个层？

4. 网络设备选型的一般原则是什么？

5. 常用网络操作系统有哪些？怎样选择一个网络操作系统？

6. 网络规划和设计一般需要经过哪几个步骤？

实训应用

实训项目　组建中小型企业网络。

实训目的　初步掌握中小型企业网络规划与设计的方法，并能书写简单的工程设计方案。

实训指导　某公司共有客户端计算机 310 台，其中，技术部有 20 台，人事部有 15
台，财务部有 15 台，市场部有 20 台，销售部有 25 台，客户服务部有 45
台，策划部有 60 台，创意部有 35 台，印刷部 15 台，制作部有 60 台。所
有的部门经理均有一台笔记本。另外，还有一个管理服务器，用来管理
公司内部计算机，一个文件服务器，用来存贮公司内部文件，还要有一
台 Web 服务器，用来放置公司的主页。请为这个企业规划并设计一个企
业网络。要求理论联系实际，写出简单的规划设计方案；初步选择网络
设备，并到所在城市的 IT 市场实际了解所选设备的价格。

实训组织　1. 组织参观校园网络中心或某大型网络中心，了解网络拓扑结构。

2. 每个同学独立完成网络规划与设计，写出书面设计方案。

实训考核　完成实训报告，包括：

1. 实训内容：写出书面设计方案，内容包括：用户需求分析，网络拓扑
结构，网络硬件设备组成，软件系统组成以及所设计方案的特点，并
写出方案预算。

2. 实训的心得体会。

参 考 文 献

[1] 史秀璋．计算机网络工程[M]．2 版．北京：中国铁道出版社，2006.

[2] 赵玉章，孙彬．计算机网络实践教程[M]．北京：电子工业出版社，2006.

[3] 刘兵，刘欣．计算机网络基础[M]．北京：中国水利水电出版社，2006.

[4] 李俊生．计算机网络[M]．北京：科学出版社，2005.

[5] 董南萍，郭文荣，周进．计算机网络与应用教程[M]．北京：清华大学出版社，北京交通大学出版社，2005.

[6] 安德鲁·坦尼鲍姆．计算机网络[M]．3 版．熊桂喜，王小虎，译．北京：清华大学出版社，1998.

[7] 迪恩．计算机网络实用教程[M]．陶华敏，韩存兵，译．北京：机械工业出版社，2000.

[8] 严曙，陆秉炜．计算机网络实用技术[M]．南京：南京大学出版社，2003.

[9] 康耀红，黄健青，魏应彬．计算机网络基础与应用[M]．北京：北京大学出版社，2002.

[10] 李秀，安颖莲，姚瑞霞，等．计算机文化基础[M]．4 版．北京：清华大学出版社，2003.

[11] 刘敏涵，王存祥．计算机网络技术[M]．西安：西安电子科技大学出版社，2003.

[12] 雷震甲．网络工程师教程[M]．北京：清华大学出版社，2006.

[13] 北大青鸟网络工程师培训中心．http://www. beidaqingniao. org/.

华章系列教材·高职高专

网络金融
书号：7-111-19317-2
作者：张劲松
定价：34.00

经济学基础
书号：7-111-24816-3
作者：李海东
定价：28.00

书号	书名	作者	定价
房地产类专业实用教材			
7-111-24092	房地产开发	张国栋	28.00
7-111-22359	房地产投资分析	高群	26.00
7-111-22183	房地产经济学	张素菲	26.00
7-111-22020	房地产经营与管理	陈林杰	26.00
7-111-22018	建筑工程概论	徐春波	28.00
7-111-20824	建筑工程造价	孙久艳	26.00
7-111-20931	房地产法规	王照雯、寿金宝	24.00
7-111-20797	物业管理	寿金宝、王照雯	29.00
7-111-20337	房地产估价	左静	31.00
7-111-20599	居住区规划	苏德利	31.00
7-111-20349	建设工程招投标与合同管理	高群、张素菲	26.00
7-111-19813	房地产市场营销	栾淑梅 郑秀春 魏晓晶 胡晓乐	35.00
	房地产经纪	王雪梅	即将出版
精品课系列教材			
7-111-23032	管理信息系统	郑春瑛	28.00
7-111-22974	电子商务概论	尹世久	28.00
7-111-22168	应用统计学学习指导	孙炎	19.00
7-111-21920	应用统计学	孙炎	30.00
7-111-21236	工商管理类专业综合实训教程：工商模拟市场实训	阚雅玲	22.00
7-111-19317	网络金融	张劲松	34.00
会计电算化系列教材			
7-111-23417	财务管理	刘云丽	30.00
7-111-20491	成本会计	刘志娟	28.00
7-111-25001	会计英语	仇颖	24.00
	应用统计基础	曾艳英	即将出版
	企业纳税实务	曹利	即将出版
经济管理类专业基础课系列教材			
7-111-23272	公共关系基础与实务	朱权	28.00
7-111-23215	管理基础与实务	朱权	30.00
7-111-22361	财经法规与会计职业道德	李立新	29.00
7-111-22019	市场调研与预测	邱小平	28.00
7-111-21528	市场营销基础与实务	高凤荣	29.00
7-111-13974	经济法基础与实务	黄瑞	32.00
7-111-23798	经济学基础	李海东	28.00

旅游管理系列教材			
7-111-24207	旅游客源国（地区）	概况 舒惠芳	30.00
7-111-24442	现代旅游服务礼仪	李丽	29.00
7-111-23283	旅行社运营管理	刘国强	28.00
7-111-23340	旅游市场营销	苏日娜	30.00
7-111-24484	实用旅游英语	姜先行	35.00
7-111-16091	烹调工艺实训	刘致良	23.00
7-111-24265	烹调基础	刘致良	24.00
7-111-23953	饭店前厅客房服务与管理	陈云川、鄢赫	28.00
7-111-24980	饭店实用英语	陈的非	38.00
	饭店市场营销	陈云川、张洪刚	即将出版
	饭店餐饮管理	黄文刚	即将出版
	饭店人力资源管理		即将出版
	饭店管理		即将出版
	旅游概论		即将出版
	旅游经济学基础		即将出版
	导游业务		即将出版
	旅游服务心理学		即将出版
	旅游政策法规与职业素养		即将出版
电子商务系列教材			
7-111-21907	电子商务网站规划与建设	王宇川	28.00
	计算机网络技术	余棉水	即将出版

教师服务登记表

尊敬的老师:

您好!感谢您购买我们出版的 _____ 教材。

机械工业出版社华章公司本着为服务高等教育的出版原则,为进一步加强与高校教师的联系与沟通,更好地为高校教师服务,特制此表,请您填妥后发回给我们,我们将定期向您寄送华章公司最新的图书出版信息。为您的教材、论著或译著的出版提供可能的帮助。欢迎您对我们的教材和服务提出宝贵的意见,感谢您的大力支持与帮助!

个人资料(请用正楷完整填写)

教师姓名		□先生 □女士	出生年月		职务		职称:□教授 □副教授 □讲师 □助教 □其他
学校			学院			系别	
联系 电话	办公: 宅电: 移动:			联系地址 及邮编			
				E-mail			
学历		毕业院校		国外进修及讲学经历			
研究领域							

主讲课程	现用教材名	作者及 出版社	共同授 课教师	教材满意度
课程: □专 □本 □研 □MBA 人数: 学期:□春□秋				□满意 □一般 □不满意 □希望更换
课程: □专 □本 □研 □MBA 人数: 学期:□春□秋				□满意 □一般 □不满意 □希望更换

样书申请		
已出版著作	已出版译作	
是否愿意从事翻译/著作工作 □是 □否 方向		
意见和建议		

填妥后请选择以下任何一种方式将此表返回:(如方便请赐名片)
地 址:北京市西城区百万庄南街1号 华章公司营销中心   邮编:100037
电 话:(010) 68353079 88378995 传真: (010)68995260
E-mail:hzedu@hzbook.com markerting@hzbook.com   图书详情可登录http://www.hzbook.com网站查询